l'envoûteuse

tome II

GUY DES CARS	*ŒUVRES*
L'OFFICIER SANS NOM	*J'ai Lu* 331**
L'IMPURE	*J'ai Lu* 173***
LA DEMOISELLE D'OPÉRA	*J'ai Lu* 246**
LA DAME DU CIRQUE	*J'ai Lu* 295**
LE CHÂTEAU DE LA JUIVE	*J'ai Lu* 97***
LA BRUTE	*J'ai Lu* 47**
LA CORRUPTRICE	*J'ai Lu* 229**
LES FILLES DE JOIE	*J'ai Lu* 265**
LA TRICHEUSE	*J'ai Lu* 125**
AMOUR DE MA VIE	*J'ai Lu* 516**
L'AMOUR S'EN VA-T-EN GUERRE	*J'ai Lu* 765**
CETTE ÉTRANGE TENDRESSE	*J'ai Lu* 303**
LA MAUDITE	*J'ai Lu* 361**
LA CATHÉDRALE DE HAINE	*J'ai Lu* 322**
LES REINES DE CŒUR	
LE BOULEVARD DES ILLUSIONS	
LES SEPT FEMMES	*J'ai Lu* 347***
LE GRAND MONDE-1	*J'ai Lu* 447***
LE GRAND MONDE-2	*J'ai Lu* 448***
SANG D'AFRIQUE-1	*J'ai Lu* 399**
SANG D'AFRIQUE-2	*J'ai Lu* 400**
DE CAPE ET DE PLUME-1	*J'ai Lu* 926***
DE CAPE ET DE PLUME-2	*J'ai Lu* 927***
LE FAUSSAIRE (DE TOUTES LES COULEURS)	*J'ai Lu* 548****
L'HABITUDE D'AMOUR	*J'ai Lu* 376**
LA VIE SECRÈTE DE DOROTHÉE GYNDT	
LA RÉVOLTÉE	*J'ai Lu* 492***
LA VIPÈRE	*J'ai Lu* 615****
LE TRAIN DU PÈRE NOËL	
L'ENTREMETTEUSE	*J'ai Lu* 639****
UNE CERTAINE DAME	*J'ai Lu* 696****
L'INSOLENCE DE SA BEAUTÉ	*J'ai Lu* 736***
LE DONNEUR	*J'ai Lu* 809**
J'OSE	*J'ai Lu* 858**
L'ENVOÛTEUSE-1	*J'ai Lu* 1039***
L'ENVOÛTEUSE-2	*J'ai Lu* 1040***
LE CHÂTEAU DU CLOWN	
LA JUSTICIÈRE	
LE MAGE ET LA BOULE DE CRISTAL	*J'ai Lu* 841*
LE MAGE ET LE PENDULE	*J'ai Lu* 990*
LE MAGE ET LES LIGNES DE LA MAIN	
LE MAGE ET LA BONNE AVENTURE	
LE MAGE ET LA GRAPHOLOGIE	
LA FEMME QUI EN SAVAIT TROP	

GUY DES CARS

l'envoûteuse

tome II

Éditions J'ai Lu

L'AMAZONE

(suite)

Geoffroy était prêt depuis longtemps quand le nain revint frapper. La face simiesque apparut, annonçant : « On est là... » Et la porte se referma. Quelques instants plus tard, l'envoyé de la S.F.E.P. sortait de sa chambre et, se penchant sur la balustrade en bois de la galerie, observait ce qui se passait dans le patio. Il y avait là, en plus de Beppo installé à l'intérieur du bar, une femme seule, assise sur un tabouret. Elle ne buvait rien, mais fumait un long cigare. Placée comme elle l'était, la femme ne pouvait pas l'apercevoir sur la galerie. Lui-même ne la voyait que de dos. Elle était vêtue d'un tailleur blanc, veste et pantalon. Ses cheveux noirs étaient rassemblés sur la nuque en un lourd catogan. C'était Edna.

Lentement, presque avec nonchalance, il commença à descendre l'escalier, comme un « client » quelconque qui, après avoir passé une nuit passionnée, a décidé de rentrer chez lui. « L'effet de surprise » fut, ainsi que l'avait prédit le Portugais, total. Les yeux d'Edna, naturellement immenses, s'agrandirent encore; il y passa un éclair de fureur.

Geoffroy s'était arrêté sur l'avant-dernière marche, comme s'il était cloué par la surprise.

– Vous, ici? dit-elle, la voix rauque.

Beppo, pressentant qu'un orage allait éclater, avait disparu derrière son bar. Les deux « alliés », ou adversaires, se retrouvaient face à face. Si l'on avait prédit à Geoffroy que sa troisième rencontre avec Edna Monseca aurait lieu dans cette maison de rendez-vous, jamais il ne l'aurait cru. Elle non plus, sans aucun doute. Au « vous ici? » presque angoissé répondit un joyeux :

– Edna! Quelle bonne surprise et quelle chance de vous retrouver! Moi qui croyais que vous m'aviez déjà oublié!

– Je vous avais fait dire par Broscani d'attendre de mes nouvelles au *Tropical* de Manaus et pas ailleurs! Qui vous a donné cette adresse?

– Un autre de nos amis communs : don Miguel...

– Celui-là!...

– Un homme du monde, ne trouvez-vous pas?

– Une pourriture.

– Oh! Vous êtes bien sévère avec quelqu'un qui, après tout, ne nous veut que du bien à vous et à moi. Ne nous a-t-il pas aidés à nous retrouver? Certes, c'est un peu plus tôt que vous ne le souhaitiez, mais, si c'est cela que vous lui reprochez, je trouve que c'est assez vexant pour moi... Maintenant, si vous le désirez, je peux très bien remonter dans ma chambre.

– Vous habitez ici?

– On loge où l'on peut dans ces régions...

– Vous êtes seul?

– Evidemment.

Elle le regarda, peu convaincue.

– Et vous, chère Edna?

– Pour qui me prenez-vous? dit-elle, furieuse. Je

ne suis ici que pour remplir l'une des tâches de ma mission.

Puis, semblant tout à coup s'apercevoir de la présence du nain dissimulé derrière le bar, elle ordonna :

– Toi, va-t'en!

Beppo ne se le fit pas répéter. Il s'enfuit comme une bête malfaisante que l'on chasse par pitié : pour ne pas l'écraser.

Toujours juché sur l'escalier et semblant dominer la situation, Geoffroy reprit :

– Puisque vous n'avez pas manifesté le désir de me voir rejoindre « mes appartements » et que ce barman modèle réduit a disparu, peut-être pourrais-je le remplacer?

Il alla s'installer derrière le comptoir.

– Que puis-je vous servir? demanda-t-il.

– Rien.

– Eh bien, moi non plus je ne boirai pas. C'est trop tôt...

– On ne vous a jamais dit que vous étiez déplaisant quand vous prenez ce ton ironique? Il ne vous convient pas. Je vous préfère de beaucoup lorsque vous êtes naturel, comme ce fut le cas à l'hôtel de Rio.

– Mais je le suis toujours! Ce n'est pas en trois jours que j'aurais pu changer! Je continue à ne penser qu'à mon film... Justement, à ce propos, il m'est venu une idée qui va sans doute vous paraître saugrenue : consacrer les premiers mètres de pellicule à une sorte de prologue où je ferais apparaître quelques spécimens de cette race blanche qui se croit hautement civilisée et a la prétention de régner sur les Indiens... Je filmerais ce nain Beppo qui m'a dit être italien et qui m'a donné son accord... Je pourrais aussi placer dans ce prologue des personnages tels que le mystérieux Broscani et l'adipeux don Miguel... Ils sont tous tellement laids et monstrueux que ça ferait un contraste saisissant avec les Indiens qui appartiennent à une race pure. Qu'en pensez-vous?

– Malgré ce qu'ils ont pu vous dire, jamais ces gens-là ne se laisseront filmer!

– Et si je les filmais sans qu'ils s'en doutent, selon le procédé de la caméra invisible?

– Ce serait très dangereux pour vous... Maintenant que nous sommes seuls, dites-moi la vérité : qui vous a fait venir ici et pour quelle raison?

Le ton avait changé : il était empreint de douceur. Poussé par un instinct qu'il eût été incapable d'analyser, Geoffroy choisit la franchise. Mieux valait raconter exactement la conversation qu'il avait eue avec le Péruvien et qui avait déclenché son voyage à Itaituba. C'est ce qu'il fit. Elle l'écouta sans l'interrompre et, au fur et à mesure qu'il parlait, le regard se faisait de plus en plus passionné. Lorsqu'il se tut, il sembla que cette fièvre s'enrobait d'une certaine tendresse.

– Merci de ne pas m'avoir menti, dit-elle presque à mi-voix. Si vous saviez comme cela me change d'entendre enfin quelqu'un qui ne cherche pas à me tromper sur ses agissements... Quant à don Miguel, un garçon aussi observateur que vous a pu se rendre compte qu'il n'était qu'un sinistre individu, l'un de ces jouisseurs qui ne pensent qu'à éblouir les autres et qui cachent, sous une apparence d'affabilité, une âme capable du pire.

– Lequel, de lui ou d'Emilio Broscani, vous paraît le plus détestable?

– Le plus dangereux est le Sicilien parce qu'il est plus intelligent, mais je me méfie aussi du côté matamore de son complice.

– Connaissez-vous Sylvie Bertille, cette femme

qui se dit belge et qui travaille sous les ordres du Péruvien?

– Pas personnellement, mais j'ai entendu parler d'elle. On m'a même dit qu'elle serait sa maîtresse...

– Pas possible?

– Si tant est qu'on puisse être la maîtresse d'un homme pareil! Mais de toute façon elle n'est, dans leur organisation de traite des femmes, qu'une pourvoyeuse, c'est-à-dire un rouage secondaire... Vous l'avez vue?

– Pas plus tard qu'hier soir : elle était ici, convoyant justement un nouvel arrivage.

– Comment est-elle?

– Blonde.

– Elle vous a plu?

Sous la brusquerie de la question perçait une certaine inquiétude.

– Pour ceux qui aiment ce type de femme nordique, répondit-il, elle serait plutôt jolie, mais pour ceux qui, comme moi, font passer leur travail avant les femmes, elle ne me paraît pas présenter grand intérêt.

Les yeux noirs l'observèrent pendant quelques secondes.

– Vous n'allez tout de même pas me faire croire qu'un garçon aussi sain et aussi bien bâti que vous ne s'intéresse pas aux femmes... Serait-ce pour cette raison que vous n'avez pas répondu à mon invite, la nuit où je vous ai téléphoné?

– Non. Je suis un homme normal qui aime la femme mais qui, justement parce qu'il l'apprécie, sait la respecter... Et si c'est une réponse plus directe que vous attendez de moi, sachez que, si jamais une femme devait entrer dans mon existence, ce serait une femme comme vous, parce que je vous admire.

– Oh! l'admiration...

– Ça compte! Oui, vous êtes une femme exceptionnelle qui sait ce qu'elle veut et qui poursuit son chemin sans se soucier de l'avis des autres ou de ce qu'on peut raconter sur elle.

– On vous a donc parlé de moi? Qui cela?

– Broscani, don Miguel...

– Et avant eux?

– Personne! Je vous l'ai déjà dit à Rio : je ne savais même pas que vous existiez.

– C'est exact. Et, maintenant que vous me connaissez, qu'est-ce que vous pensez de moi?

– Beaucoup de bien! J'ai compris que, si vous m'aviez accordé votre amitié, c'était en toute sincérité. Car je vous crois incapable de mentir... Vous n'êtes pas un être de demi-mesures : on est soit votre ami, soit votre ennemi! C'est sans doute le sang indien qui fait de vous cette femme... Si j'aime les gens nets, c'est peut-être parce que je m'enorgueillis de l'être moi-même. Voilà pourquoi je crois que nous étions faits pour nous rencontrer.

– C'est bien vrai ce que vous dites là?

– Oui.

– A moi aussi, vous me plaisez... Je ne sais pas si vous êtes très intelligent, mais, après tout, je m'en moque! Ce que je cherche dans un ami, c'est que lui aussi sache ce qu'il veut et qu'il me le dise.

– Je veux réaliser mon film!

– Vous le ferez! Vous allez même pouvoir le commencer tout de suite. Ce sera votre prologue. Vous y montrerez quatre Indiennes de race pure que les Blancs ont voulu avilir en les utilisant comme prostituées... Peut-être les avez-vous vues hier soir?

– Entrevues seulement.

– Elles ont été remplacées par des Blanches importées d'Europe et jamais plus elles ne feront cela! Je suis venue les chercher. Tout à l'heure elles vont repartir avec moi et je leur rendrai la dignité de leur race en les ramenant auprès de ceux de leur sang pour qui elles sont faites... Je les ai rachetées comme je l'ai déjà fait depuis des années pour des centaines d'autres qui s'étaient laissé prendre, par peur ou par ignorance, dans les filets des proxénètes. Savez-vous comment je les ai rachetées?

Elle avait retrouvé brusquement le visage et presque les rugissements de la prêtresse en transe.

– C'est moi, continua-t-elle d'une voix frémissante, qui ai financé les voyages des Européennes qui viennent les remplacer ici dans l'ignoble métier. C'est moi qui ai payé les avances importantes qu'il a fallu verser à chacune d'elles pour les décider à s'expatrier... Je vous ai dit au cours de notre première conversation que j'avais toujours besoin d'argent : voilà l'une des facettes de « mes » dépenses! Vous commencez à comprendre pourquoi, malgré les sommes considérables que je parviens à trouver grâce à mes exhibitions de *Quimbanda* ou par d'autres moyens, je serai toujours pauvre? Pourquoi aussi il faut que vous m'aidiez avec les recettes de votre film lorsqu'il sortira sur tous les écrans? Pourquoi n'importe quel être de cœur doit me venir en aide?... Et encore, s'il n'y avait que ce problème de nos Indiennes qu'on loue à des tarifs dérisoires! Mais, hélas, il en existe tellement d'autres... Une fois qu'elles sont arrachées à ce que vous appelez « le milieu », il faut leur assurer des moyens de vie décente. Ça coûte cher, très cher, tout cela : des milliers de dollars ou des millions de cruzeiros!...

» Ce que je n'arrive pas à saisir, c'est que des Broscani ou autres vous aient fait venir ici. Même s'ils se sont bien gardés de vous expliquer qu'ils n'étaient que d'ignobles proxénètes, ils devaient bien se douter qu'il vous suffirait de quelques instants pour tout comprendre. Aussi je ne vois pas où ils veulent en venir. Dites-moi encore la vérité : pourquoi ont-ils agi ainsi?

– Je pense qu'ils ont pris ce risque parce qu'ils ont réalisé que la seule chose qui m'intéressait était de vous retrouver le plus rapidement possible.

– Des gens comme eux capables de « nous » aider, vous et moi? Jamais! Ils vous haïssent autant que moi et plus ils verront que nous sommes devenus de vrais amis, plus leur haine grandira! Dites-moi : qui est la personne, habitant à Paris et dont vous m'avez parlé, qui vous a recommandé à distance aux bons soins d'Emilio Broscani? Vous connaissez le dicton : « Qui s'assemble se ressemble... » Etes-vous certain que cet ami parisien soit quelqu'un d'estimable?

– Vous m'en demandez trop! Quand on est sur le point de s'embarquer, comme ce fut mon cas en France, pour un pays où l'on ne connaît personne, on est très content de rencontrer quelqu'un qui veut bien se donner la peine de télégraphier à l'une de ses relations, habitant précisément dans ce pays, pour lui demander qu'elle vous vienne en aide dès votre arrivée. Le correspondant parisien de Broscani est un monsieur d'un certain âge. Il connaît mon père et m'a dit avoir séjourné autrefois au Brésil. Et je puis vous certifier que c'est un homme des plus respectables. C'est du moins ce que m'a assuré mon père car je ne l'ai vu qu'une fois.

– Il vous avait expliqué qui était exactement Broscani?

– Il m'a simplement dit qu'il brassait de grosses affaires. Moi-même, quand j'ai demandé à Broscani, le jour où lui et moi avons fait connaissance à Rio, ce qu'il faisait, il m'a répondu qu'il était dans l'import-export. De toute façon, je lui suis infiniment reconnaissant. Lorsque je lui eus expliqué le but de mon voyage, c'est lui qui m'a parlé de vous, de la femme exceptionnelle que vous étiez, de l'aide que vous pourriez m'apporter.

– Fort bien! Mais vous avez compris maintenant à quel genre d'import-export il se livrait.

– Oui, c'est ahurissant! Si je m'en étais douté...

– Qu'est-ce que ça aurait changé? Comme vous venez de le dire, il vous a quand même rendu service... Seulement maintenant vous voyez bien qu'il est capable de tout. Je vous en avais averti au cours de notre premier entretien. Vous ne m'avez pas crue.

– Si! Dès les premières minutes. Et je suis fermement décidé à continuer à vous écouter... Pendant ces derniers jours, j'ai eu le temps de réfléchir et j'en suis arrivé à la conviction que non seulement vous étiez ma plus grande, mais même ma seule alliée dans ce Brésil si terriblement hostile aux étrangers quand il le veut.

Avec une douceur infinie et une certaine sûreté d'elle-même, elle répondit :

– C'est vrai, je le crois. Aussi n'allons-nous pas nous attarder ici. J'attends d'un instant à l'autre la voiture qui me permettra d'emmener les quatre Indiennes.

– Pour les ramener dans une réserve au milieu de ceux de leur race?

– Ce serait une erreur. Maintenant qu'elles ont été polluées par la prétendue « civilisation blanche », elles ne pourraient plus s'acclimater à l'existence simple et rudimentaire de la jungle et elles y apporteraient surtout les vices et peut-être les maladies que leur ont donnés vos frères de race. Après l'expérience qu'elles viennent de vivre, ce sont des femmes contaminées à jamais. Je ne peux donc les reclasser qu'au milieu de ceux des leurs qui, eux aussi, ont pris contact avec les Blancs et auprès desquels elles essaieront de redevenir des vraies femmes. Le terrain le plus propice à ce genre de reconversion se trouve dans les exploitations agricoles où des emplois leur sont déjà réservés par mes soins. Mais je dois aussi faire en sorte de les séparer pour que cette communauté de femmes qui se sont prostituées ensemble ne se reforme pas! Rien n'est plus vulnérable que les retrouvailles d'anciennes putains entre elles : la nostalgie de la profession perdue les hante... Nous avons un axiome aussi vieux que la conquête – et qui doit sans doute exister chez vous – disant qu'« une fille est une fille... ». Qu'elle soit blanche, noire ou indienne, c'est toujours vrai! La seule différence vient de ce que chez nous ce sont les Blancs qui ont imposé la prostitution à nos indigènes.

– Quand vous aurez ainsi réparti ces malheureuses dans des exploitations agricoles différentes, que ferez-vous?

– Je vous aiderai à réaliser votre film. C'est pourquoi vous allez quitter cette maison pour me rejoindre.

– Pourquoi ne pas partir avec vous? Nous gagnerions du temps.

– Ce serait une autre erreur : sous prétexte de vous « aider », Broscani et sa bande continueraient à surveiller vos moindres déplacements ou agissements. Ce n'est pas ce que vous cherchez, n'est-ce pas?

– Je veux être libre de mes mouvements et seul avec vous.

Elle eut un sourire :

– Croyez-vous, si nous restons ensemble, que je vous laisserai beaucoup de liberté?

– Je ne demande qu'à être enchaîné par une femme intelligente.

– Ce sont là des paroles bien imprudentes! Espérons que vous ne les regretterez pas! Mais puisqu'elles sont dites, je vous garde... Voilà ce que vous allez faire : dès demain, c'est-à-dire vingt-quatre heures après mon départ, vous vous débrouillerez pour me suivre à distance sur la Transamazonique... C'est le long de cette route que je répartirai chacune de mes protégées dans des exploitations agricoles où on les attend et qui sont séparées les unes des autres par des centaines de kilomètres. As-tu de quoi écrire?

– Un bon cinéaste a tout ce qu'il lui faut sur lui.

– Alors inscris ce mot sur ton carnet : Jacareacanga. Cette ville, située sur la Transamazonique, se trouve à peu près à mi-chemin entre Itaituba et Humaita. Tu t'y feras déposer discrètement sans que le chauffeur ou d'éventuels occupants de la voiture dont tu te seras servi puissent savoir où tu vas. Et tu te réfugieras à la Mission de San Isidro. Donne-moi ton carnet pour que j'y inscrive le nom et l'adresse. Là, tu seras accueilli par le Révérend Père Ribeiro. C'est un homme extraordinaire, un jésuite portugais qui est l'un des plus grands amis des Indiens. Tu ne peux pas savoir le nombre de services qu'il m'a rendus! Si tous les Blancs étaient comme lui, il n'y aurait aucun problème pour mes frères et sœurs de race! Tu ne bougeras pas de la Mission jusqu'à ce que je vienne t'y chercher ou que je t'envoie un messager qui te conduira jusqu'à moi. Ce dernier parlera portugais et, pour être sûr qu'il est bien mon envoyé et non pas celui de l'organisation Broscani, tu lui demanderas – l'expression peut te sembler étrange dans cette maison – le mot de passe. Ce sera *Kreen-Azkakoré,* le nom de cette tribu d'Indiens géants récemment découverts dans la jungle du Mato Grosso le long du rio Peixoto de

Azevedo. Mais, comme ils ont à nouveau disparu dans les profondeurs de la forêt amazonienne, j'estime que leur nom est synonyme de liberté. Ce sera donc notre code de ralliement à toi et à moi... Tu n'as pas remarqué que, depuis quelques instants, je te tutoie. Ça ne t'ennuie pas?

– Ça m'enchante! N'est-ce pas la preuve que notre amitié s'est encore resserrée?

– Geoffroy, nous ne nous dirons plus jamais « vous ». Laissons cette mauvaise habitude à ceux qui ne s'estiment pas... Tu te souviendras de Kreen-Akakoré?

– Oui.

– L'attente à la Mission de San Isidro pourra durer quelques heures ou quelques jours. Tout dépendra des questions que j'aurai encore à régler. Mais je suis certaine que tu ne t'ennuieras pas en compagnie du Père Ribeiro. Il te racontera une foule de choses sur les rapports existant aujourd'hui entre Blancs et Indiens. C'est un personnage passionnant pour qui j'ai la plus grande vénération.

– Toi, la prêtresse du démon *Exu*?

– Le Père Ribeiro aime bien *Exu* : il dit que c'est un bon diable, infiniment plus intelligent que celui qui sévit chez vous, en Europe.

– Où et comment trouverai-je une voiture pour me mener jusqu'à Jacareacanga? Je ne vais tout de même pas demander au nain Beppo, qui n'est qu'un valet de don Miguel, de s'en charger?

– Tu as prouvé jusqu'à présent que tu étais débrouillard : continue! Ne m'as-tu pas laissé entendre que tu étais prêt à mettre tout en œuvre pour me rejoindre? Alors...

– Tu as raison : demain soir ou après-demain au plus tard, je serai à la Mission.

– Tu devrais profiter de ce voyage, le premier

que tu feras sur la Transamazonique, pour prendre quelques vues avec ta caméra. Cela te donnera de beaux extérieurs dont tu pourras te servir quand tu feras le montage définitif de ton film.

– Ma parole, Edna, toi aussi tu as l'étoffe d'une cinéaste! Je suivrai tes conseils.

– Je vais même t'en donner un autre... Tu m'as parlé tout à l'heure d'un prologue où tu aimerais faire apparaître quelques spécimens de ces Blancs qui sont les ennemis acharnés des Indiens... C'est là une excellente idée! Mais il me semble que de telles images auraient plus de force si tu montrais le contraste entre ces bourreaux et leurs victimes résignées... Ce qui se passera ici dans un instant va t'en donner la possibilité. Au moment où je partirai avec mes Indiennes, tu les filmeras en compagnie de Beppo, leur garde-chiourme : ce seront les images rares et véridiques de l'adieu d'une race opprimée au personnage grotesque représentant la race des vainqueurs... Mais attention! Ne me photographie pas! Je ne veux paraître à aucun moment de ton film.

– Ne serait-ce pas juste pourtant? N'es-tu pas l'authentique libératrice de ces prisonnières? Ta beauté triomphante à côté de la laideur repoussante du nain ne serait-elle pas d'un effet saisissant?

– Non. Ceux qui verront plus tard le film seraient enclins à croire que nous avons choisi ce gnome européen alors qu'il n'est ici que par la volonté de proxénètes. Les choses pourront être expliquées ensuite dans le commentaire parlé, mais sans que mon nom soit prononcé. L'aide à son prochain ou à ceux de sa race n'est noble que si l'on sait soi-même s'effacer. Toi qui es la générosité même, tu ne peux qu'être de mon avis.

– Edna, je te trouve sublime!

– Tais-toi! Je ne suis qu'un instrument du destin. Si ce n'avait pas été moi, un autre certainement aurait joué ce rôle... Quelqu'un de la trempe du jésuite dont tu vas faire la connaissance ou de quelques autres Blancs qui te ressemblent parce qu'ils possèdent une âme.

Beppo venait de réapparaître dans le patio. Il n'osait s'approcher du bar.

– Qu'est-ce que tu veux? demanda Edna, la voix dure.

– Votre voiture est arrivée.

– Alors, nous partons. Va prévenir celles que j'emmène.

– Elles attendent là-haut avec impatience.

– N'importe quelle femme à leur place serait dans le même état... Dis-leur de descendre et transporte leurs bagages jusqu'à la voiture.

Dès qu'il fut dans l'escalier, elle dit à Geoffroy :

– Va chercher ta caméra et reviens vite avant qu'elles soient là.

Une minute plus tard, il était de retour, appareil en main. Reculant dans le fond du patio pour ne pas se faire remarquer, il braqua la caméra dans la direction de l'escalier : la descente des quatre Indiennes, suivies du nain portant leurs bagages qui étaient d'une pauvreté extrême en comparaison de ceux des filles arrivées d'Europe, était une séquence à ne pas manquer. L'œil plaqué contre le viseur, il put remarquer qu'aucune expression de joie ne se reflétait sur les visages safranés : les filles avançaient, dociles et amorphes, comme du bétail que l'on pousse et qui ne sait pas où il va... Edna avait abandonné son tabouret du bar pour les accueillir debout, mais, volontairement ou non, elle tournait le dos à l'objectif. Vue ainsi, elle évoquait la silhouette d'une autre amazone – aussi brune que la Belge était blonde – qui passerait ses troupes en revue. Après avoir prononcé – dans un dialecte fait d'onomatopées gutturales que Geoffroy était incapable de comprendre – quelques paroles destinées sans doute à expliquer aux Indiennes qu'elles n'avaient plus rien à craindre, celles-ci se dirigèrent vers la porte que la vieille métisse, surgie comme le nain de l'obscurité, ouvrit. Une longue conduite intérieure américaine, dont la couleur sombre et les vitres teintées contrastaient avec l'insolence tapageuse de la décapotable de don Miguel, stationnait devant la porte. Les « libérées » s'y engouffrèrent pendant que Beppo aidait le chauffeur à ranger les bagages dans l'immense coffre arrière : un chauffeur aussi métissé que Vadina.

Edna s'était retournée vers Geoffroy qui baissa aussitôt sa caméra vers le sol.

– Tu vois, dit-il, je respecte le mystère dont tu veux t'entourer.

– C'est bien. Si tu fais exactement ce que je t'ai dit, je te promets que nous nous retrouverons bientôt... Au revoir, toi!

– Edna...

Le nom s'étrangla dans sa gorge pendant qu'elle lui souriait. Jamais elle n'avait eu un tel sourire où se lisaient l'espoir, le rêve, la confiance, la tendresse et même quelque chose de plus... Elle s'enfuit aussitôt comme si elle regrettait déjà de s'être livrée. Il la vit monter dans la voiture où elle prit place à côté du chauffeur. La marchandise humaine, échangée contre celle importée d'Europe, restait invisible à l'arrière de la voiture, dissimulée derrière les vitres teintées.

Vadina referma la porte pendant que le nain rejoignait son poste derrière le bar.

– Monsieur désire-t-il quelque chose?

– Voilà une excellente idée! Servez-moi un double scotch.

Beppo lui laissa avaler la première gorgée, puis il dit :

– Ce n'est pas bien ce qu'a fait Monsieur : me filmer en compagnie de ces sauvages!

Il se glissait, sous le ton poli, une vague menace.

– D'abord ce ne sont pas des sauvages mais des Indiennes! rétorqua Geoffroy. Ensuite, étant venu dans ce pays uniquement pour y tourner un film, je prendrai les vues que je veux! Personne ne m'en empêchera! Et ne m'avez-vous pas donné, hier, votre accord pour que je vous filme?

– A condition que Monsieur demande l'autorisation à Mlle Sylvie : ce qu'il n'a pas fait...

– Comment l'aurais-je pu puisqu'elle n'est pas là?

– Monsieur aurait pu attendre son retour : elle sera ici en fin d'après-midi et je suis sûr qu'elle sera très mécontente quand je lui dirai ce qui s'est passé.

– Elle ne le saura pas! J'ai décidé, Beppo, que vous ne lui révéleriez rien! Prenez ça : ça vous rendra muet!

Il lui lança sur le comptoir vingt dollars que le nain s'empressa d'empocher.

– A ce prix-là, je consens à devenir également sourd-muet.

– En plus de ta taille, ce serait trop pour un même homme. Je remonte dans ma chambre.

– Aimeriez-vous que Vadina vous y monte un repas?

– Non. Je tiens à ce que personne d'autre que vous ne me dérange. Et vous ne viendrez frapper à ma porte, avec discrétion cette fois, que lorsque Mlle Sylvie sera de retour. A ce soir.

Rentré dans sa chambre, il s'allongea sur le lit

selon son habitude. Et, les yeux ouverts, fixant sans le voir le plafond assez quelconque du baldaquin, une fois de plus il s'abandonna à ses réflexions.

Celles-ci, d'abord, se fixèrent sur « les Européennes » qui avaient remplacé les Indiennes et qui occupaient, seules ou provisoirement accompagnées, les chambres voisines. Peut-être serait-il intéressant de lier connaissance avec l'une ou l'autre de ces pensionnaires itinérantes pour connaître les raisons qui les avaient précipitées dans un tel abîme. La misère? Ce n'était pas certain... Une soif d'aventure? Le dégoût de vivre dans leur pays d'origine? Le vice? La crainte de leurs sinistres « employeurs »? Mais en quoi une telle enquête servirait-elle les intérêts de la S.F.E.P.? Mieux valait ne considérer ces filles que comme des pions placés sur l'échiquier où se jouait une partie dangereuse, qui ne les concernait pas.

Il se mit ensuite à évoquer le visage et la silhouette d'Edna. Une Edna dont la personnalité exceptionnelle n'avait fait que grandir au cours de ce second entretien et qui venait de se révéler sous un jour différent : celui d'une créature sincèrement convaincue de bien agir en sacrifiant des femmes d'importation pour sauver celles de sa propre race, une sorte de trafiquante qui rendait aux Blancs – sur cette même terre du Brésil où ils avaient été les premiers à importer des esclaves – leur monnaie de négrier. Pour elle, substituer une Blanche à une Indienne dans une maison de rendez-vous, c'était faire œuvre de salubrité à l'égard des siens. Il y avait, dans un tel comportement, quelque chose d'assez grandiose... Pourquoi n'aurait-elle pas été dans le vrai? Puisque la prostitution était un mal inévitable, vieux comme le monde, n'était-il pas préférable que ses victimes vinssent d'ailleurs? Sur ce point, Geoffroy approuvait entièrement la prêtresse. Mais il ne pouvait pas oublier non plus qu'il avait été envoyé auprès d'elle pour découvrir le mobile secret qui la faisait agir. Il n'était pas crédible que celui-ci fût uniquement la volonté de protéger les derniers spécimens d'une race. C'était aussi fallacieux que lorsque lui-même, Geoffroy, affirmait n'avoir pour but, en venant au Brésil, que de réaliser « son » film! Il y avait une autre raison infiniment plus forte... Laquelle?

Plus il s'enfonçait dans l'aventure, plus il sentait que cette raison impérieuse ne lui serait révélée que s'il jouait le jeu à fond. N'en était-il pas maintenant au moment crucial où il faut choisir entre deux cartes? Ou il continuait à se conformer aux renseignements fournis par l'équipe Broscani et donc à obéir aux prescriptions impératives envoyées de très loin par Tarnec, ou bien il négligeait délibérément cette aide pour ne plus écouter qu'Edna. N'était-ce pas ce qu'il venait de faire instinctivement en lui promettant de l'attendre à la Mission du Père Ribeiro, huit cents kilomètres plus loin, sur la Transamazonique, sans révéler où il allait se terrer à ceux qui avaient reçu la charge de le protéger? Maintenant il lui était difficile de reculer : la carte Edna venait d'être jetée sur le tapis. Mais, chose curieuse, il en éprouvait un réconfort : il commençait à avoir confiance en Edna alors que la seule idée d'avoir recours aux manœuvres de Broscani, de don Miguel ou même de Sylvie lui répugnait. Désormais, il devrait se passer de ces gens-là... Pourtant il n'était pas sans s'inquiéter. Peut-être commettait-il une imprudence dont les conséquences risqueraient d'être catastrophiques : couper brutalement les ponts avec la seule aide qui pouvait lui être apportée, n'était-ce pas trahir Tarnec et la S.F.E.P.? Mais, faute d'agir ainsi, jamais – maintenant il en était sûr – il ne parviendrait à savoir ce qui se cachait derrière la prêtresse! Il est des moments dans la vie où il faut savoir jouer le tout pour le tout. Dès demain, il partirait pour Jacareacanga et, s'il attendait ce soir le retour de la Belge, c'était bien parce qu'il avait l'intention de se servir d'elle ou, tout au moins, d'utiliser son organisation pour parvenir à cette nouvelle étape.

Ce qu'il ne pouvait pas comprendre – parce que, sans qu'il en prît conscience, il n'en avait déjà plus la force – c'était que sa décision n'était dictée que par la volonté de l'autre. Geoffroy était en train de devenir amoureux d'Edna. Comment aurait-il pu en être différemment? Quel homme, lancé à la poursuite d'une fabuleuse aventurière auréolée aussi de l'attrait trouble que peut offrir une belle criminelle, ne serait pas conquis? Qui ne tomberait pas dans ce piège démoniaque fait de rencontres fulgurantes alternant avec d'interminables séparations? Chaque fois, que ce fût pendant la cérémonie *quimbanda*, dans le palace de Rio de Janeiro ou devant le bar du bordel d'Itaituba, la femme de rêve avait réussi à s'esquiver sous le subtil prétexte qu'elle devait voler au secours d'une race opprimée. Non sans avoir pris soin de faire comprendre à l'homme que, s'il avait la patience d'aller l'attendre dans un autre lieu situé à des centaines de kilomètres, il aurait toutes les chances de la revoir.

C'était la poésie sublime des départs et des retours, la course par étapes vers un bonheur que l'on sent à la fois proche et lointain. C'étaient les attentes successives qui aiguisent le désir. C'était surtout l'encerclement progressif où la femme joue l'appât alors que l'homme n'est plus que la proie.

Tout cela s'était déroulé plus vite que ce film qu'il fallait quand même faire semblant de tourner pour inspirer confiance. Ce film qui s'ouvrait sur la vision absurde de quatre Indiennes fuyant la tutelle d'un nain, lui-même échappé d'un cirque en faillite.

Les yeux de Geoffroy, las sans doute de fixer la monotonie d'un ciel de lit, se fermèrent. Accablé par ce défilé d'images, il avait fini par s'endormir.

Quelques heures plus tard, on frappait doucement à la porte. La blonde Sylvie apparut.

– Vous dormez? demanda-t-elle.

– Je rêvais à vous. Vous ne me croyez pas? Pourtant c'est vrai! Je vous espérais.

Tout à fait réveillé, Geoffroy s'assit sur le bord du lit.

– Rien n'est plus agréable, continua-t-il, que de se trouver brusquement devant la dame de ses pensées qui a eu la gentillesse de sortir du rêve pour se présenter en chair et en os. Je vous trouve encore plus belle aujourd'hui : ces vêtements sombres vous vont à ravir et donnent plus d'éclat à votre blondeur.

Elle était, en effet, vêtue de noir : chemisette, pantalon et bottes.

Le compliment avait porté. Le visage de la visiteuse s'irradia d'un sourire :

– Avez-vous été satisfait de votre rencontre de ce matin?

– Assez satisfait. Vous la connaissez bien, cette Edna?

– Il y a longtemps que je l'ai repérée, mais je ne pense pas que ma physionomie lui soit familière.

– Une aussi jolie personne que vous aurait-elle réussi à échapper au regard inquisiteur d'une telle pythonisse?

– C'est possible. Ce genre de femmes ne doit pas perdre son temps à regarder ceux qui ne l'intéressent pas.

– Vous vous trompez, Sylvie... Sans vous avoir

jamais vue, Edna sait que vous existez. Elle m'a même fait, à votre sujet, une confidence qui m'a vivement surpris...

– Laquelle?

– Elle m'a laissé entendre que vous seriez la maîtresse de don Miguel...

Interloquée, Sylvie resta muette pendant quelques secondes.

– De quoi se mêle-t-elle, cette métisse? éclata-t-elle enfin. Même si c'était vrai, en quoi cela la gênerait-elle?

– Peut-être est-elle jalouse? On a bien le droit d'être amoureuse d'un aussi grand seigneur dont la bonté semble être reconnue par tout le monde... Dites-moi : en ce qui vous concerne, c'est vrai ou faux?

– Je n'ai pas à répondre.

– Dommage! J'aurais aimé pourtant que vous me confirmiez que ce monsieur n'avait rien à faire dans votre vie.

– Pourquoi?

– Des blondeurs de votre genre, ça ne m'a pas l'air d'être tellement courant en Amazonie! Qui vous dit que je ne suis pas un peu amoureux de vous, moi aussi?

– Vous? Amoureux? Ça me surprendrait... Je ne vous vois pas plus amoureux d'une femme que je n'imagine cette Edna se pâmant devant un homme! Chacun dans votre genre vous appartenez à la race de ceux qui n'aiment qu'eux-mêmes... Voilà pourquoi elle et vous parviendrez peut-être à vous entendre un jour ou l'autre! Deux caïmans...

– Le mot que vous venez de prononcer doit se justifier assez bien pour elle, mais, en ce qui me concerne, il n'est pas très gentil. Alors, sincèrement, vous me croyez incapable d'éprouver un sentiment pour quelqu'un comme vous? Sachez en tout cas que je n'ai toujours eu de faible que pour les blondes.

– Dans ce cas vous allez être servi! Parmi le lot que je viens de ramener et qui est en train de s'installer dans cette maison, il y a une blonde éblouissante...

– Vraiment? D'où vient-elle?

– C'est une Finlandaise.

– Eh bien, je serai enchanté de pouvoir l'admirer tout à l'heure, à condition bien sûr qu'elle se mette tout de suite à l'ouvrage comme ces dames d'hier.

– Soyez tranquille : elle sera au bar d'ici une heure.

– Je sais que, dans votre organisation, le temps c'est de l'argent.

– Il y a déjà foule en bas. Les bonnes nouvelles, ça court vite dans ces régions!

– Alors, ce soir, ça va être la grosse recette? C'est Beppo qui va être content... Avec l'arrivage d'aujourd'hui, vous avez doublé vos effectifs...

– Les quatre d'hier soir ne travailleront pas cette nuit. Elles se reposeront parce qu'elles partent demain matin de très bonne heure.

– Sous votre conduite, naturellement?

– Je ne lâche jamais mes troupes.

– Et elles seront réparties le long de la route dans les différentes « succursales » dont vous m'avez parlé?

– L'une des choses qui me fascine le plus chez vous, c'est votre mémoire... Mais j'y pense : si cela vous amuse de voir ce qui se passera en bas tout à l'heure, peut-être pourrions-nous y faire un petit dîner comme hier?

– Connaissant maintenant votre opinion sur mes possibilités sentimentales, je n'aurais pas osé vous le proposer. Mais enfin, puisque vous insistez, j'accepte... à une condition cependant : c'est moi qui vous invite.

– Don Miguel a donné des ordres formels : dans « nos » maisons, où qu'elles soient, vous serez un invité d'honneur.

– Toujours grand seigneur, ce cher don Miguel. A la réflexion, ça ne m'étonne pas qu'une femme puisse être amoureuse de lui.

– Ne brodez pas! Je ne vous ai pas dit que je l'étais... Vous m'avez bien regardée?

– C'est précisément pour ça que je n'arrive pas à vous imaginer avec lui... Ça ne colle pas! Cela voudrait-il dire que j'ai encore une petite chance?

– Vous vous moquez?

– Jamais d'une blonde aux yeux bleus!

Elle le regarda, une nouvelle fois sceptique, avant de dire, plus détendue :

– Après tout, c'est possible... S'ils le veulent, les Français peuvent être des amoureux.

– Et même quand ils ne le veulent pas! C'est plus fort qu'eux...

– A tout à l'heure.

Elle avait déjà ouvert la porte, mais, avant de sortir, elle se retourna pour dire avec une douceur qu'il ne lui connaissait pas :

– Vous ne m'en voudrez pas de vous poser une petite question qui risque de vous paraître indiscrète?

– Oh! Vous savez : les murs de cette pièce ont dû en entendre beaucoup d'autres. Ne sommes-nous pas dans la maison des confidences? Je vous écoute.

– Ce n'est qu'une question de femme : ça vous a fait quelque chose de revoir Edna Monseca?

– Pourquoi voudriez-vous qu'il en soit ainsi? Cette métisse n'est rien d'autre pour moi qu'une relation pouvant m'apporter d'excellentes ouvertures pour la réalisation de mon film. C'est tout. Le reste ne m'intéresse pas. Et puis je vous répète que je n'aime que les blondes.

– Elle est cependant belle?

– Je vous répète que je n'aime que les blondes.

– Peut-être y en a-t-il une qui vous attend en France?

– Même pas! Ça peut vous paraître assez bête, mais figurez-vous que je ne l'ai pas encore trouvée...

– A mon tour de vous demander si j'ai quelques chances.

– Qui sait?

– Je ne sais pas encore si vous êtes capable d'être sincère, mais je commence à croire que, selon le désir que vous m'avez exprimé hier, nous pouvons devenir de solides amis. Bien sûr, il y a le métier que j'exerce et pour lequel vous n'avez pas tellement d'estime. Seulement, il fallait bien que je vive, moi aussi! Et personne ne m'a tendu la perche à l'exception de don Miguel.

– Comme il l'a fait pour Beppo?

– Exactement. C'est pourquoi j'ai accepté de l'aider dans ses recherches.

– Quel charmant euphémisme! Etes-vous bien rémunérée au moins?

– Ne vous inquiétez pas à ce sujet. Le jour où j'estimerai avoir assez « travaillé » pour me permettre de me retirer en beauté, je le ferai sans hésiter.

– Et cette retraite dorée se passera ici?

– Certainement pas! Ce métier méprisable m'a déjà permis de me faire construire une ravissante maison dans les environs de Liège, ma ville natale, où habite déjà ma mère qui attend mon retour définitif. Je vivrai là et je n'en sortirai plus.

– Auriez-vous des qualités bourgeoises?

– Comme toutes celles qui ont beaucoup voyagé, j'aspire à la tranquillité.

– Et au mariage peut-être?

– Oui, si je rencontre enfin celui qui me convient.

– Comment devra-t-il être?

– Ça va sans doute vous surprendre : vaguement dans votre genre.

Il se rapprocha d'elle, mais elle recula :

– Non. Pas maintenant! C'est trop tôt : nous ne nous connaissons pas encore... Ce qu'il faut, c'est que moi aussi je vous aide à réaliser ce film. S'il est réussi, il vous fera connaître dans le monde entier. Vous deviendrez un homme célèbre.

– Avec qui vous feriez votre vie?

– Vous avez de l'étoffe et je suis convaincue que vous ne vous déplairiez pas dans ma maison de Liège.

– En compagnie de maman?

– Telle que je la connais, elle serait très capable de vous chérir comme un fils.

– Elle sait ce que vous faites?

– Vous êtes fou! Elle est persuadée que je travaille dans une véritable chaîne hôtelière. S'il vous arrivait de la voir un jour, il ne faudra jamais lui dire la vérité : elle en mourrait!

– C'est promis. Je vous fais cependant remarquer que le nombre de femmes exerçant votre profession qui se sont abritées derrière l'honorabilité de madame leur mère est incalculable.

– Cessez d'être méchant! A ce soir.

– Sylvie... A mon tour de vous poser une question indiscrète! Avant de jouer les rabatteuses internationales, qu'est-ce que vous faisiez?

Après une légère hésitation, elle répondit :

– Pourquoi vous le cacher? Un jour ou l'autre, vous finirez par le découvrir... Eh bien, oui : j'ai été l'une des premières à être « importée » ici, il y a quelques années, quand la construction de la Transamazonique a commencé.

– Et, comme vous avez très bien « travaillé », vos employeurs vous ont donné, si j'ose dire, de l'avancement?

– C'est un peu cela.

– Et vous avez cessé de jouer « les femmes de pointe » pour vous occuper du recrutement? Ça ne m'étonne plus que vous soyez aussi documentée sur le côté pénible du travail de ces dames.

– Taisez-vous! Vous êtes terrible!

Elle s'enfuit en claquant la porte. A nouveau seul, il se demanda si jadis le voyage de Sylvie la Belge n'avait pas été lui aussi payé par Edna Monseca. Et qui sait? Peut-être était-ce elle encore qui finançait indirectement les déplacements de la rabatteuse chargée de remplacer progressivement les Indiennes par un contingent de plus en plus important de Blanches? S'il n'y avait pas eu l'argent, trouvé un peu partout et à n'importe quel moyen par la prêtresse, peut-être ces femmes ne seraient-elles jamais venues s'égarer en Amazonie? Cela ne prouvait-il pas qu'Edna était la plus forte?

Beppo n'avait pas menti : il y avait foule au bar autour des « nouvelles ». Une foule dans laquelle il reconnut quelques habitués de la veille et tout particulièrement le Russe Kouzianov et l'Américain Walter Bearl. A se demander si ces personnages s'occupaient réellement de recherches pétrolières. Le délégué de la Croix-Rouge, Hippolyte Deplan – celui que Geoffroy avait surnommé « le binoclard » –, était là également. Il conversait avec l'une des arrivantes et semblait avoir oublié la Polonaise avec qui il était monté la veille. C'était assez curieux de constater que ce bon apôtre – qui respectait trop les

Indiennes pour coucher avec elles, comme l'avait expliqué Sylvie – ne semblait avoir aucun scrupule à l'égard des Européennes... Il y avait aussi des officiers en uniforme, mais ce n'étaient pas les mêmes que la veille. Les seuls qui manquaient à l'appel étaient les deux jeunes dessinateurs pédérastes : une nuit passée en compagnie de femmes vénales devait leur suffire pour un bon bout de temps.

Le nouveau lot de femmes donnait l'impression d'être d'une qualité supérieure à celui de la veille. Geoffroy reconnut tout de suite l'Espagnole au peigne d'écaille planté dans son gros chignon couleur jais et aux guiches plaquées en forme d'accroche-cœur sur ses joues très pâles : ce qui lui donnait une vulgarité appétissante, en parfaite harmonie avec ce lieu. La Roumaine, un peu moins brune de chevelure, mais dont la peau était plus mate, se faisait remarquer par la sonorité de son langage qui semblait transporter au septième ciel Walter Bearl, le représentant de l'A.N.O. La Hongroise, qui ne manquait pas d'allure, était mieux que jolie. Mais celle qui dominait de loin l'arrivage était la Finlandaise dont la blondeur était éclatante. Pendant que l'envoyé de la S.F.E.P. la contemplait, une voix murmura derrière lui :

– Vous pouvez constater que je n'ai pas exagéré tout à l'heure en vous annonçant que vous verriez une blonde ravissante.

C'était Sylvie, sagement assise à la même table que la veille sur laquelle deux couverts étaient dressés. Comme il la regardait sans répondre, elle continua :

– Me feriez-vous déjà des infidélités? Ce ne serait pas galant, moi qui me réjouissais de vivre un second dîner d'amoureux.

– Vous savez bien que j'en suis ravi! s'exclama

Geoffroy en venant s'asseoir face à elle. Et n'ayez aucune crainte en ce qui concerne votre pensionnaire nordique. Les seuls tête-à-tête qui m'intéresseront désormais seront les nôtres. Mais, hélas! allons-nous en connaître beaucoup? Ne devez-vous pas partir dès demain matin afin de procéder à votre surprenante répartition? Quand nous reverrons-nous?

– Tout dépendra de ce que vous allez faire vous-même. Je ne pense pas que vous ayez l'intention de séjourner longtemps ici?

– Non. Itaituba est, certes, une ville qui ne manque pas d'attraits, mais j'ai l'impression d'en avoir découvert, grâce à votre charmante hospitalité, le lieu le plus idyllique! Que pourrais-je souhaiter de plus? C'est pourquoi moi aussi je pars demain.

– Pour où?

– Désirant prendre quelques vues de la Transamazonique, il est dans mes intentions de l'utiliser pendant un certain nombre de kilomètres jusqu'à une prochaine halte que je n'ai pas encore choisie. Le moment voulu, je me laisserai guider par mon inspiration... A ce propos, est-il possible de louer ici une voiture qui me permettrait de me déplacer avec une certaine autonomie?

– Oui, mais ça vous coûtera une fortune! Vous allez sans doute vers l'ouest?

– Que ferais-je à l'est? N'est-ce pas à l'ouest que se trouvent les Indiens?

– Pour avoir quelques chances d'en rencontrer à l'état sauvage, il vous faudra abandonner à un moment ou l'autre la Transamazonique pour vous enfoncer dans la jungle, soit au nord, soit au sud. Et là vous ne pourrez pas utiliser votre voiture : les seuls moyens de locomotion sont la navigation sur des rivières ou l'avion.

– Vous n'avez donc pas compris que je suis prêt,

depuis mon départ de Paris, à aller au bout de mon aventure? S'il le faut, je m'enfoncerai à pied dans l'enfer vert!

– J'aime votre enthousiasme! Vous êtes tout à fait comme Hippolyte Deplan.

– Qui est-ce? demanda-t-il, feignant de n'avoir pas remarqué la présence du Suisse devant le bar.

– Je vous l'ai montré hier soir! Il est en train de parler avec Celsa, l'Espagnole...

– Ah, oui! En effet...

– Je vous ai même offert, hier, de vous le présenter, pensant que vous pourriez vous entendre : il a des idées aussi généreuses que les vôtres sur les Indiens. C'est un homme cultivé avec qui vous pouvez parler en français. Voulez-vous que je lui demande de venir à notre table?

– Il m'a l'air très occupé en ce moment : ne serait-ce pas une erreur de le déranger?

– Lui! Il sera enchanté d'apprendre que vous allez réaliser un film sur ceux qu'il a mission de protéger.

– Mais notre dîner d'amoureux n'en sera plus un puisque nous serons trois.

– Vous n'êtes pas trop pressé de manger? Je vais aller lui demander de venir bavarder avec vous. Ici vous serez plus tranquilles qu'autour du bar où il y a trop de monde. Pendant ce temps, je vais monter pour vérifier les préparatifs de départ des quatre filles que j'emmène demain et qui n'ont pas le droit de descendre ce soir. Quand je reviendrai, nous rendrons Hippolyte à l'Espagnole, ou à une autre, et nous souperons tous les deux. Cela vous convient-il?

Comme il hésitait encore, elle ajouta :

– Vous auriez tort de ne pas profiter de cette occasion, car Hippolyte s'en va demain avec nous.

– Avec vous?

– Dans le petit autocar Volkswagen qui nous a amenés hier de l'aéroport jusqu'ici et qui va me servir à transporter ma cargaison le long de la Transamazonique. Il m'a demandé si je pouvais le prendre comme passager : il se rend à Jacareacanga.

Le nom résonna étrangement aux oreilles de Geoffroy. Il demanda sur un ton neutre :

– Quel nom poétique! C'est une ville?

Elle sourit.

– Mais oui! Et même une ville assez importante située entre ici et Humaita, terme de mon voyage.

– C'est là que vous « déposerez » la dernière de vos protégées?

– Oui, mais je vais jusqu'à Humaita surtout pour y inspecter une maison comparable à celle-ci pour le chiffre d'affaires et que nous avons créée presque à la même époque.

– Vous et don Miguel?

– Pour respecter la hiérarchie, vous devriez plutôt dire « don Miguel et vous »... c'est lui le patron. Mais revenons à Hippolyte Deplan : vous comprenez que, Jacareacanga se trouvant sur mon parcours, et puisque j'ai de la place dans l'autocar, ça ne me gêne guère de lui rendre ce petit service. C'est un si gentil garçon!

– Il en a l'air.

– Ne bougez pas, je vous l'amène.

Elle alla au bar où elle sut se montrer tellement persuasive que le Suisse accéda à sa demande. Les présentations faites, elle dit avant de s'éloigner :

– Je vous fais servir deux whiskies par Beppo. Je suis sûre que vous avez, l'un et l'autre, une foule de choses passionnantes à vous raconter...

– Sylvie vient de m'expliquer, dit le Suisse, que vous aviez le projet de tourner un documentaire sur la situation actuelle des Indiens du Brésil. Je vous en félicite. Un tel film pourra nous être d'un grand secours, à nous qui luttons désespérément pour sauver les tribus restantes.

– Qu'avez-vous déjà fait pour elles?

– La Croix-Rouge internationale tente de sauver les cent cinquante mille Indiens qui vivent encore en Amazonie où ils sont menacés par les fièvres et les épidémies. Vous me direz que c'est là un programme ambitieux! Mais pourquoi n'obtiendrions-nous pas quelques résultats appréciables? Il a démarré il y a dix-huit mois et il s'étendra sur cinq années. Il faut ce temps : l'Amazonie couvre 4871487 kilomètres carrés, soit huit fois la France, et beaucoup de tribus restent farouchement hostiles au contact avec l'homme blanc.

– Quelles sont les maladies les plus redoutables pour l'Indien?

– La rubéole, la variole, la tuberculose et la grippe lui sont fatales! Cela depuis que certaines tribus ont rompu avec leur façon de vivre millénaire pour se rapprocher des foyers de civilisation blanche. L'Indien qui a le courage et la volonté de continuer à vivre dans son milieu naturel – c'est-à-dire la forêt – est isolé du reste du monde et donc bien adapté au milieu ambiant. En revanche, dès qu'il prend contact avec les représentants de la civilisation tels que commerçants, ingénieurs, chasseurs, géologues et surtout les nombreux ouvriers employés sur les chantiers de la Transamazonique, il risque d'être affecté par de très graves perturbations physiologiques et même psychologiques.

– Connaissez-vous Edna Monseca?

– De réputation seulement... Et vous?

– J'ai eu l'occasion de la rencontrer il n'y a pas longtemps...

– Quelle est votre impression sur elle?

– A mon avis, qui n'a que très peu de poids puisque je suis novice dans ces régions, elle me fait l'effet d'être une femme assez exceptionnelle.

– Ce n'est pas l'opinion de tout le monde! Certains, comme vous, en disent le plus grand bien, mais ce sont les moins nombreux. La plupart estiment qu'elle n'est qu'une aventurière qui, en fin de compte, fait plus de tort que de bien à ceux qu'elle cherche à protéger. Sa plus grande erreur est, je crois, de vouloir agir seule sans tenir compte des efforts prodigués par les organisations d'aide reconnues et officielles telles que notre Croix-Rouge. Parmi nos médecins venus de Suède, de Norvège, d'Allemagne, du Portugal, du Canada et de Suisse – tous excellents spécialistes des maladies tropicales et dont plusieurs ont déjà travaillé au Vietnam et au Biafra – certains tiennent cette femme pour une hystérique de la cause indienne, une sorte de demi-folle qui pousse la haine des Blancs jusqu'au paroxysme... On se demande bien pourquoi.

– Peut-être ceux-ci lui ont-ils fait beaucoup de mal, à elle ou aux siens?

– Ce serait la seule explication de l'acharnement qu'elle met à contrecarrer tout ce que nous essayons de faire. Et c'est d'autant plus curieux que j'ai entendu dire qu'elle aurait du sang portugais.

– C'est exact, mais assez peu et elle ne demande qu'à le renier.

– On m'a dit qu'elle était très belle.

– Elle l'est... Comment fonctionnent vos équipes médicales?

– Actuellement il y en a trois qui sont déjà à l'œuvre : deux se trouvent à bord de navires-hôpitaux qui remontent les innombrables affluents de l'Amazone et la troisième utilise un avion spécialement aménagé. Chacune d'elles est dirigée par un médecin étranger, lui-même assisté le plus souvent d'un médecin brésilien et de deux infirmiers. Un système de télécommunications permet une liaison permanente avec l'antenne de Manaus où se trouve notre centrale. Personnellement, j'ai déjà pu dénombrer une vingtaine de groupes ethniques, répartis un peu partout sur l'ensemble du territoire amazonien, qui peuvent être atteints par ces équipes. Ce qui a été le plus difficile – et c'est là l'essentiel de mon travail – a été de prendre contact avec les tribus qui craignent les Blancs et qui s'enfoncent dans l'enfer vert au fur et à mesure que nous nous rapprochons d'elles. Mais nous sommes quand même parvenus à nous approcher en Basse-Amazonie, à l'est de Manaus, des Indiens Mawes et Paratintins et, au sud-est de la même ville, de plusieurs groupes indigènes.

– Quels sont vos rapports avec les autorités brésiliennes?

– Excellents. Les militaires font preuve d'une extrême bienveillance à notre égard et n'hésitent pas à mettre certains moyens de transport à notre disposition si nous le demandons.

– Ce qui prouve qu'il existe quand même des Blancs de bonne volonté?

– Il y en a beaucoup plus qu'on ne le croit. C'est pourquoi je ne comprends pas l'attitude hostile de cette Edna Monseca.

– Peut-être trouve-t-elle regrettable que vous persévériez à vous occuper de la santé des Indiens?

– Vous pouvez être certain que si nous ne le faisions pas, et malgré les vastes étendues de forêt qui leur tiennent lieu de réserve, il n'y aurait plus d'Indiens en Amazonie d'ici à une vingtaine d'années.

– Donc, si je veux réaliser un film équitable, je dois consacrer quelques séquences au travail de ces équipes de la Croix-Rouge internationale?

– Ce ne serait que justice.

– Pensez-vous que je pourrais obtenir l'autorisation de remonter l'une des rivières à bord de l'un de ces navires-hôpitaux?

– Ce doit être possible, mais je tiens tout de suite à vous mettre en garde : ces séquences ne doivent en aucun cas être destinées à magnifier notre aide aux Indiens. Ce serait une erreur. La Croix-Rouge fait le bien parce qu'il faut le faire et nullement pour soigner sa publicité! Toutes nos équipes ne demandent qu'à rester anonymes et discrètes.

– Ce qui est tout à leur honneur : ce sont des apôtres civils.

– Pourquoi n'y en aurait-il pas?

– Je vous promets que mon film respectera cette modestie. Et je vous demande à l'avenir de me considérer comme l'un de vos amis.

Geoffroy tendit la main que le Suisse serra sans hésiter.

– On n'a jamais assez d'amis quand on se lance dans ce genre d'entreprise humanitaire, dit-il. Ce qu'il faut, c'est que, grâce à votre film, des centaines de milliers de gens ou même des millions, qui vivent assez égoïstement en Europe ou ailleurs, finissent par comprendre qu'il y a encore beaucoup à faire. Ils peuvent nous aider par de vastes collectes : l'organisation et l'entretien de nos équipes coûtent très cher!

– Vous êtes la deuxième personne à me dire qu'il faut beaucoup d'argent pour venir en aide aux Indiens.

– Quelle a été la première?

– Celle que vous tenez pour votre ennemie : Edna Monseca.

– N'allons pas jusque-là! Cette femme exaltée n'est ni notre amie ni notre ennemie... Elle ne poursuit pas le même but que nous, voilà tout! Et c'est regrettable! Si elle était notre alliée, je suis persuadé que notre mission de protection d'une race en voie de disparition progresserait plus vite.

– Elle est donc si puissante?

– Elle l'est.

Le silence qui suivit fut interrompu par le retour de Sylvie :

– Vous vous êtes bien entendus?

– M. Deplan et moi sommes devenus des amis.

– J'étais certaine qu'il en serait ainsi. Maintenant je crois qu'il serait temps de libérer votre nouvel ami pour le rendre à la charmante créature qui l'attend au bar avec une constance digne de tous les éloges.

Le délégué de la Croix-Rouge esquissa un sourire.

– Que voulez-vous, confia-t-il à Geoffroy, je ne suis pas tout à fait un « apôtre », moi! Comme je dois repartir demain pour me pencher une fois de plus sur les misères des autres, j'ai besoin de prendre quelques provisions de réconfort en m'occupant de ma petite misère à moi. A bientôt, j'espère, monsieur Morin. J'ai été enchanté de faire votre connaissance.

Tandis qu'il allait retrouver sa conquête du bar, Sylvie prit sa place à la table.

– Avez-vous faim? demanda-t-elle. Moi oui.

– Tant mieux! Ainsi notre dîner d'amoureux s'annonce sous les plus heureux auspices. J'aime les femmes qui ont faim...

S'ils mangèrent de bon appétit la cuisine de Vadina, ils parlèrent peu. Comme tous ceux qui s'observent une dernière fois avant de se risquer dans une aventure, ils faisaient semblant de s'intéresser au va-et-vient du bar alors qu'en réalité la seule question qu'ils se posaient dans le silence de leurs pensées était : « Dois-je, oui ou non, faire l'amour? » Qu'elle fût séduisante, cela ne faisait aucun doute pour Geoffroy, mais ce charme blond – dont il avait proclamé les mérites plus par calcul que par conviction – était loin de posséder la force d'attirance qui se dégageait d'une Edna. Et, de toute façon, s'il y avait aventure, elle ne pourrait qu'être éphémère. Tout l'art consisterait cependant à faire croire à sa partenaire que cette aventure serait durable et pourrait même se prolonger, quand il aurait terminé sa mission, jusqu'à cette maison des environs de Liège dont la Wallonne lui avait vanté les attraits. Du premier au dernier moment, et malgré le désir qui sauve les apparences, ce ne serait de sa part qu'une comédie d'amour.

Et chez elle? Il était difficile de deviner ce qui se cachait derrière ce regard bleu : un regard trop clair pour être tout à fait sincère. Geoffroy avait la conviction qu'elle aussi, excédée peut-être de l'emprise de don Miguel, ne recherchait qu'une aventure avec un garçon comme lui, parce qu'il venait d'ailleurs et n'était mêlé en rien à l'exploitation des maisons de rendez-vous... Don Miguel? Interrogée sur la nature de ses relations avec le Péruvien, Sylvie avait seulement dit : « Je n'ai pas à répondre. » Donc, il était possible qu'elle fût la maîtresse du « patron ». Dans ce cas, n'était-ce pas dangereux de tenter l'aventure, même provisoire? Mais, par ailleurs, la jeune femme lui avait donné l'impression de posséder une maîtrise suffisante de ses décisions et de ses actes pour savoir exactement ce qu'elle pouvait faire ou ne pas faire. Si elle s'offrait à lui, c'est parce qu'elle était sûre que don Miguel, occupé ailleurs, n'en apprendrait jamais rien.

Comprenant, le repas terminé, qu'il serait superflu de laisser se prolonger plus longtemps cette observation réciproque, il dit avec ce naturel derrière lequel il savait si bien s'abriter lorsqu'il voulait arriver à ses fins :

– Je ne vais pas tarder à remonter dans ma chambre...

– Déjà?

– Ce n'est pas que je sois particulièrement fatigué, car j'ai eu tout le temps de me reposer cet après-midi. Mais je ne dois pas oublier que vous partez demain en autocar. Après l'aller et retour aérien Itaituba-Manaus d'aujourd'hui, c'est vous qui devez avoir besoin de repos!

– Je crois en effet que je vais monter, moi aussi... Mais cela vous amuserait peut-être de prolonger la soirée en conversant avec nos nouvelles pensionnaires au bar?

– Elles sont charmantes, mais cela ne me tente pas plus qu'hier soir! A quelle heure partez-vous demain?

– Très tôt, selon ma détestable habitude. Quand vous vous réveillerez, nous serons déjà loin, mon lot de femmes et moi.

– Vous oubliez le délégué de la Croix-Rouge.

– Ce cher Hippolyte! Je ne l'oubliais pas, mais il sait se montrer tellement discret que, même si on l'a comme compagnon de route, on ne doit pas remarquer sa présence. Et vous, quand comptez-vous partir?

– Dès que j'aurai trouvé une voiture en ville. M'autorisez-vous à utiliser les bons offices de Beppo pour cette recherche?

– Vous ferez ce que vous voudrez, mais je me permets de vous donner un conseil : ne faites pas appel à ce nain! Il n'est pas nécessaire qu'il soit au courant de vos déplacements.

– Ce qui impliquerait qu'il faut se méfier de lui?

– De lui et de tout le monde! Je n'ai confiance en personne.

– Pas même en moi?

Elle ne répondit pas à la question.

– Bonsoir... Il me reste à vous souhaiter bon voyage et surtout une très belle réussite pour votre film.

– Merci. Mais vos paroles m'inquiètent un peu : signifieraient-elles que nous ne nous reverrons plus?

– Peut-être en Europe, plus tard...

– A Liège?

– Ou ailleurs. De toute façon, étant donné les routes très divergentes que vous et moi sommes condamnés à suivre dans ce pays, j'ai l'impression que l'aide que je devais vous apporter, sur l'ordre de don Miguel, touche à sa fin. Que pourrais-je faire de plus que de vous assurer gîte et couvert dans « nos » maisons? J'aurais pu aussi vous offrir quelques femmes, mais comme cela ne semble pas vous intéresser... Ma vie va d'une maison à une autre, je n'ai pas la moindre compétence cinématographique et le problème des Indiens ne me concerne en rien.

– Dites plutôt qu'il ne vous passionne pas. Bonne nuit! Je vais quand même faire un effort pour vous saluer demain à l'aube au moment de votre départ : je vous le dois bien.

Rentré dans sa chambre, il s'interrogeait :

« N'aurais-je pas mieux fait de prolonger la soirée en sa compagnie? N'ai-je pas commis une erreur qui risque de faire d'elle non plus une amie, mais une ennemie? J'avoue qu'un moment d'intimité passé en sa compagnie n'aurait pas été désagréable... C'eût été ma première vraie récréation depuis mon départ de Paris. Tant pis! Et puis ma mission passe avant toutes les blondes de la terre! Enfin je vais bientôt revoir Edna... »

Ce fut quand même sans enthousiasme qu'il se déshabilla et gravit les trois marches permettant d'accéder au lit surélevé. A peine venait-il de s'allonger et d'éteindre la lampe de chevet que la porte s'entrouvrit et se referma rapidement. Une ombre s'approcha.

– Vous dormez? lui demanda-t-on à voix basse.

C'était Sylvie.

En quelques secondes, elle fut nue, allongée à côté de lui. Et elle sut prouver qu'elle n'avait rien oublié de l'époque pas tellement lointaine où elle jouait « les femmes de pointe ». A défaut d'une authentique amoureuse, il y avait en elle une professionnelle experte. Fut-ce la chaleur des étreintes ou l'ambiance très spéciale imprégnant les lieux, il sut se montrer à la hauteur d'une telle partenaire. Oubliant complètement les intérêts de la S.F.E.P., il ne pensa plus qu'à lui. On omit aussi de reparler de la générosité de don Miguel... Quand l'aube commença à filtrer à travers les volets, elle murmura :

– Chéri, tu n'auras pas à te réveiller pour me dire au revoir comme tu en avais l'intention puisque tu ne t'es pas endormi!

– Sais-tu que tu es insatiable?

– Ne m'as-tu pas dit que tu aimais les femmes qui avaient faim? Dès que j'aurai quitté ce lit, tu pourras enfin dormir.

– Pas question, puisque nous partons ensemble.

– Quoi?

– Tu m'emmènes dans l'autocar avec ton cheptel et le Suisse. Nous nous serrerons et tu continueras à me prodiguer toutes les explications touristiques souhaitables. Tu verras : ce sera un merveilleux voyage! Rouler sur la Transamazonique en compagnie d'une pareille amante va être pour moi un rêve!

– Et après?

– Tu me déposeras en cours de route quand tu auras assez de ma présence.

– Et si je te gardais?

– Ce ne serait peut-être pas très bien vu de don Miguel...

– Comment le saurait-il?

– Tout doit se savoir sur cette satanée route! Entre l'enfer vert et le désert, il n'y a pas une telle différence... Il doit exister, ici aussi, une sorte de téléphone arabe.

C'était la première fois que l'on reparlait du Péruvien. Il continua :

– Il faudra quand même qu'à un moment ou l'autre je te fausse compagnie pour essayer de me rapprocher de ces Indiens qui t'indiffèrent. De même que tu dois continuer à exercer ta surveillance, moi il me faut faire mon film. Mais nous n'aurons plus d'inquiétude à avoir sur nos retrouvailles : quand on s'est aimé comme nous venons de le faire, on ne peut pas ne pas recommencer!... Bon! Maintenant montrons-nous pleins de courage : on se lève! Finalement cette chambre où je m'ennuyais m'est devenue très sympathique : si jamais je reviens ici, je la redemanderai...

La dernière vision qu'eut Geoffroy de « la maison » d'Itaituba fut celle du nain Beppo et de la métisse Vadina, plantés côte à côte dans l'encadrement de la porte au judas grillagé et regardant avec une indifférence résignée l'autocar s'éloigner. Après une nouvelle traversée de la ville, encore endormie à cette heure matinale, le véhicule commença à rouler sur la Transamazonique. Selon le désir exprimé par Sylvie, Geoffroy avait pris place à sa droite sur le siège avant : ainsi coincée entre le chauffeur et lui, la Belge donnait l'impression d'être très satisfaite. La deuxième banquette était occupée par Hippolyte Deplan et la Polonaise. Sur les places arrière dodelinaient l'Italienne, l'Allemande et la Yougoslave.

Le paysage était d'une monotonie désespérante. Bordée de chaque côté par la muraille de la forêt, cette route pourtant gigantesque donnait l'impression d'être dérisoire. Les kilomètres succédaient aux kilomètres; la circulation se réduisait à quelques camions surchargés de matériaux lourds.

La seule variante survenait tous les cent kilomètres, très régulièrement, sous forme d'une agglomération. C'étaient les « agrovilles » où se trouvaient les premiers « noyaux » humains chargés de défricher les abords de la forêt. Ces gens, venus d'un peu partout, n'étaient encore que des squatters. Ils deviendraient les agriculteurs de demain. Dans cette lente progression amazonienne d'est en ouest, la conquête du sol recommençait comme cela s'était passé un siècle et demi plus tôt quand les caravanes de pionniers franchissaient, de l'Atlantique au Pacifique, les espaces inconnus de l'Amérique du Nord. Mais en Amazonie les difficultés étaient encore plus grandes : la nature et le climat se montraient beaucoup plus hostiles, même si les moyens de pénétration – tel l'avion – ou de défrichement – tel le bulldozer – étaient plus rapides et plus perfectionnés.

Ecrasés sous le poids de leurs paquetages contenant leurs derniers biens, les aventuriers sans terre s'étaient précipités vers ce qu'ils croyaient être un nouvel Eldorado, sans même tenir compte des prescriptions impératives de l'I.N.C.R.A. Heureusement, le Brésil n'en est plus à une migration près. Au moment où Geoffroy roulait sur la Transamazonique, la nouvelle transhumance humaine était voulue et organisée par un gouvernement désireux de trouver enfin une solution à ses problèmes démographiques et sociaux.

Quand l'autocar eut atteint la première agroville, Sylvie – restée silencieuse depuis le départ, comme si elle voulait laisser à son amant d'une nuit la possibilité de découvrir lui-même ce monde étrange – demanda :

– Pourquoi ne prends-tu pas, au passage, quelques vues de cette agglomération?

– Je n'y vois déambuler que des Blancs! Je t'ai dit que seuls les Indiens m'intéressaient.

– Tu te trompes : toutes les races se mélangent dans ces agrovilles qui sont le creuset des villes futures et qui sont bâties d'après un même plan. Si tu prends la peine d'en filmer une, tu les auras toutes... Ne penses-tu pas que cela ajouterait un élément pittoresque à ton film? A la prochaine, que l'on pourrait tout aussi bien appeler une agropolis, nous nous arrêterons pendant une dizaine de minutes... J'y laisse la Yougoslave dans la succursale que nous avons là.

– Je pourrai la visiter?

– Si cela t'amuse, mais cela n'offre pas grand intérêt. C'est un bar très banal dans une maison sans étage parce que ça ne valait pas la peine d'en construire un. Il n'y a que trois chambres : celle de la tenancière habituelle et deux autres pour les filles « de secours ». En revanche, pendant que je procéderai à l'intronisation de la nouvelle pensionnaire, tu auras tout le temps d'axer ton objectif sur les quelques bâtisses essentielles de la bourgade.

– Aurais-tu, toi aussi, l'âme d'une cinéaste?

– Pourquoi moi aussi?

– Tu es la seconde à me donner des conseils pour mes prises de vues à vingt-quatre heures d'intervalle.

– Qui était l'autre?

– Edna.

Elle dit alors à voix basse :

– Je t'en prie... Après ce qui vient de se passer entre nous, je t'interdis de me reparler de cette femme!

– Serait-ce une scène de jalousie? M'aimerais-tu déjà à ce point?

– Comme si tu n'avais pas tout fait pour ça!

– Ma belle Sylvie, ce n'est pas moi qui suis allé te chercher dans ta chambre!... Ce qui ne veut pas dire que je te le reproche. Au contraire, tu me plais de plus en plus. Seulement je ne suis pas venu sur la Transamazonique pour y entendre des reproches qui ne se justifient pas! Pour la dernière fois je te répète que cette femme n'est rien pour moi alors que toi tu as déjà commencé à prendre place dans ma vie. Nous sommes d'accord?

– Oui.

– Alors, n'en parlons plus et revenons à mon métier. Tu as raison : au prochain arrêt, je filmerai si le temps le permet...

La pluie, en effet, s'était mise à tomber, torrentielle et tiède. Le minibus avait dû ralentir, tant la visibilité était mauvaise.

Matée provisoirement, la Belge dit d'une voix qui se voulait câline :

– Voici l'une des plaies de l'Amazonie. Sais-tu ce qu'on dit de ces régions?... « En été il y pleut tous les jours, en hiver il y pleut le jour entier. »

Il l'écouta à peine. Il essayait d'imaginer tous les obstacles que l'homme devait affronter lorsqu'il commettait l'imprudence, ou lorsqu'il était contraint de s'écarter de la route salvatrice. Aux distances effarantes et à la jungle presque impénétrable s'ajoutait la traîtrise des marécages et des rapides sur les rivières... Il se souvint soudain des récits qu'il avait lus dans sa jeunesse, récits d'explorateurs racontant la présence de bêtes malfaisantes et hideuses qui rampaient et grouillaient dans l'enfer vert. Les serpents, longs de six à sept mètres, s'enroulaient à une vitesse fulgurante autour de leurs proies après s'être laissé tomber des arbres; les anguilles électriques lançaient des décharges paralysantes; les fameux piranhas, en quelques minutes, réduisaient un homme ou un buffle au néant... Et il y avait les maladies inexorables : la malaria, véhiculée par des milliards de moustiques, ou la leishmaniose, transmise elle aussi par des insectes, qui attaquait les globules blancs et que devaient particulièrement redouter les pionniers de la route. Jamais il n'aurait imaginé alors qu'un jour il frôlerait à son tour de tels dangers! Et pourtant! Bientôt sans doute il devrait abandonner cette Transamazonique pour s'enfoncer dans la jungle. Ce moment approchait, inquiétant, mais passionnant puisqu'il y aurait Edna. N'était-ce pas fou de se dire qu'il lui faudrait peut-être aller jusqu'au fond de cet enfer pour savoir enfin qui était vraiment la prêtresse et pourquoi elle avait fait disparaître des hommes de valeur aussi bien aux Etats-Unis qu'en Europe, à des milliers de kilomètres? Fascinante Edna qui était parvenue à l'entraîner insensiblement, d'étape en étape, à sa poursuite...

Quand l'autocar s'arrêta dans la deuxième agroville, la pluie tombait toujours aussi dru.

– Comment veux-tu, Sylvie, que je prenne de bonnes photos sous un pareil déluge? Ça ne donnera rien!

– Filme quand même! Qu'importe si tes images sont un peu floues : elles refléteront mieux l'authenticité du climat. Tu n'as même pas besoin de sortir de l'autocar. Hippolyte t'expliquera au fur et à mesure ce que sont les baraques que tu dois « chiper ».

Puis, se retournant vers le Suisse :

– Vous voulez bien, cher ami?

– Ce sera pour moi un plaisir de rendre ce service à M. Morin, répondit avec son affabilité coutumière le délégué de la Croix-Rouge.

Sylvie avait adressé un signe à la Yougoslave qui embrassa les autres filles, puis la suivit en courant sous la pluie vers l'entrée de la maison. Le chauffeur en fit autant, portant les bagages.

La façade de « la maison » n'avait rien d'attrayant. En comparaison, celle d'Itaituba était un palais. L'ensemble ressemblait à un bouge de western : il ne manquait que la lanterne. La porte s'était ouverte, laisant entrevoir une femme blanche, outrageusement fardée et fumant une cigarette. Les trois arrivants s'engouffrèrent dans la maison, la porte se referma. Geoffroy pensa : « Après les présentations, Sylvie va sûrement procéder à la vérification des comptes et peut-être même emporter les bénéfices. Puis elle fera ses dernières recommandations et le tour sera joué. »

– Vous trouvez que c'est pittoresque? demanda le Suisse.

– Pas tellement! Mais qu'est-ce que vous voulez que je filme dans ce bled par un temps pareil?

Les quelques maisons de bois qui entouraient le cabaret étaient aussi banales et toutes du même modèle; bâties sur pilotis avec véranda à claire-voie, elles étaient entourées d'un enclos rudimentaire où quelques buffles zébus se serraient les uns contre les autres, cherchant à se protéger de la pluie ruisselant sur leurs échines. Derrière chaque maison on remarquait un lopin de terre, sans doute péniblement conquis sur la forêt dont les arbres géants et emmêlés encerclaient la clairière artificielle faite à la hache par les pionniers. L'ensemble laissait une impression de provisoire et de précaire, comme si la jungle environnante était sur le point de tout engloutir.

La caméra errait maintenant d'une maison à l'autre :

– Je reconnais, dit le Suisse, que ce ne sont là que les prémices d'une ville, mais bientôt s'étaleront sur l'emplacement de ces bourgades de véritables cités. Et un jour viendra où les milliers de kilomètres de la Transamazonique ne feront plus qu'un interminable boulevard, rappelant en dix fois plus long celui de Los Angeles, avec une succession ininterrompue de maisons ultra-modernes et de buildings abritant des millions d'hommes. Actuellement, dans les dix premières agrovilles installées par l'I.N.C.R.A. entre Altamira et Itaituba, vivent déjà des milliers de colons. Sur ce tronçon de route, au fur et à mesure que les pelleteuses mécaniques et les bulldozers avancent, creusant cette tranchée couleur de sang à travers le tapis originel où explosent tous les verts de la création, d'autres agrovilles surgissent, s'échelonnent, se multiplient. Pour retrouver la forêt, il faudra aller beaucoup plus loin, derrière les buildings.

– Et les Indiens, que deviendront-ils?

– C'en sera fini d'eux et de la véritable Amazonie.

– Que ferez-vous, vous ou vos remplaçants, pour éviter ce double massacre d'une race et de la nature?

– Que voulez-vous faire contre ce que les hommes de notre temps appellent « le progrès inévitable »?

– Comment les choses se passent-elles pour les premiers colons qui viennent s'installer dans les agrovilles? demanda Geoffroy.

– Chacun – ou plutôt chaque famille, car le gouvernement tient à ce que les pionniers fassent souche – reçoit un lot de cent hectares, sur lequel est bâtie l'une de ces maisons provisoires, ainsi qu'une avance équivalant à six mois de salaire. Tout cela est accordé par un crédit réparti sur vingt ans et exonéré d'intérêts. Pourquoi les désespérés et les sans-abri ne tenteraient-ils pas l'aventure? Ils ont tout à y gagner : s'ils réussissent, c'est l'implantation sur une terre ingrate mais vierge; s'ils échouent, la faillite sera pour l'Etat! Celui-ci leur interdit cependant de vendre la terre qui leur a été pratiquement « prêtée » et les oblige à n'en mettre en exploitation que la moitié, l'autre devant rester une sorte de réserve forestière. Qui sait? Peut-être que, dans une cinquantaine d'années, ce seront les seuls vestiges qui demeureront de la forêt verte.

– Que plantent-ils sur leur lot?

– Principalement du manioc et du maïs.

– Et quel est actuellement le résultat de cette politique agraire?

– Pas brillant! Le rendement de ces exploitations, provoquées et encouragées par la construction de la route, est encore négatif. La principale raison en est que ces exploitants de fortune, venus d'un peu partout et de professions où ils n'ont pas réussi, ne possèdent pas l'expérience de la brousse. Et la multiplicité de ces petites entreprises s'est soldée jusqu'à présent par un échec. C'est pourquoi, progressivement, le relais est pris par de grosses sociétés agricoles : les plantations, mal faites et sans engrais, vont être repensées. Dans ce domaine, et aussi paradoxal que cela puisse paraître, le Brésil se trouve un peu dans la même situation que l'U.R.S.S. avec ses kolkhozes.

– Voilà pourquoi, peut-être, ce citoyen soviétique se trouvait, comme vous, au bar de la charmante maison d'Itaituba?

– Ça, cher monsieur, je ne le crois pas... Vous avez donc repéré Roustan Kouzianov?

– Qui ne le remarquerait pas avec son crâne rasé

typiquement slave ou teuton? Selon vous, dont la vocation charitable fait un authentique observateur, à quoi un homme pareil peut-il bien s'intéresser en Amazonie?

– Au pétrole.

– Comme son voisin de bar, l'Américain?

– Walter Bearl? Vous devez être un fabuleux cinéaste : vous remarquez tout! Eh bien, sans chercher à me mêler de ce qui ne me regarde pas, je pense avec vous que ces deux messieurs, venus de pays aux idéologies très opposées, ne circulent pas dans ces régions pour des buts philanthropiques.

Puis, changeant brusquement de sujet :

– Cher monsieur Morin, vous devriez filmer la chapelle en bois : comme les maisons, elle est bâtie sur le même modèle dans chaque agroville.

– C'est fait. Mais on ne peut pas dire qu'elle soit particulièrement esthétique!

– Elle a un clocher, c'est déjà beaucoup! Cela n'indique-t-il pas que la civilisation chrétienne a réussi à s'implanter?

– Il y a un ministre du culte?

– Presque certainement... Et, dans ce cas, ce ne peut être qu'un jésuite.

– Pourquoi un jésuite plutôt qu'un religieux d'un autre ordre?

– Parce que – qui ne le sait? – les jésuites sont des prêtres de choc.

– Comme les filles qui œuvrent au bout de la route sont des femmes de pointe!

– Cela rétablit une sorte d'équilibre... Personnellement, je suis calviniste, mais je sais qu'il est écrit quelque part dans l'Evangile : « Parce que vous aurez beaucoup péché, il vous sera beaucoup pardonné... » La construction d'une pareille route engendre obligatoirement des antinomies. Mais, en fin de compte, elles se complètent pour créer ce qu'on appelle la communauté humaine dans laquelle il faut bien que tout le monde vive.

– J'aime assez, monsieur Deplan, votre façon de voir les choses.

– Je ne mériterais pas d'être un citoyen suisse si je n'étais pas objectif. Et comment voulez-vous rendre service aux autres si vous vous souciez de la façon dont ils conçoivent l'existence?

– Et cette maison, un peu plus vaste que les autres, qui se trouve à proximité de l'église?

– C'est la banque.

– Déjà une banque?

– Il en faut une, ne serait-ce que pour prêter des fonds à ces défricheurs de brousse qui n'ont pas encore la possibilité de faire des économies.

– Alors c'est une banque d'Etat?

– Je n'en suis pas certain, mais c'est de toute façon la succursale d'une banque brésilienne. Et je ne serais pas surpris que son directeur, avant de s'être fait nationaliser brésilien, fût d'origine israélite. Ce qui est d'ailleurs très bien : la race élue a le sens inné des affaires et surtout des prêts à long terme. L'important, en matière de finances, c'est d'être le premier sur les lieux. Ceux qui s'installent en second arrivent trop tard : les bonnes affaires sont en main. Avec son église, sa maison de rendez-vous et sa banque, cette agroville possède déjà les bases qui feront d'elle une grande cité.

– Vous oubliez l'agent d'assurances?

– Il viendra, s'il n'est déjà là! Et il y a beaucoup de chance pour que la Lloyd's s'en mêle... Cherchez l'Anglais! Il est assez subtil pour savoir, depuis des siècles, que, lorsque les autres bâtissent, il faut les laisser faire sans bourse délier jusqu'à ce qu'ils éprouvent l'impérieux besoin de se sentir protégés en cas de sinistre. Et, sous ce climat voué à mille et une intempéries, on peut s'attendre à tout! Rien ne prouve d'ailleurs que la banque, la maison de rendez-vous et même l'église ne soient pas déjà assurées : avec un jésuite d'origine portugaise, un Israélite venu d'Europe centrale, quelques jolies filles venues d'un peu partout et un assureur anglais, cette agroville est destinée, comme ses sœurs, au plus brillant avenir... Vous avez filmé la banque?

– Je n'y ai pas manqué.

– Savez-vous que dans ma ville natale, Genève, il existe un lieu de prière installé en plein cœur du vieux quartier des banques protestantes : c'est la synagogue.

A cet instant, Sylvie sortit de la maison et se mit à courir sous la pluie. Le chauffeur l'accompagnait.

– Je suis trempée, dit-elle. On repart.

– Pas d'ennuis? demanda Geoffroy.

– Les choses se passent toujours très bien dans nos établissements. Et toi? As-tu réussi à prendre quelques vues malgré le temps?

– Oui, grâce à notre ami qui s'est montré le plus avisé des assistants.

L'autocar repartit. « Une de moins dans la charretée! se dit Geoffroy, pensant à la Yougoslave. C'est fou ce qu'elle doit absorber de monde, cette Transamazonique! »

Cent kilomètres plus loin, il y eut une autre halte devant l'entrée d'une maison similaire dans une agroville dont la physionomie était strictement identique à la précédente. A nouveau Sylvie courut sous la pluie diluvienne, qui n'avait pas cessé de tomber, escortée de l'Italienne, elle-même suivie du chauffeur portant les valises. Les autres occupants du véhicule ne bougèrent pas, assommés, semblait-il, par la monotonie de la route et la tristesse étouffante du temps. Geoffroy trouvait inutile de gâcher de la pellicule pour prendre les mêmes images. Pendant le trajet, il n'avait même pas éprouvé le besoin de poser la moindre question à la Belge. N'était-il pas plus sage de concentrer ses pensées sur la meilleure façon et la plus élégante de lui fausser compagnie quand le véhicule arriverait à Jacareacanga? Il ne faudrait oublier ni le sourire, marquant son ferme espoir de retrouver le plus vite possible sa compagne d'une nuit, ni la larme de circonstance soulignant combien il regrettait de la quitter, même provisoirement. Bien que la nuit eût été plutôt agréable, et malgré la scène de jalousie au début du voyage, Geoffroy n'était pas certain d'avoir fait une conquête. Comment croire, en effet, qu'une femme ayant exercé le plus vieux métier du monde et contrôlant maintenant l'activité de prostituées, fût capable d'éprouver après une seule nuit un sentiment assez fort pour bouleverser ses habitudes? D'ailleurs, il ne le souhaitait pas. La seule chose qui importait n'était-elle pas d'avoir réussi à se faire d'elle une alliée? Il fallait donc partir en beauté pour ne pas voir cette alliance se transformer en une dangereuse inimitié. Dans le fond de son cœur, Geoffroy – qui, à l'exception d'un désir éphémère, n'éprouvait pas le moindre sentiment tendre pour sa partenaire – ne se sentait pas fier de lui. La façon dont il allait se conduire avait même un côté déplaisant. Mais comment agir autrement? Qui veut la fin prend les moyens. Du reste, ne devait-il pas s'aguerrir? N'aurait-il pas un assaut beaucoup plus difficile à livrer contre Edna?

Quand l'autocar repartit, délesté d'une deuxième voyageuse, la pluie tombait toujours. Après une dizaine de minutes de route, l'envoyé de la S.F.E.P., pensant avoir enfin mis sur pied un plan de fuite, demanda à sa voisine :

– Tu m'as bien dit que notre ami Deplan te

quitterait à Jacareacanga alors que toi tu irais jusqu'à Humaita pour y inspecter la « maison » que vous y avez? Sans doute est-ce à ce terminus de ton voyage que tu vas déposer ce qui te reste de troupes?

– Uniquement la Polonaise parce qu'elle est la plus robuste. Le travail à Humaita est très dur! La « maison » est d'ailleurs importante puisque nous y maintenons en permanence douze femmes au minimum.

– Pourquoi est-ce aussi pénible dans cette ville?

– Elle commande le tronçon de mille cinq cent vingt kilomètres, actuellement en voie de construction et qui, par Rio Branco et Cruzeiro do Sul, atteindra un jour Pucalpa, à la frontière du Territoire d'Acre et du Pérou. Cette dernière partie de la Transamazonique n'a d'ailleurs pas été confiée à des entreprises civiles, mais à des bataillons du génie militaire qui l'ont déjà bien entamée. Il y a donc, à Humaita, une affluence d'hommes qu'il faut satisfaire.

– Avec des femmes de pointe?

– Si tu veux... Bien que cette appellation soit plutôt réservée à celles qui, chaque samedi et dimanche, se rendent dans les chantiers qui attaquent directement la forêt et où elles opèrent dans les conditions dont je t'ai parlé. Humaita est la plaque de triage et de réapprovisionnement de ces chantiers. C'est exactement le terrain qui convient à la Polonaise.

– Tu l'as mise au courant de ce qui l'attendait?

– Elle en a tant vu en Europe qu'elle ne craint plus rien!

– J'admire une pareille sérénité. Et la rousse, où vas-tu la caser?

– L'Allemande? A Jacareacanga.

– Où vous avez aussi une succursale?

– Tu ne voudrais tout de même pas que nous laissions ce fief à d'autres! C'est une ville d'une importance équivalente à celle d'Itaituba. Tu verras... Nous y serons au plus tard dans deux heures.

« Deux heures! se dit Geoffroy. Je n'ai plus de temps à perdre! »

Un miracle se produisit : la pluie cessa et, comme cela se passe le plus souvent dans les pays à climat tropical, presque aussitôt le soleil se fit brûlant. Un tel afflux de lumière succédant à la grisaille désespérante était une aubaine pour un cinéaste. Geoffroy bondit sur l'occasion.

– Combien de temps resteras-tu à Jacareacanga?

– Au moins trois heures. Je t'ai dit que la ville était importante. Notre établissement l'est aussi. Comme ce n'est pas une agroville, nous y maintenons quatre femmes.

– Avec l'Allemande, ça en fera cinq...

– Non. Il en manquait une depuis trois semaines.

– Enlevée par un admirateur?

– On n'enlève pas notre personnel aussi facilement que tu le penses : tenu par des contrats bien faits, il est surveillé en permanence. La fille qui n'est plus là a été envoyée par don Miguel en congé illimité pour raison de santé. Le patron ne badine pas avec la santé!

– A propos de santé, comment ça se passe? Il y a des médecins dans les agrovilles?

– En principe au moins un.

– De quel pays?

– Brésilien. Mais c'est là une question que tu ferais mieux de poser à notre ami.

Le Suisse précisa :

– Le long de la Transamazonique, vous pouvez

compter en moyenne un médecin tous les cent kilomètres.

– C'est suffisant?

– Non, mais c'est déjà considérable si l'on songe qu'il y a seulement une dizaine d'années il y en avait à peine un tous les cinq cents kilomètres!

– Je crois savoir, cher monsieur Deplan, que vous nous quittez à Jacareacanga?

– Je le regretterai, mais le devoir m'appelle. Ce soir ou demain au plus tard, je dois m'embarquer sur l'un de nos navires-hôpitaux qui remontera la rivière Tapajos le plus loin possible dans le Mato Grosso. Sur ses rives sont réparties différentes tribus. Quand ce ne sera plus navigable pour un navire de ce tonnage, une partie de l'équipe médicale et moi continuerons en pirogue ou à pied en nous enfonçant dans la jungle jusqu'à ce que nous trouvions ceux que nous cherchons pour les soigner et pour leur apporter quelques secours.

– Cette nouvelle mission durera combien de temps?

– Environ six mois. C'est difficile de rester très longtemps dans l'enfer vert sans éprouver le besoin de reprendre contact avec une certaine civilisation.

– Quand ce moment viendra, vous retournerez à Itaituba où vous retrouverez le charme de quelques Européennes d'importation.

– On ne peut rien vous cacher!

– J'ai une idée, cher Deplan! Puisque Sylvie me dit que la halte à Jacareacanga sera sensiblement plus longue que les précédentes et que le beau temps semble vouloir revenir, peut-être devrais-je en profiter pour vous accompagner en ville avec ma caméra. Cela me permettrait d'obtenir quelques vues qui rompraient l'uniformité de celles que j'ai déjà prises sur cette route depuis ce matin.

– Volontiers. Une Land-Rover de la Croix-Rouge doit m'attendre là où s'arrêtera ce car.

– Devant la succursale de la chaîne de Sylvie?

– Exactement.

– Sylvie chérie, qu'est-ce que tu penses de mon idée?

– Tu ne préférerais pas venir te reposer pendant ces trois heures dans notre « maison »?

– Non, car je suis certain que ce sera, comme à Itaituba, la maison de toutes les tentations et de toutes les délices!

– Mais tu reviendras pour l'heure du départ?

– Evidemment.

– Parce que je te préviens : tu restes avec moi.

Et elle poursuivit à mi-voix pour que le Suisse, assis derrière eux, ne pût pas entendre :

– Je te garde.

– Tu me gardes! C'est toi qui le dis! Et mon film? Il faut tout de même que j'y montre des Indiens puisque c'est le but même de mon voyage.

– Tu m'ennuies avec tes Indiens! Je t'ai déjà dit que ces sauvages ne m'intéressaient pas.

– Je le sais et c'est pourquoi, même si nous ne nous entendons pas trop mal sur le plan physique, je crains de sérieux heurts entre nous sur le plan idéologique. Dis-toi bien qu'aucune femme au monde, fût-elle aussi charmante que toi, ne me détournera de la mission que je me suis fixée!

– ... et qui n'a été ancrée dans ton esprit que par cette Edna Monseca!

– Qu'est-ce que tu vas chercher? Quand j'ai pris à Paris la décision de faire ce film, je ne la connaissais même pas!

– Si tu me quittes, je suis sûre que c'est pour aller la retrouver.

– Je te jure que je ne sais même pas où elle est!

– Tu ne me feras tout de même pas croire qu'elle ne t'a pas fixé un prochain rendez-vous quand vous vous êtes retrouvés à Itaituba?

– En supposant même qu'elle l'ait fait, ce n'est pas pour cela que j'irais! Je ne le ferai que si j'ai besoin de son aide pour poursuivre la réalisation du film, mais ce n'est pas du tout prouvé.

– Alors, viens avec moi jusqu'à Humaita où je dois séjourner deux ou trois jours, pour « nos » affaires.

– Et ensuite?

– Je reviendrai par la Transamazonique, dans ce même minibus jusqu'à Itaituba...

– ... en jetant au passage un regard d'inspection sur ce qui se passe dans vos bordels, grands ou petits, répartis sur le parcours. Sais-tu que c'est pire qu'un Madeleine-Bastille, ce va-et-vient? Et après Itaituba?

– Je retournerai en avion à Manaus.

– D'où tu reviendras le lendemain avec une nouvelle cargaison.

– Cela te gêne?

– Franchement, Sylvie, ça te plaît cette vie-là?

– Ça paie.

– C'est tout ton idéal dans l'existence : gagner beaucoup d'argent pour pouvoir t'embourgeoiser ensuite dans ton pays natal? Eh bien, moi ça ne me convient pas! Je suis ton opposé : j'ai dit adieu à l'embourgeoisement pour courir l'aventure.

– Une aventure inutile! Hippolyte Deplan, qui connaît la question mieux que personne, te l'a certainement dit : un jour ou l'autre, les Indiens finiront par disparaître. Et, s'il en reste quelques-uns, on les montrera comme des bêtes curieuses dans des foires ou on les louera pour des scènes de grande figuration dans des films évoquant « la glorieuse époque » de la construction de la Transamazonique comme cela a été fait des milliers de fois en Amérique du Nord pour la conquête du Far West. Films tournés à coups de millions de dollars et auprès desquels ton petit documentaire réalisé avec des moyens artisanaux – en admettant que tu parviennes à le terminer – fera figure d'œuvre préhistorique tout juste bonne pour les cinémathèques! Le résultat pratique pour le but que tu recherches sera nul : cette défense de tes chers Indiens à titre posthume ne servira à rien! Alors?

– Cela veut dire que je ferais mieux d'être ton cavalier servant pendant tes pérégrinations effectuées sous la houlette de ce cher don Miguel?

Elle ne répondit pas.

– Ma pauvre Sylvie, tu n'auras que de piètres souvenirs quand tu vivras retirée et couverte d'or dans ta belle villa liégeoise!

– Je sens que maintenant tu me détestes.

– Même pas. Je te plains...

Ils n'échangèrent plus une parole. Geoffroy n'était pas mécontent : avec cette nouvelle scène motivée, il en était sûr, par une jalousie grandissante à l'égard d'Edna, la collaboratrice du Péruvien avait apporté de l'eau à son moulin. Il possédait maintenant une excellente raison de lui faire faux bond à Jacareacanga sans qu'elle pût se douter qu'il était allé se cacher à la mission du Père Ribeiro. Il ferait simplement savoir à la Belge que, s'il s'éloignait provisoirement, c'était pour éviter toute discussion avec elle.

L'arrivée et l'arrêt du minibus à Jacareacanga se déroulèrent selon le rite, devenu presque une routine, qui avait régi les haltes aux agrovilles. Mais, cette fois, « la maison », aussi vétuste que celle d'Itaituba, dotée d'un étage et bâtie en pierre, était beaucoup plus importante que les deux précédentes. Ce n'étaient pas non plus des bâtiments provisoires qui l'entouraient. Un même regard circulaire ne permettait pas de cerner « la » maison de rendez-vous, « l'église », ou « la » banque. Jacareacanga était une véritable ville, très animée, avec des avenues et une intense circulation. Enfin il n'y pleuvait pas.

Sylvie avait déjà sauté à terre, suivie de l'Allemande et du chauffeur portant toujours les bagages ainsi que de Geoffroy et d'Hippolyte Deplan. Seule la Polonaise, destinée à Humaita, était restée dans le véhicule.

Une Land-Rover attendait le délégué. Au volant se tenait une jeune Noire, vêtue d'une chemisette à manches courtes et d'un short en toile blanche. Elle portait crânement sur sa chevelure crépue un béret blanc, orné de l'insigne de la Croix-Rouge. Avec sa denture éclatante et son sourire, pensa Geoffroy, elle ne manquerait certainement pas d'amateurs dans « la maison ».

– Bonjour, Paola, dit Deplan en portugais. Le navire est-il annoncé?

– Il est arrivé ce matin et vous attend à l'embarcadère.

– Je n'ai pas le droit de le retarder plus longtemps. Ma chère Sylvie, il me faut vous remercier pour votre gentillesse. Grâce à vous, ce trajet en aussi bonne compagnie n'a pas été du tout fastidieux.

– Avant de nous quitter, vous accepterez bien un dernier scotch au bar?

– Non, les festivités sont terminées pour moi. Mais soyez certaine qu'à mon retour je ferai quelques salutaires stations dans l'un de vos établissements si accueillants... Monsieur Morin, je vous emmène. Nous sommes obligés de traverser toute la ville pour atteindre la rivière Tapajos où m'attend le navire-hôpital. Dès que Paola m'aura déposé devant l'embarcadère, elle vous ramènera ici avec sa voiture par un autre chemin afin que vous ayez une vue d'ensemble. Vous aurez largement le temps d'être de retour dans les trois heures indiquées par Sylvie.

– Mais toi, tu boiras bien un scotch à notre bar avant de reprendre la route avec moi? demanda Sylvie en souriant.

– Après mon tour en ville j'en avalerai même un double à la santé de l'ami Deplan!

Puis se tournant vers ce dernier :

– Je suis à votre disposition avec ma caméra.

– Et moi je dois faire mes adieux à la petite Polonaise qui m'a l'air bien triste et bien solitaire dans l'autocar... Dites-moi, Sylvie, vous allez la laisser attendre pendant trois heures dans le véhicule? Ça ne va pas être très gai pour elle! Regardez-la : on dirait une réprouvée qui n'a pas le droit de franchir le seuil du Saint des Saints!

– Le règlement de nos maisons exige qu'une femme qui doit travailler en exclusivité dans l'une d'elles ne mette pas les pieds dans une autre. Sinon ce serait la pagaille! Ces dames n'ont pas à choisir le lieu de leurs exploits. C'est nous qui les répartissons selon les besoins de la clientèle... Elle ne sera pas longtemps seule : dès qu'il aura transporté les bagages de la rousse, le chauffeur reviendra lui tenir compagnie.

Assez étonné, le Suisse remonta dans le car pour faire ses adieux à la jeune femme. Geoffroy aussi était éberlué : quelle dureté soudain chez cette Sylvie qui savait cependant faire preuve de tant de féminité! Une vraie femme caméléon, tout comme Edna. En plus, Geoffroy lui en voulait d'avoir gardé sa mentalité de fille pour qui le rendement prime tout.

Tandis que Sylvie entrait dans la maison, Geoffroy, profitant de ce que le Suisse s'attardait auprès de la Polonaise, cria à ce dernier par la portière du car restée ouverte :

– Prenez tout votre temps, ami! Je me charge de transborder vos bagages dans la Land-Rover.

Ce qu'il fit prestement, sans omettre d'y joindre les siens. Paola – qui avait sans doute reçu des instructions impératives interdisant, sauf cas de force majeure, à un membre féminin de la Croix-Rouge internationale de pénétrer dans de tels lieux – était sagement restée assise devant son volant.

Au moment où Hippolyte Deplan redescendit du car, il dit à Sylvie, qui venait de réapparaître devant la porte du bordel :

– Tout à l'heure, je vous ai remerciée pour votre gentillesse à mon égard, mais ma gratitude serait plus grande si vous vous montriez un peu plus compréhensive à l'égard de Tania – ce fut ainsi que Geoffroy connut le prénom de la Polonaise – en l'autorisant à attendre à l'intérieur de la maison. Vous ne croyez pas qu'elle aussi a droit à un verre de réconfort avant d'entamer la dernière étape du long voyage qui l'a amenée d'Europe jusqu'ici?

– Un verre! s'exclama Geoffroy. Dites plusieurs! N'oublions pas qu'elle vient d'un pays où l'on sait boire! Je les lui offre. Veux-tu, ma bonne Sylvie, que je les paie d'avance? Quand je serai de retour, nous trinquerons tous ensemble pour terminer la beuverie : ça fera toujours une petite recette pour l'établissement...

La collaboratrice de don Miguel hésitait, partagée entre l'appât du gain, si faible fût-il, et l'obéissance aux consignes reçues. Finalement elle répondit.

– Je ne peux pas refuser ça à deux amis tels que

vous. Mais je vous assure que c'est une très grande faveur. Si on l'apprenait en haut lieu, ça me créerait de sérieux ennuis.

– Ça ne se saura pas parce que M. Deplan et moi nous ne dirons rien!

Sylvie fit signe à la fille qui, avant de s'engouffrer dans le local qui, pour elle, faisait presque figure d'asile, eut un regard de reconnaissance à l'égard du Français et un semblant de larme pour le Suisse.

– A bientôt, Sylvie! cria Deplan au moment où la Land-Rover démarrait avec ses trois occupants.

– Revenez-nous vite, monsieur Deplan. Tout le monde vous aime chez « nous »! répondit-elle.

Geoffroy avait déjà sa caméra au poing pour ne pas manquer les splendeurs de Jacareacanga. Il lança :

– A tout à l'heure, chérie...

La traversée de la ville, qui rappelait Itaituba, se fit sans histoire. Elle n'offrait pas grand intérêt. Néanmoins, pour justifier sa promenade, Geoffroy fit semblant de prendre quelques vues : pourquoi gâcher une pellicule qui pourrait peut-être devenir précieuse? Car un étrange phénomène se produisait en lui : depuis qu'il avait joué les cinéastes en filmant les Indiennes dans la maison d'Itaituba, il commençait à se prendre pour un professionnel de la caméra. L'envoyé de la S.F.E.P. était passé au second plan. Et c'était très bien qu'il en fût ainsi : au cas où Edna aurait eu des doutes sur sa véritable activité, elle finirait par être persuadée, elle aussi, qu'il n'était qu'un homme de cinéma.

Tout en gardant l'œil rivé au viseur de son appareil, il dit négligemment en français :

– Elle n'était pas inintéressante cette Polonaise...

Hippolyte Deplan ne répondit pas. Le « cinéaste » continua :

– J'ai remarqué que vous parliez sa langue?

– Nullement. Nous nous sommes compris en russe.

– Vraiment? Pour nous Français, toutes les langues slaves se ressemblent plus ou moins! Alors, vous parlez russe?

– Ça peut être utile.

– Ne serait-ce que pour entendre ce que dit un Roustan Kouzianov.

– Quand il veut bien parler : ce qui n'est pas fréquent.

– Vous qui êtes sans doute un homme sensible, cela ne vous a pas serré le cœur d'abandonner la jolie Tania à son destin de prostituée?

– Depuis que je suis en Amazonie, j'ai connu tant de séparations de ce genre avec des créatures de rencontre! Le plus souvent, ça ne laisse aucun souvenir durable : le temps et surtout le changement effacent tout. Pourtant, il peut arriver que les adieux soient plus émouvants et qu'on soit gêné à la pensée de ne plus jamais revoir telle femme qu'on a connue... Mais n'est-ce pas notre lot, à nous qui ne sommes après tout que des globe-trotters, d'être contraints de nous contenter de femmes d'occasion? Je dis ça, mais avant de parler j'aurais dû vous poser une question : êtes-vous marié, monsieur Morin?

– Non, je n'ai pas trouvé encore l'âme sœur. Et vous, Deplan?

– Je suis veuf. Je n'ai été marié que quelques mois. J'adorais ma jeune femme, genevoise comme moi et infirmière de la Croix-Rouge. Elle a été tuée dans l'écrasement d'un orphelinat de Hanoi où elle était partie comme volontaire, au cours de l'un des terribles bombardements américains.

– Vous étiez là-bas, vous aussi?

– Je faisais partie d'une mission d'observation de l'O.N.U. qui s'est révélée totalement impuissante devant l'ampleur du conflit! Après la mort de ma femme, j'ai démissionné de l'O.N.U. et je suis rentré en Suisse pour m'engager dans la Croix-Rouge. Quand un membre de cette organisation disparaît, il faut qu'un autre vienne le remplacer, sinon il n'y aurait plus d'entraide possible. Sur ma demande, on m'a envoyé ici où je déambule d'est en ouest et du nord au sud depuis bientôt cinq ans...

– L'Amazonie n'a plus de secrets pour vous?

– Disons qu'elle en a un peu moins que pour d'autres, mais si la fureur du progrès ne parvient pas à la détruire complètement, selon les craintes que je vous ai déjà exprimées, je crois que cette région du globe saura conserver son mystère qui est fabuleux... Et il faut le souhaiter!

– Cette charmante conductrice noire est d'ici?

– Non. Paola, comme tous les membres de la Croix-Rouge internationale qui opèrent en Amazonie, est volontaire : elle est venue de Belem et a été détachée à la mission de liaison qui reste à Jacareacanga. C'est de là que partent nos différentes expéditions pour le Mato Grosso. C'est une jeune femme très efficace qui sait conserver son calme en toutes circonstances.

– Pensez-vous que je puisse lui offrir un drink au bar de « la maison » quand elle m'y ramènera tout à l'heure? Peut-être serait-ce gentil?

– Elle n'acceptera certainement pas et ce serait une erreur de votre part. Paola vous déposera devant la porte et repartira aussitôt. C'est une fille sage; beaucoup plus que moi qui vais me défouler dans ce genre d'établissements.

– Ce qui nous a permis de faire connaissance puisque j'y étais moi aussi!

– Vous? Je n'ai pas l'impression que ce soit pour le même motif. Vous êtes un personnage très intéressant, monsieur Morin, et je sais que nous sommes devenus des amis parce que nous nous sentons liés par un même idéal : essayer, chacun selon nos possibilités, de venir en aide à nos frères indiens... Vous grâce à un film qui fera connaître leur détresse, moi par le truchement de missions médicales. Mais voici la rivière et le bateau qui m'attend.

Il se dégageait une extraordinaire impression d'irréalité de la présence, au bout du débarcadère monté sur pilotis, de ce long bateau à moteur et à fond plat, arborant à la poupe l'emblème de la Croix-Rouge et se balançant à peine sur la rivière dont les eaux avaient le calme d'un lac. Voilà, sans doute, pourquoi les riverains l'avaient surnommé *Rio Morto* par contraste avec l'Amazone qui resterait toujours le *Rio Mar*. Le bateau, étincelant de blancheur sous le soleil, rappelait ces embarcations de plaisance qui font les délices des touristes sur les lacs de Suisse ou du nord de l'Italie. Il aurait pu également appartenir à un milliardaire. Une foule bigarrée de curieux s'était massée sur la rive, regardant en silence l'étrange navire dont l'équipage, fait de volontaires de toutes nationalités, allait apporter l'aide blanche aux Indiens.

Dès que la Land-Rover eut stoppé, deux colosses blonds, qui étaient sur le pont du navire, s'avancèrent sur la passerelle pour accueillir Hippolyte Deplan. Lequel fit, en anglais, les présentations : l'un des deux colosses était un médecin suédois et l'autre un Canadien. Au moment où le Suisse prenait ses bagages dans la voiture, il eut un moment d'étonnement :

– Mais... il y a des valises qui ne sont pas à moi?

– Je les reconnais : ce sont les miennes! répondit

vivement Geoffroy. Quel étourdi je suis! Je me demande pourquoi je les ai transbordées tout à l'heure avec les vôtres du minibus à la voiture de Paola! Pour peu que vous n'y ayez pas fait attention, elles se seraient retrouvées sur le navire à destination du Mato Grosso!

– Ne pensez-vous pas, dit Deplan, que c'est là un curieux présage ou un appel mystérieux du destin? Pourquoi, puisque le hasard l'a voulu ainsi, ne vous embarqueriez-vous pas avec nous? Aucune organisation ni mission ne vous fera mieux découvrir la misère physique et morale des Indiens. Profitez de l'occasion. Elle ne se présentera sans doute plus jamais et vous pourrez réaliser un film admirable.

C'eût été tentant s'il ne s'était agi pour Geoffroy que de tourner un film. Seulement il y avait la S.F.E.P. qui voulait tout savoir d'Edna Monseca. Il en regrettait presque d'avoir été chargé d'une telle mission! S'embarquer sans attendre sur le navire de la Croix-Rouge pour aller voir de près ces tribus indiennes, qui jusqu'à ce moment n'avaient été pour lui qu'un prétexte, pouvait être la plus exaltante des aventures. Mais ne serait-ce pas aussi perdre pour toujours l'amitié et même les traces de la prêtresse? Tous les efforts réalisés depuis Paris et la longue marche d'approche déjà accomplie se réduiraient à néant. Pour écarter l'invitation du délégué, il ne trouva qu'un biais assez faible :

– Ce n'est pas l'envie qui me manque de vous accompagner! Mais je ne peux pas faire un tel affront à Sylvie. Elle m'a demandé d'aller avec elle jusqu'à Humaita et elle m'attendrait, sans comprendre, là où nous l'avons laissée. Ce ne serait pas très élégant! Je vous promets cependant de me débrouiller, dès que je le pourrai, pour vous rejoindre, vous et vos compagnons, par un moyen ou par un autre et cela où que vous soyez.

La sirène du navire déchira le silence de la rivière : c'était le dernier appel avant le départ.

– Merci pour cette promesse, cher monsieur Morin. De mon côté, soyez assuré qu'aussitôt à bord je donnerai par radio des instructions, qui seront retransmises par l'antenne de notre centrale de Manaus, pour que, dans tous les secteurs de l'Amazonie où opère notre Croix-Rouge, nos équipes vous viennent en aide si vous en aviez besoin.

– Et moi, monsieur Deplan, vous savez que désormais je suis votre ami.

Ayant donné à Paola des instructions pour qu'elle ramène Geoffroy devant la porte de la « maison » après lui avoir fait traverser la ville par un autre itinéraire, le délégué monta sur le pont du navire où, imité en cela par les deux médecins, il fit de la main un large geste d'au revoir. Après quoi, le bateau s'éloigna lentement, entouré d'un halo de sérénité, puis disparut au premier coude de la rivière. Il ne resta plus, se reflétant dans les eaux, que l'immuable fond de verdure tropicale. Et le Français se sentit très seul sur la rive malgré la présence des curieux : foule amorphe et comme hébétée par la pesanteur du climat, qui ne manifestait aucun sentiment d'admiration, de reconnaissance ou simplement d'étonnement à l'égard de cette poignée d'hommes venus de leurs lointains pays pour entreprendre, une fois de plus, une nouvelle croisade de dévouement. Le problème de la survie ou de l'extinction des derniers Indiens semblait ne pas la concerner : ne profitait-elle pas, depuis quelques années, de ce qu'elle croyait être « les avantages » de la civilisation blanche?

Geoffroy revint à la voiture où il prit place à côté de la conductrice noire. Elle lui donnait l'impression d'être la seule à pouvoir comprendre son isolement. Et il lui dit doucement en portugais :

– Ramenez-moi là-bas, mais pas trop vite! Nous avons encore le temps avant de retrouver un milieu que je n'aime pas.

Elle ne répondit rien et embraya. Comprenant qu'elle n'avait aucune opinion à exprimer sur la traite des Indiennes ou des Blanches, il tourna son regard vers la ville et tenta de fixer quelques images avec sa caméra. Mais il n'y parvint pas, ses pensées revenant sans cesse au curieux personnage qu'il venait de quitter : cet Hippolyte Deplan, au nom de comédie, qui voguait maintenant avec ses compagnons le plus tranquillement du monde vers les profondeurs de l'enfer vert comme s'il s'agissait de la plus banale des promenades sur le lac Léman. Et il réalisa que, malgré tout ce que l'on disait de la vilenie de la civilisation blanche, il subsistait en elle assez d'amour pour faire surgir des hommes de cette trempe.

Au moment où la voiture arrivait sur une place très animée, il demanda à Paola de stopper et, profitant de la halte, il griffonna quelques lignes en français sur une feuille arrachée à un petit carnet. Puis il la plia en quatre et la tendit à la conductrice.

– Ces trois voitures qui attendent sont bien des taxis? demanda-til.

– En effet.

– Rapprochez-moi du premier. Je vais le prendre : j'ai une course assez longue à faire en ville, et, pour rien au monde, sachant que vous avez beaucoup d'occupations, je ne voudrais vous retenir trop longtemps! Mais, avant de rejoindre votre permanence, auriez-vous l'obligeance de porter ce billet à l'endroit même où vous nous attendiez tout à l'heure, M. Deplan et moi? J'ai inscrit au dos du billet le nom de sa destinataire : Sylvie Bertille. Je vous demanderai de le lui remettre en main propre.

C'est un nom à consonance française : pouvez-vous le dire sans trop de difficultés?

– Sylvie Bertille, répéta la Noire en souriant.

– Admirable! C'est la jeune femme blonde qui est arrivée avec nous dans le minibus... Cela me gêne beaucoup de vous demander un pareil service; je me doute que vous avez dû recevoir des consignes très fermes vous interdisant de pénétrer dans ce genre d'établissements, sauf cas de force majeure... Mais je pense que c'en est un.

– Devrai-je attendre une réponse? demanda seulement Paola, qui était une personne on ne peut plus laconique.

– Non. Dès que vous aurez remis le message à cette jeune femme, vous pourrez repartir. Inutile de lui donner la moindre explication, ni surtout de lui préciser où et comment nous nous sommes séparés : ça ne la regarde pas. C'est promis?

– Vous avez pu constater que je n'étais pas bavarde.

– Je l'apprécie beaucoup : c'est si rare chez une femme!

Ils étaient arrivés à hauteur du taxi :

– Je vais y mettre mes bagages. Je crois que je ne les ai jamais autant transbahutés en une même journée et qu'il ne faut pas compter, pour ce faire, sur le chauffeur : il dort!

– Tous les chauffeurs dorment, ici, quand ils ne roulent pas. Mais rassurez-vous : l'approche du client les réveille! Ils ressemblent aux crocodiles de nos rivières...

– Je tiens à ce que vous sachiez, Paola, que j'ai la plus grande estime pour vous et que je serai ravi de vous revoir un jour.

La réponse se limita à un nouveau sourire : c'était sa façon de prendre congé.

Il attendit que la Land-Rover eût démarré pour

s'adresser au chauffeur qui s'étirait en bâillant :

– Connaîtriez-vous par hasard la Mission de San Isidro? demanda-t-il en portugais.

– Chez le Père Ribeiro? Qui ne connaît, senhor, le Père Ribeiro? Il est très populaire à Jacareacanga parce qu'il s'est toujours montré bon pour tout le monde.

– Alors, allons-y! Espérons qu'il sera aussi bon pour moi!

Le trajet fut court. L'envoyé de la S.F.E.P. en profita pour penser à Sylvie. Comment accueillerait-elle son message? Il avait écrit : « *Je te sais assez intelligente pour être sûr que tu me pardonneras de n'avoir pu résister à l'envie d'accompagner l'ami Hippolyte dans sa nouvelle expédition. N'est-ce pas toi-même qui m'as présenté à lui en me disant que son aide pourrait m'être précieuse? Je ne fais donc que suivre tes conseils... Grâce à lui, je vais enfin pouvoir approcher les Indiens dans le Mato Grosso... Dès que nous serons de retour, nous ne perdrons pas un instant pour aller nous détendre dans l'une de ces maisons que tu diriges avec tant d'autorité et de compétence! Et, bien sûr, toi et moi nous remettrons ça... Je t'adore.* »

Il était assez satisfait de sa missive : brève, nette, avec une touche d'affection et d'espoir. Cela ne sentait pas trop la rupture. La Belge pourrait se rassurer en pensant que la compagnie du Suisse, l'un des plus fidèles clients de ses « maisons », était une garantie à peu près certaine de retrouvailles. Elle trouverait la patience d'attendre, et l'attente n'est-elle pas le meilleur aiguillon du désir? Geoffroy en savait quelque chose avec Edna.

Cette journée, commencée aux aurores et s'échelonnant sur des centaines de kilomètres de Transamazonique, ne se terminait pas trop mal. Il avait réussi, sans grands heurts, à se débarrasser d'une femme qui n'aurait pas manqué de devenir encombrante pour la poursuite de sa mission. Et puis, après les heures incroyables passées en compagnie d'un Emilio Broscani, d'un don Miguel, du nain Beppo, de filles et de clients de bordel, et même de Sylvie Bertille, n'était-ce pas réconfortant d'avoir rencontré un homme de bien tel que Deplan, et d'aller maintenant vers un religieux au grand cœur? Ainsi l'avait voulu la prêtresse du démon *Exu*...

La façade de la Mission de San Isidro était moins imposante que celle de la « maison » de Jacareacanga : elle n'avait pas d'étage. Mais n'était-ce pas dans la norme des choses? La modestie sied mal à une maison de tolérance. Aucune inscription n'indiquait le nom de la Mission : seule une croix en bois, au-dessus de la porte basse, prouvait que l'on se trouvait devant une « maison d'accueil » du Bon Dieu.

Cette porte ne s'ouvrit qu'après que Geoffroy eut frappé deux coups, à trois reprises différentes, avec le marteau de fer fixé au vantail. Peut-être avait-il trouvé au hasard le code qui permettait d'être introduit? De toute façon, cela prouvait que n'importe quel passant ne pouvait pas pénétrer dans les lieux. La porte n'avait d'ailleurs fait que s'entrebâiller prudemment pour laisser apparaître la silhouette d'un homme très grand au faciès d'Indien et dont la bouche édentée exprimait plus une grimace qu'un sourire. La carrure était impressionnante, les cheveux noirs coupés très court et le torse, nu jusqu'à la ceinture, entièrement peint en noir. L'unique vêtement était un pantalon de toile blanche. Le visiteur resta figé d'étonnement devant une telle apparition. Ainsi, après avoir été accueilli par un nain dans la « maison » d'Itaituba, voici que, chez le Père Ribeiro, il se trouvait en présence d'un géant! Celui-ci, qui dépassait certainement les deux mètres, ne bougeait pas, barrant le passage.

– Le Révérend Père Ribeiro? demanda Geoffroy en portugais.

Le géant, immobile et impavide, le regardait avec méfiance : ses yeux, légèrement bridés, brillaient comme ceux de la prêtresse lorsqu'elle était en transe. Le face à face se serait sans doute prolongé si une voix à la tonalité grave n'avait lancé, derrière le cerbère, et dans un dialecte inconnu, quelques phrases gutturales. Aussitôt le géant recula pour laisser la place à un solide vieillard, un peu moins grand que lui mais quand même imposant, portant une longue barbe dont la blancheur rappelait celle du bonhomme Noël. Un père Noël des tropiques dont la chevelure, toute blanche aussi et abondante, encadrait un visage émacié, buriné par le soleil ou par les pluies. Quant au regard, d'une couleur indéfinissable, plus proche du marron foncé que du noir, il exprimait une indulgence infinie. L'homme portait une soutane de toile blanche dont la ceinture était faite des gros grains d'un chapelet rustique qui se terminait sur la hanche droite par une croix sans Christ, en bois foncé. Il se dégageait du personnage une extraordinaire impression de noblesse et de rayonnement intérieur.

– Je vous attendais, monsieur Morin, dit-il. J'ai été informé de votre venue par qui vous savez. Je vous en prie : entrez. Vous êtes ici chez vous.

Sur un simple geste de sa part, le géant s'était précipité pour prendre les bagages que Geoffroy avait déposés devant la porte. Le chauffeur du taxi, lui, était reparti sans même attendre que celle-ci s'ouvrît. Connaissant l'existence du géant, peut-être redoutait-il de se trouver en sa présence. Quant à Geoffroy, pour la première fois depuis qu'il avait débarqué sur la terre brésilienne, il éprouva une sensation de sécurité. Sans se croire déjà « chez lui », comme le lui disait le Père Ribeiro, il avait la conviction qu'il venait enfin d'atteindre un havre de paix.

La décoration intérieure de la Mission était inexistante. Les pièces étaient basses, blanchies à la chaux. Seul ornement sur les murs : de grandes croix sans Christ. L'ameublement, fait de sièges et de petites tables en rotin, était des plus rudimentaires.

– Ce n'est pas un palais! dit le jésuite. C'est tout au plus la dernière étape où passent nos missionnaires avant de s'enfoncer dans la jungle du Mato Grosso. Et, s'ils en reviennent – ce qui est plus rare! –, cette maison devient le premier endroit où ils peuvent reprendre contact avec notre civilisation.

– Pourquoi dites-vous qu'ils reviennent rarement de là-bas?

– Contrairement à ce que l'on a pu dire ou écrire à tort et à travers, le pouvoir d'attirance de la forêt amazonienne est prodigieux, surtout si l'on y vit au milieu d'une tribu indienne en adoptant une fois pour toutes ses coutumes et ses croyances : ce que font beaucoup de nos Pères qui ont compris que Dieu est amour et que sa puissance ou sa miséricorde peuvent prendre des formes très éloignées de celles qui leur ont été enseignées. Vivre dans la jungle, c'est l'adopter et y mourir.

– Je croyais pourtant que le rôle essentiel du missionnaire, qu'il soit catholique ou protestant, était d'amener les Indiens à la chrétienté?

– A l'esprit chrétien, ce qui n'est pas du tout la même chose! Celui qui veut trop convertir n'arrive à aucun résultat durable... Voyez Xuca, qui vous a ouvert, il croit toujours à ses dieux et aux esprits : ça ne me dérange en rien et ne nous empêche pas d'être lui et moi les meilleurs amis du monde!

– C'est un pur Indien?

– Tout ce qu'il y a de plus authentique! Il est même le seul membre de la tribu des Kreen-Akakoré qui vive actuellement au milieu des Blancs. Ça n'a pas été facile au début, mais il a fini par s'acclimater.

– Vous avez bien dit un Kreen-Akakoré?

– Mais oui...

– Il vient donc de cette tribu d'Indiens géants qui, après avoir été découverte récemment par l'ethnologue Claudio Villas Boas le long du rio Peixoto de Azevedo, a réussi à disparaître à nouveau dans les profondeurs de la forêt?

– Il est le seul à être resté parce qu'il était mourant quand sa tribu a été découverte. Les Blancs l'ont soigné et guéri : c'est pourquoi il conserve à leur égard une grande reconnaissance. Savez-vous qui me l'a ensuite amené ici? Celle qui vous a envoyé à moi.

– Edna Monseca? Cela ne cadre pourtant pas avec ses théories qui veulent que plus les Indiens sont en contact avec notre civilisation et plus cela leur fait du tort.

– Elle a raison en ce sens que, pour la grande majorité des Blancs, les Indiens ne sont plus que des objets de curiosité... Mais si vous voulez bien me suivre, je vais vous conduire à la chambre que je vous ai réservée : c'est la plus retirée et la plus silencieuse de la Mission. Aucun bruit du monde extérieur n'y parvient... Quand je dis « chambre », peut-être est-ce un bien grand mot. « Cellule » conviendrait mieux.

Ils traversèrent un petit cloître ombragé dont la fraîcheur contrastait délicieusement avec la fournaise de la ville.

– Il y fait encore meilleur le soir, dit le religieux,

quand la nuit est venue et lorsque l'on déguste un bon cigare : il m'en reste encore quelques-uns! Voici votre cellule... Je vois que vous regardez avec méfiance le lit. Il ne ressemble évidemment pas à ceux qui l'on trouve en Europe : la paillasse y est supportée par des sangles qui l'isolent du plancher. C'est très important en Amazonie de ne pas dormir en contact direct avec le sol où, même si l'on fait place nette plusieurs fois par jour, comme c'est le cas ici grâce à Xuca, fourmillent des bestioles plus ou moins agréables. Une fois allongé, vous constaterez que c'est là une couche très confortable où l'on peut faire de très beaux rêves... A tout à l'heure, cher monsieur Morin. Et reposez-vous! J'ai fait maintes fois le trajet que vous venez d'accomplir sur la Transamazonique... Je commence d'ailleurs à la connaître par cœur depuis João Pessoa, sur l'Atlantique, jusqu'au chantier où elle se termine actuellement, après Humaita. Ce qui m'a fait comprendre qu'il n'y avait rien de plus abrutissant que d'avaler des kilomètres d'agroville en agroville! Quand vous vous sentirez revigoré, venez me rejoindre pour partager mon modeste repas du soir. Xuca n'est pas un très grand cuisinier, mais, à défaut d'inspiration, il sait faire preuve de bonne volonté... Et il a une spécialité : une sorte de galette au manioc dont vous me direz des nouvelles!

La porte de la cellule s'était refermée après que le géant eut déposé les valises et le matériel cinématographique à même le plancher, dans un coin de la pièce. Le mobilier se limitait à une penderie, quatre planches formant étagère, un lavabo et le lit de sangles dont l'hôte venait de vanter les mérites. Ni table ni chaise. Après quelques ablutions salutaires, l'envoyé de la S.F.E.P. s'allongea, sous la protection d'une grande croix noire, fixée sur le mur, à la tête du lit. Cette cellule monacale constituait un cadre idéal pour réfléchir, ce dont Geoffroy ne se priva pas.

D'abord, encore une fois, il se demanda quelle avait été la réaction de Sylvie lorsqu'elle avait reçu le message. Chagrin? Dépit? Fureur? N'était-elle pas en train d'essayer de le retrouver dans Jacareacanga? N'était-elle pas tenue aussi d'informer son patron, don Miguel, de la brusque disparition de celui qu'elle avait été chargée d'escorter et même, d'une certaine manière, de protéger? Et du Péruvien à Emilio Broscani et ensuite au grand maître de la S.F.E.P., la nouvelle serait vite transmise! A la confiance placée en lui par Edmond de Tarnec, ne succéderait-il pas une certaine inquiétude, peut-être même de la méfiance? Ne serait-il pas judicieux d'envoyer sans tarder à Paris un nouveau message où il indiquerait qu'il avait jugé préférable de jouer les cavaliers seuls? Il existait, dans les formules inventées par Tarnec, une phrase prévue pour ce cas. Phrase dont les termes étaient presque de circonstance dans ce lieu de retraite : « Les voies de la Providence sont impénétrables et je dois les suivre. » Douze heures plus tard, la réponse de Paris arriverait, sous l'une ou l'autre des formes suivantes : « Dieu vous protège », ce qui signifierait : « Vous avez carte blanche. » Ou bien : « Les chemins creux sont hérissés d'épines », qui voudrait dire : « Reprenez immédiatement contact avec nos amis. » Pour Paris, les amis c'étaient les Broscani, les don Miguel, les Sylvie et toute leur clique.

Le repas préparé par Xuca ne valait pas ceux de la métisse Vadina, dont les talents naturels avaient été polissés par la longue expérience de la gastronomie blanche. Les mets préparés par le géant semblaient avoir été transportés directement par avion, dans des containers, de l'enfer vert jusqu'à la Mission de Jacareacanga. Puisqu'ils n'avaient pas de nom, ils auraient pu s'appeler « les surprises du Tapajos » pour les plats à base de poisson ou « les délices du Mato Grosso » quand les fruits sucrés dominaient. Seule – et en cela le Père Ribeiro avait prophétisé – la tarte au manioc tenait du chef-d'œuvre pour ceux qui avaient encore faim. Le cigare promis était également de qualité.

Geoffroy et son hôte en soutane, installés dans deux fauteuils en rotin apportés par l'indispensable Xuca, étaient bien décidés à le déguster dans la fraîcheur vespérale du cloître en contemplant une voûte céleste dont la richesse ferait pâlir de jalousie tous les astronomes de l'hémisphère nord. Après un long moment de béatitude digestive, l'envoyé de la S.F.E.P. se risqua à demander :

– Mon Révérend Père, habiteriez-vous seul ici avec Xuca?

– Disons plutôt que c'est mon point d'attache. De là, je rayonne un peu partout selon les obligations de mon ministère et surtout selon les appels qui me parviennent. Mais je ne pars que quand l'un de nos Pères, revenu du Mato Grosso ou se préparant à y aller, se trouve ici pour me remplacer. L'important c'est qu'il y ait toujours quelqu'un de présent, car tout peut survenir d'une seconde à l'autre. Pour être efficace, l'aide morale ne doit connaître ni les saisons, ni le jour ou la nuit, ni surtout les horaires!

– Vous parlez comme mon ami hippolyte Deplan. Vous le connaissez?

– De réputation seulement. On dit que c'est un homme dévoué sachant dispenser le bien. Certains de nos missionnaires l'ont rencontré au cours de leurs tournées parmi les tribus.

– Serait-ce indiscret de vous demander pourquoi

vous avez choisi de vous consacrer aux Indiens de l'Amazonie plutôt qu'à des tribus d'Afrique ou d'Océanie?

– Je n'ai pas choisi, cher monsieur. Les disciples d'Ignace de Loyola vont là où les envoie la Compagnie de Jésus à laquelle ils appartiennent. Ayant été désigné pour ces régions il y a déjà quarante ans, j'y suis venu et j'y suis resté. C'est tout... Et ce n'est que justice!

– Comment cela?

– N'est-ce pas l'équitable compensation de la regrettable erreur commise en 1517 par un autre missionnaire, Bartholomé de Las Casas? Celui-ci, ayant assisté à d'horribles massacres d'Indiens à Haïti, revint consterné à Madrid. Il réussit à obtenir une audience de l'empereur Charles Quint et lui expliqua que les malheureux Indiens, réduits en esclavage par les Portugais pour travailler dans les champs et dans les mines et revendus aux colons espagnols installés à Haïti, étaient des êtres chétifs et pacifiques qui ne pouvaient pas – eux qui avaient toujours vécu à l'ombre des forêts amazoniennes – peiner au soleil durant des heures. Ceux qui n'avaient pas assez de rendement étaient aussitôt massacrés par leurs employeurs. L'empereur lui répondit qu'il ne demandait pas mieux que de faire interdire ces massacres, mais objecta que les exploitations sombreraient si elles manquaient de main-d'œuvre. Le religieux trouva immédiatement la réponse : « Faites venir des esclaves noirs d'Afrique! » Beaucoup d'Indiens n'étaient-ils pas baptisés et donc chrétiens alors que les Noirs, adorateurs d'*Exu* et autres divinités infernales, n'étaient que des païens et donc pas des êtres humains? Charles Quint se rendit à ce raisonnement pour le moins stupéfiant et donna son accord, non pas tellement par pitié, mais parce qu'il savait qu'on ne pouvait pas tirer grand-chose des Indiens. Le tour de « remplace ton bétail humain par un autre » était joué : c'est ainsi que le fructueux commerce des négriers s'intensifia.

» Aujourd'hui, les choses ont changé, mais c'est quand même un prêtre – c'est-à-dire un homme de Dieu – qui est à la base de l'importation de millions d'esclaves aux Amériques! Il en eut d'ailleurs de lourds remords. Devenu évêque, il fut à même de constater les effroyables conséquences de ce qu'il avait cru être une grande idée : pour laisser la place aux Noirs importés d'Afrique, les colons trouvèrent plus simple de se débarrasser des Indiens en les tuant. Et il ne craignit pas d'écrire à l'empereur quelques jours avant sa mort : « Il est aussi injuste d'asservir les Nègres que les Indiens et ceci pour les mêmes raisons. »

» Il est très heureux qu'en notre XXe siècle les Noirs, aussi bien que les Blancs, soient chez eux au Brésil. Ils l'ont doublement mérité par leur travail et par le sang de leur race qui, au temps de l'esclavagisme, a été répandu sur le sol de ce pays. Et je crois que nulle part au monde l'amalgame des deux races ne s'est mieux réalisé. Mais où les choses ne vont plus, c'est quand – sous prétexte de progrès et de percement de nouvelles voies de communication à travers la forêt – on relègue la troisième race, celle des Indiens, dans des réserves de plus en plus limitées où elle pourra de moins en moins vivre. On a tort d'oublier qu'avant l'implantation des Blancs et des Noirs, l'Amazonie tout entière appartenait aux seuls Indiens! On les a spoliés et, comme il était trop difficile de les asservir, on les a anéantis progressivement. C'est là, de loin, la plus grande injustice raciale du globe! Vous vous doutez bien que, de par ma vocation même, je suis tout l'opposé d'un belliciste, mais je ne puis m'empêcher de me dire que les Indiens n'ont été vaincus que parce qu'ils n'avaient et n'ont encore pour se défendre que des lances en bois et des flèches empoisonnées. Face aux armes à feu, à l'alcool et aux maladies qu'ont apportés les Blancs, c'est peu! Maintenant tout cela est remplacé par l'avion, les bulldozers, la radio et la télévision qui finiront par avoir raison des dernières tribus survivantes.

– Que pouvons-nous faire contre de pareilles forces?

– Lutter, monsieur Morin, jusqu'à notre dernier souffle et par les moyens qui nous sont propres. Hippolyte Deplan le fait avec ses missions médicales, vous le ferez avec le film que le monde entier attend; quelques savants, de leur côté, cherchent à sauver cette végétation qui demeure le dernier rempart de protection pour ceux que l'on pourchasse; il y a enfin les missionnaires – quelle que soit leur religion – qui ont foi dans l'égalité de tous les hommes.

– Où classez-vous dans cette cohorte de gens de bonne volonté, Edna Monseca?

– Je la mets à part. C'est pourquoi j'ai la plus grande admiration pour elle! On a tout dit sur cette métisse qui a cinquante pour cent de sang indien : qu'elle n'était qu'une aventurière, une excitée, une femme d'affaires, une fille et même une prêtresse du diable! Qu'est-ce que vous voulez que cela fasse à des hommes comme vous et moi? Nous devons rester à l'écart de ces ragots, colportés par des gens qui la connaissent à peine et qui ne comprendront jamais que l'on puisse se dévouer entièrement à la cause de ceux de sa propre race lorsqu'ils sont opprimés... Elle est passée me voir ici même, hier, et n'est restée que quelques instants pour m'annoncer votre prochaine arrivée et faire votre éloge...

Croyez-moi : ce n'est pas souvent que je l'ai entendue vanter les mérites d'un Blanc! Elle les connaît trop! Elle m'a expliqué aussi que vous n'étiez venu de France que pour tourner un film vrai. Enfin elle m'a demandé de vous héberger – et même de vous cacher dans cette Mission – jusqu'à ce qu'elle revienne ou qu'elle envoie un messager qui vous conduira jusqu'à elle.

– Vous a-t-elle dit où elle allait?

– Ce n'est pas mon rôle de prêtre de poser des questions à ceux qui tiennent à conserver leurs secrets. Ici, ce n'est pas un confessionnal, mais un refuge où l'on trouve la paix. Si j'avais une question à poser, ce serait plutôt à vous. Ce que je vais faire d'ailleurs, mais vous êtes libre de ne pas répondre. Pourquoi « vous cacher »? Craindriez-vous quelque chose ou quelqu'un? Seriez-vous traqué?

– C'est un peu ça. Mais, contrairement à ce que vous pourriez supposer, pas par des ennemis! Ce seraient plutôt des « amis » qui se montrent trop dévoués à la suite d'instructions reçues de France; ils veulent à tout prix m'aider pour la réalisation de mon film, alors que j'ai acquis, depuis mon arrivée au Brésil, la conviction d'être capable de le réussir tout seul. C'est la raison pour laquelle Edna, qui a compris mon problème, m'a donné votre adresse en m'assurant qu'aucun de ces gêneurs trop empressés ne viendrait m'y importuner.

– Elle a bien fait. Personne ne connaîtra votre présence dans cette Mission, à condition, bien entendu, que vous n'en sortiez pas! Jacareacanga n'est pas une très grande cité et les gens y sont à l'affût de potins : dès qu'ils voient un nouveau visage, ils commencent à bavarder et à se poser des questions. Considérez que nous sommes dans une ville moyenne de province.

– La seule aide dont j'ai besoin pour faire mon

film est celle d'Edna. Elle connaît à fond le drame que vivent actuellement les dernières tribus indiennes.

– C'est exact. Aussi attendez sagement qu'elle vous fasse signe. J'essaierai de vous tenir compagnie. Si je n'étais pas aussi âgé, et surtout dans l'obligation de rester ici jusqu'à ce que l'un de nos Pères vienne assurer la relève, je vous accompagnerais bien volontiers! Moi aussi, je connais assez bien le Mato Grosso!

– Vous pensez qu'elle y est?

– Elle ne m'a rien dit et avec elle on ne sait jamais! C'est une femme étonnante qui est toujours en mouvement. Je l'ai surnommée un jour « sainte Bougeotte » : ce qui l'a fait sourire.

– Elle n'a pourtant pas l'apparence d'une sainte?

– Qu'est-ce que vous en savez? La véritable sainteté n'a pas qu'un visage!

– Vous la connaissez depuis longtemps?

– Depuis des années. Et vous?

– Moi?

Il eut une hésitation :

– Il y a moins longtemps... Vous a-t-elle confié hier qu'elle venait de faire un assez long voyage à l'étranger?

– Pourquoi me l'aurait-elle dit? mais c'est très possible, bien que je l'imagine mal loin de son Amazonie. A mon avis, c'est le seul paysage qui lui convienne... Il est vrai aussi que je ne l'avais pas revue depuis plus d'une année.

– Une année?

– Elle m'a paru toujours aussi belle... Oui, monsieur le cinéaste, pourquoi un prêtre n'apprécierait-il pas, lui aussi, la beauté? N'est-ce pas un fabuleux présent du Ciel? Cette femme est belle parce qu'il émane d'elle un rayonnement, surtout quand elle parle de ceux de sa race. Alors son visage, son corps s'animent. On sent qu'elle a une âme et ce n'est pas parce qu'elle adore un démon d'Afrique que celle-ci est obligatoirement noire.

– Telle que je crois l'avoir comprise. Edna doit avoir pour vous de la vénération?

– Nous nous entendons bien, elle et moi. Presque à demi-mot! Il nous arrive même de parler en dialecte indien comme je le fais avec Xuca. N'est-ce pas merveilleux de se comprendre dans une langue qui n'intéresse pas tellement les Blancs?

Après une nouvelle hésitation, Geoffroy demanda :

– Je m'en voudrais de vous importuner au cours d'un accueil aussi bienveillant, mais pourrais-je vous demander un petit service? Justement pour me débarrasser de ces « amis » dont je viens de parler... J'ai tout lieu de penser que, si Paris les prie de me laisser tranquille, ils le feront. Mais pour cela il serait indispensable que j'envoie un câble à une personnalité française qui exerce sur eux une grande influence. Et, comme je ne dois pas bouger d'ici, vous serait-il possible, à vous qui circulez certainement en ville, d'expédier ce télégramme à ma place?

– Donnez-le-moi : dès la première heure j'irai demain matin à la poste où je connais tout le monde.

– Naturellement, je vous rembourserai les frais.

– J'y compte bien, jeune homme, car nous ne sommes pas riches à la Mission!

– Je vais écrire le texte sur une feuille de ce carnet : vous n'aurez qu'à le recopier. C'est très court... et d'allure presque canonique.

Ayant lu à haute voix en français : « Les voies de la Providence sont impénétrables et je dois les suivre. Geoffroy Morin », le jésuite eut un sourire.

– Il pourrait avoir été rédigé par moi, dit-il en portugais. Mais sincèrement, vous croyez que ce sera suffisant pour que l'on vous débarrasse de vos importuns?

– Je le pense.

– La langue française a de ces subtilités qui ont toujours fait mon admiration! Vous pouvez compter sur moi. Mais dites-moi : si l'adresse du destinaire, cet Edmond de Tarnec, est mentionnée, la vôtre ici ne l'est pas.

– Aucune importance! Celle de la poste de Jacareacanga suffira. C'est d'ailleurs là qu'arrivera, poste restante, la réponse.

– Parce qu'il y aura une réponse?

– Au plus tard douze heures après l'envoi. C'est-à-dire qu'il faudra aller la chercher après-demain matin.

– Et, naturellement, c'est encore moi qui remplirai cette corvée?

– Je n'osais vous le demander.

– J'irai! L'ennui c'est qu'elle vous sera adressée à vous, Geoffroy Morin, et non pas à moi! Donc on ne me la donnera pas.

– Ne venez-vous pas de me dire que vous connaissiez tout le monde à la poste?

– Mon garçon, vous me faites faire des choses bizarres! Il est évident que, si j'insiste un peu en expliquant que vous n'êtes plus à Jacareacanga et que vous m'avez demandé d'aller chercher cette réponse à votre place, on ne fera pas trop de difficultés pour me la remettre, mais je ne le ferai qu'à une condition : c'est que vous me juriez, sur votre honneur d'homme, qu'il ne s'agit pas – dans cet échange de messages – d'une sorte de code secret destiné à favoriser un envoi clandestin d'armes, de drogues ou autres produits risquant de porter tort à l'harmonie et à la tranquillité du Brésil.

– Je le jure sur la mémoire de la personne que j'ai le plus aimée au monde : ma mère qui était portugaise comme vous.

– Alors, j'accepte!

Après un sommeil réparateur sur le lit de sangles, Geoffroy se sentait très dispos pour récapituler ce qui s'était passé et essayer de prévoir ce qui l'attendait. Une certitude était déjà acquise : à l'inverse du délégué de la Croix-Rouge qui semblait médiocrement apprécier la mystérieuse activité d'Edna Monseca, le religieux faisait d'elle le plus grand cas. Et, à la réflexion, cela n'avait rien de surprenant, car le Père Ribeiro devait connaître une seule Edna : celle qui ne pensait qu'à aider les Indiens. Quant à l'autre, la criminelle, il ne devait certainement pas se douter qu'elle existait! C'était cette dualité du personnage qui était affolante... Par moments même, et surtout depuis leur dernière rencontre dans la maison d'Itaituba, l'envoyé de la S.F.E.P. se sentait envahi par un doute : si, contrairement aux propos de Tarnec et même aux rapports établis, Edna n'était en rien responsable des morts pour le moins étranges de Howard O'Meal, d'Igmar Petersen, du baron von Hager et de Jacques Dubois? Qu'elle eût été successivement la compagne de ces quatre hommes pendant un même laps de temps, cela ne pouvait être mis en doute : documents et photos, même imparfaites, le montraient. Mais cela signifiait-il qu'elle avait provoqué leur mort? Qu'elle les eût quittés juste avant ou juste après le décès ne prouvait pas non plus avec une certitude absolue qu'elle fût la coupable. Ayant pressenti ou découvert chacun des drames, elle pouvait très bien s'être enfuie précipitamment, par crainte d'y être mêlée et que cela ne portât un tort irrémédiable à son combat pour la défense des opprimés... Il y avait aussi, bien sûr, la multiplicité des identités et des nationalités qu'elle s'était attribuées. Mais, après tout, ces noms d'Angelina Benitez, Idalina del Varrul, Amalia Errazuz et Mirta Gonzalez, peut-être ne les avait-elle pris que pour mieux dissimuler à ses conquêtes ses origines indiennes. Dans son propre pays, n'avait-elle pas, pour jouer les prêtresses et amasser ainsi de l'argent, troqué son nom contre celui d'Evaltina? Elle n'était pas pour autant une criminelle! Qu'elle fût une aventurière de haute volée, c'était presque certain, mais quelle est la femme qui n'a pas rêvé de changer d'identité à chaque nouvelle aventure? De tout cela, il ressortait que rien, absolument rien, ne prouvait qu'Edna eût tué ou eût fait tuer.

De plus en plus attiré et envoûté par l'écrasante personnalité de cette femme, Geoffroy en arrivait à souhaiter ardemment qu'elle ne fût que la protectrice des Indiens, si estimée du religieux, et que « l'autre » eût été inventée de toutes pièces par des adversaires cherchant à nuire à son action bienfaisante. Tout indiquait, d'ailleurs, qu'un Broscani – dont le crâne avait été ouvert à coups de hache par le propre père d'Edna – était, en dépit de ses affirmations, l'un de ses pires ennemis. Et ce don Miguel ne devait pas regarder d'un très bon œil le remplacement progressif et méthodique des pensionnaires indiennes de ses maisons par des blanches, cela grâce au financement apporté par Edna. Quant à Sylvie, elle ne pouvait que haïr celle qu'elle considérait comme une rivale depuis que « son » Français lui avait échappé... Si Geoffroy parvenait à prouver cette mauvaise foi à ceux qui l'avaient envoyé en Amazonie, ce serait prodigieux! Merveilleux aussi pour lui. Alors, il pourrait se consacrer entièrement à la réalisation de son film; celui-ci cesserait d'être une supercherie pour devenir cette vérité en images dont la prêtresse avait le plus grand besoin pour convaincre les millions de gens qui ne pensaient qu'à eux-mêmes et qui ne se préoccupaient guère du drame d'une race en voie d'extinction.

Il ne serait plus alors que le cinéaste et peut-être aussi l'amant de la créature de rêve. Ayant pris un tout autre sens, son existence deviendrait enfin passionnante... Fini de végéter comme il l'avait fait jusque-là, passant les meilleures années de sa jeunesse à éplucher des dossiers dans un contentieux! Existait-il un titre plus ridicule que celui de « M. le Chef du Contentieux de la S.F.E.P. »? Et même s'il était nommé à son retour – en cas de réussite, comme le lui avait promis Edmond de Tarnec – administrateur de l'affaire, que tirerait-il de ce bâton de maréchal?... Et les intérêts pétroliers de la compagnie que l'on accusait Edna de saper indirectement? C'était stupide! Comme si une femme seule pouvait s'attaquer à un pareil trust! Les Indiens avaient bien vécu depuis des siècles dans leur forêt sans utiliser la moindre goutte de pétrole... Alors, au diable le pétrole!

Pourtant il y avait cet autre diable de Tarnec qui savait ce qu'il voulait et n'agissait jamais à la légère. S'il l'avait envoyé aussi loin, ce ne pouvait être que pour une raison impérieuse. Cette dernière réflexion calma instantanément l'exaltation de l'amoureux.

Il resta seul toute la journée, tournant en rond, dans le cloître, comme un fauve en cage, sous le regard presque hostile de Xuca qui apparaissait de temps en temps pendant quelques secondes et s'esquivait aussi vite. Sans doute n'aimait-il pas voir dans la Mission un autre Blanc que le vieillard auquel il s'était attaché et qui, avec sa barbe impressionnante, devait représenter pour sa cervelle d'Indien la réincarnation de quelque divinité. Comment d'ailleurs Geoffroy aurait-il pu communiquer avec le géant? Par gestes? Lesquels? Mieux valait attendre le retour du religieux qui lui avait fait remettre à son réveil, par Xuca, un billet libellé en français : *Comme promis, je vais commencer ma journée en remplissant la mission que vous m'avez confiée. Ayant beaucoup à faire en ville, je ne rentrerai que pour le dîner. Je vous conseille de ne pas sortir. Si la faim vous tenaillait, faites à Xuca le geste de manger : il comprendra et vous ravitaillera. Et, pour éviter l'ennui, vous trouverez dans le parloir des livres sur le Mato Grosso, écrits en portugais, par quelques-uns de nos Pères : ils ne sont pas tous ennuyeux. A ce soir.* »

Mais Geoffroy ne mangea rien et n'ouvrit aucun des livres : l'aventure qu'il vivait depuis son premier entretien avec Tarnec lui paraissait tellement plus fabuleuse que n'importe quel récit imprimé!

Les premiers mots prononcés par le jésuite à son retour furent :

– C'est fait. Attendons la réponse demain matin. Avez-vous lu?

– Non.

– Qu'avez-vous fait pendant toute cette journée?

– J'ai réfléchi.

– C'est excellent, la réflexion. Peut-on savoir sur quoi ou sur qui?

– Sur vous, sur moi, sur elle... Quand pensez-vous que j'aurai de ses nouvelles?

– Ça, je crois que ce sacripant d'*Exu* lui-même serait bien incapable de vous le dire! Qu'elles soient blanches, noires, jaunes ou indiennes, les femmes sont tellement mystérieuses. Alors vous pensez : une métisse!

Le dîner, aussi frugal que celui de la veille, fut

agrémenté par la spécialité de Xuca : la tarte faite avec la pulpe farineuse des racines de manioc. Ce soir-là, Geoffroy apprit que ce gâteau se nommait *beiju*. Son hôte attendit qu'il eût avalé sa part pour lui faire en souriant une révélation :

– Vous aimez ça? Peut-être ignorez-vous que ce goût d'amertume provient de ce que le manioc contient de l'acide prussique qui est mortel. Une petite portion suffit pour tuer un homme... Mais rassurez-vous : Xuca sait doser ses chefs-d'œuvre. Ce n'est pas encore ce soir que vous et moi mourrons d'empoisonnement : il y a un temps pour tout! Venez fumer un cigare dans le cloître...

Le Père Ribeiro semblait s'être beaucoup amusé en voyant l'expression inquiète du visage de Geoffroy lorsqu'il lui avait parlé d'acide prussique. Et il paraissait décidé à conserver sa bonne humeur :

– Avez-vous déjà commencé à tourner?

– J'ai pris quelques séquences à Itaituba et le long de la Transamazonique.

– C'est un début, mais ce n'est rien à côté de ce que vous pourrez filmer quand vous pénétrerez dans le Mato Grosso. Ce qui me semblerait intéressant, et très nouveau pour les spectateurs civilisés, serait que vous puissiez assister – grâce à l'intervention d'Edna dont la popularité est immense chez certaines tribus isolées où les Blancs ne sont que très rarement admis – à la reconstitution de vieilles légendes indiennes telles que celle des amazones perdues du Xingu.

– Vous avez dit : les amazones?

– Qu'y a-t-il d'étonnant? Elles ont certainement existé puiqu'elles ont donné leur nom au fleuve-mer et même à toute la région environnante : l'Amazonie... Il faudrait que vous puissiez filmer tôt le matin, quand la brume ne s'est pas encore complètement dissipée, les ombres sublimes des femmes qui dansent sur la place d'un village devant les hommes rassemblés, tous debout derrière le chef de la tribu qui est le seul à être assis sur une souche de bois. Avant de s'avancer sur la place, les femmes se sont cachées dans la maison du chef, qui est la plus vaste, pour chanter en chœur. Et, tout en psalmodiant cette mélopée dans l'obscurité de la hutte sur pilotis où ne peut pas pénétrer la lumière, elles se peignent mutuellement avec de la teinture *urucu* rouge sang. Puis elles mettent pour tout vêtement des *uturi*, petits triangles en fibre qui cachent leur sexe. Elles se sont divisées en deux groupes, dont chacun possède une meneuse de jeu portant un diadème de plumes jaunes sur lequel sont fixées de longues plumes de *macaw*.

» L'une de ces meneuses apparaît sur le seuil obscur de la hutte et traverse la place en dansant, en chantant et en brandissant de haut en bas deux flèches. Quand elle arrive devant le chef, celui-ci se lève avec dignité, prend respectueusement la main droite de la femme et la conduit ainsi pendant quelques pas assez solennels. Dès qu'il lâche sa main, la femme recommence à danser et retourne vers la maison du chef où elle disparaît à nouveau. Aussitôt, la seconde meneuse des amazones sort de la maison et répète la même danse tout autour de la place. Ensuite toutes les autres femmes apparaissent en deux longues files dont l'une s'avance en balançant les hanches et l'autre en faisait des petits pas de côté. L'une après l'autre, et toujours en dansant, les files entrent dans toutes les maisons du village pour montrer que les amazones sont partout chez elles et ont les mêmes droits que les guerriers.

» Toutes ces démonstrations qui peuvent paraître puériles au non initié sont destinées à raviver le souvenir de ce qui s'est passé, il y a bien longtemps, dans la tribu Jamarikuma où les hommes commirent la faute impardonnable de rester pendant des mois loin de leurs femmes et, ce qui est pire, de ne même pas leur faire porter par des messagers les poissons dont elles avaient besoin pour vivre. Alors qu'elles commençaient à désespérer, un très vieil homme du nom de Kamatapiru, portant une barbe blanche aussi longue que la mienne, et que les hommes n'avaient pas voulu emmener dans leur expédition à cause de son grand âge, leur expliqua que leurs hommes étaient très méchants, qu'ils ne pensaient qu'à se débarrasser d'elles et que, le jour où ils reviendraient, ce serait pour les tuer! Puis il leur donna le conseil de quitter immédiatement le village et de le suivre dans la jungle : ce qu'elles firent. Le vieillard trouva trois armadillos géants auxquels il ordonna de creuser un long tunnel... Pourquoi me regardez-vous avec cette mine effarée?

– Parce que, mon Père, je dois vous avouer, à ma plus grande confusion, que jusqu'à cette minute j'ignorais l'existence de ces animaux. Comment se présentent-ils?

– On peut très bien vivre en Europe, et même au Brésil, sans en rencontrer! Le vieillard de la légende a eu beaucoup de chance d'en trouver trois aussi gigantesques! Un armardillo n'est pas particulièrement joli à voir : c'est un genre de crustacé isopode sur lequel vivent en parasites des cloportes terrestres qui s'enroulent en boule et qui l'aident à creuser... Ne trouvez-vous pas d'ailleurs que ces machines modernes, bulldozers ou pelleteuses mécaniques que l'on utilise pour ouvrir la Transamazonique ou autres voies dans l'enfer vert, ressemblent à des monstres géants? Le vieux Kamatapiru a été très intelligent : ne s'est-il pas servi d'une force animale qui n'avait besoin d'aucun carburant? Quand le tunnel a été creusé très profondément sous la terre, les femmes l'ont utilisé pour ressortir beaucoup plus loin, au bord de la rivière Tamitatoala où leurs hommes ne pourraient pas venir les chercher. Elles furent tellement heureuses de se sentir libérées qu'après s'être peintes avec de l'urucu et s'être parées de diadèmes de plumes jaunes, elles se mirent à danser. Ensuite, sans perdre de temps, elles firent des arcs et des flèches et apprirent à s'en servir aussi bien à la pêche qu'à la chasse, ce qui leur permit de vivre sans hommes. Tous ceux qui cherchaient à les approcher étaient aussitôt tués. Mais, ne pouvant se reproduire entre elles, ces femmes singulières finirent par disparaître les unes après les autres. La seule chose que l'on connaisse encore d'elles et que montrent avec fierté certaines tribus est l'endroit, près de la rivière, où elles sont sorties de la terre. C'est pourquoi je pense qu'il serait intéressant, si cela était possible, que vous filmiez dans un village de la jungle l'une de ces cérémonies où, en double file, les femmes dansent entre les cases, frappant du pied en cadence, suivant les meneuses emplumées et racontant par la chanson et par les gestes la très vieille histoire des amazones perdues du Xingu...

Tout cela avait été dit par le Père Ribeiro sur un ton de bonhomie souriante.

– Je ne sais, mon Père, si vous allez être de mon avis, mais je me demande si la façon d'agir d'une Edna Monseca ne la rapproche pas de ces amazones disparues.

– Vous avez l'impression qu'elle se passerait volontiers des hommes? Qu'est-ce qui vous le fait penser?

– C'est délicat à dire.

– Elle a toujours fait preuve d'une réelle amitié à mon égard.

– Oh, vous, mon Père, vous êtes un homme à part!

– Je ne suis qu'un homme comme les autres.

Mais tout le bien qu'Edna m'a dit de vous semblerait prouver qu'elle vous tient également en grande estime. Ce qui montre qu'il y a au moins deux hommes, vous et moi, qu'elle ne méprise pas trop! Et je suis persuadé qu'il y en a beaucoup d'autres! Vous avez pu remarquer qu'elle alliait à une extrême sensibilité un instinct très poussé, venant sans aucun doute de ses ascendances indiennes, qui la fait parfois agir avec une certaine brusquerie. Peut-on lui reprocher, dans le dur combat qu'elle mène, de prendre ses décisions très vite? Je sens bien qu'en ce moment vous êtes anxieux : un garçon jeune et dynamique comme vous, habitué à foncer pour réaliser ses films, ne devrait pas piétiner, comme cela se produit depuis que vous êtes ici. Alors, dans votre subconcient, vous en voulez un peu à celle qui vous fait attendre. Rassurez-vous! Je crois ne pas trop mal la connaître : cette attente ne durera pas. Ayez confiance! Dès demain matin, je retournerai pour vous à la poste. Si la réponse arrive dans les délais que vous m'avez indiqués, je vous la rapporterai aussitôt. Avant de vous quitter, je m'aperçois que j'ai été un exécrable maître de maison : j'ai complètement omis de vous demander si vous aviez trouvé un bon repos cette nuit.

– Vous aviez raison : le lit de sangles est une merveille!

– Je souhaite qu'il en soit de même cette nuit. Mais ne rêvez pas trop aux armadillos géants qui creusent des tunnels. Ils risqueraient de vous emporter dans un cauchemar!

Geoffroy était réveillé depuis longtemps quand le jésuite lui remit la réponse télégraphique.

– En avez-vous pris connaissance, mon Père?

– Je m'en serais bien gardé! Cela ne concerne que vous.

– Oh! Il n'y a aucun mystère...

Ayant décacheté le télégramme, il le tendit à son hôte.

– Etant donné que je suis dans cette Mission, dit-il, je crois qu'aucune réponse ne pouvait être plus indiquée! Lisez vous-même...

Après la lecture, le Père Ribeiro eut ce même sourire qu'il avait eu la veille en prenant connaissance du message destiné à Paris :

– C'est à croire que vous aviez prévu, avant votre départ de France, que vous feriez une halte ici!

La réponse de Tarnec était : « Dieu vous protège. » Ce qui indiquait que le grand patron acceptait de laisser son envoyé opérer en toute liberté et selon son idée. Geoffroy respirait : il se sentait débarrassé de l'équipe Broscani.

– Etes-vous satisfait?

– Plus que vous ne pourriez le croire! C'est bien dommage de ne pouvoir communiquer de la même façon avec Edna Monseca! Je n'attends plus que de ses nouvelles.

Elles arrivèrent, une heure plus tard, sous la forme d'un autre géant qui, après être descendu d'une voiture privée, avait heurté vigoureusement la porte avec le marteau de fer. Ce géant avait les yeux bleus, les cheveux blonds et le teint hâlé. Il était difficile de lui donner un âge tant il paraissait solide. Pourtant, l'expression du visage reflétait cette dureté qui marque les traits de ceux qui ont beaucoup vu et beaucoup vécu.

Lorsqu'il fut en présence du jésuite et de son hôte, c'est tout juste s'il ne claqua pas des talons avant de se figer dans une attitude rigide. Puis, par deux fois, il inclina solennellement la tête.

– Mon Révérend Père... Monsieur...

Cela avait été dit dans un portugais guttural.

– Mais c'est le Dr Magenheim! s'exclama le religieux. Voilà bien longtemps que je ne vous ai vu! Mon ami M. Geoffroy Morin est, comme son nom l'indique, français.

– Nous autres, Allemands, nous aimons beaucoup la France.

– Qu'est-ce qui nous vaut le plaisir de votre visite, Herr Doktor?

– Elle sera courte et seulement destinée à prévenir votre ami que je l'attendrai ce soir à 23 heures pour l'emmener là où on le réclame.

– Et il se situe où, ce lieu de rendez-vous? demanda le Père Ribeiro. Au nord ou au sud?

– Excusez-moi, mais j'ai reçu de ceux à qui j'ai loué mes services l'ordre de ne donner aucune indication.

– En somme, cette nuit, vous ne serez plus l'anthropologue, mais seulement le pilote possédant un excellent appareil dont il sait se servir.

– Mon Père, vous allez me faire rougir.

– Ce serait impossible : vous avez déjà un teint de brique et tout le monde sait que vous êtes un as lorsque vous survolez la forêt amazonienne que vous semblez connaître par cœur.

– Elle et moi avons fini par devenir des amis... La même voiture qui m'attend devant votre porte sera là à 22 heures, ce soir, pour conduire M. Morin jusqu'à l'avion.

– Je regrette pour lui que vous ayez décidé de voler la nuit : il ne verra pas grand-chose de la splendeur du tapis vert!

– Ce n'est pas moi qui ai pris cette décision, mon Père. Sans doute a-t-on pensé qu'un déplacement aérien se remarque moins de nuit que de jour. Je vais vous demander, à M. Morin et à vous, la permission de me retirer.

Une nouvelle fois, le géant blond se mit au garde-à-vous et inclina la tête.

– Herr Doktor, dit Geoffroy, je suis convaincu que l'on vous a chargé de me mener à destination, mais il y a cependant une petite formalité à remplir avant que je vous donne mon acceptation pour ce voyage. Il a été spécifié entre la personne qui vous a envoyé et moi-même que son messager prononcerait un mot de reconnaissance pour bien prouver son authenticité. Ne m'en veuillez pas d'une telle prudence, mais, étant donné les circonstances, il m'est difficile d'agir autrement.

– Vous avez mille fois raison, monsieur Morin. Si j'étais à votre place, j'agirais de même. Le mot de reconnaissance est le nom de la tribu d'où est venu le serviteur du Révérend Père : *Kreen-Akakoré...* Cela vous suffit?

– Oui. A ce soir.

Après le départ du « messager », Geoffroy ne put s'empêcher de confier au jésuite :

– Ce que je vais dire va sans doute vous paraître assez niais, mais jamais je n'aurais imaginé que l'envoyé d'Edna fût du genre de ce Herr Doktor!

– Comment le voyiez-vous?

– Etant donné le mot de reconnaissance, j'aurais plutôt vu un Indien, du genre de Xuca, par exemple.

– Mon jeune ami, c'est vous faire quelques illusions que de croire que les Kreen-Akakoré vont et viennent comme cela dans la civilisation blanche! Actuellement, je vous l'ai dit, il ne s'y trouve qu'un spécimen, Xuca. Et celui-ci – vous avez pu le remarquer – n'est pas tellement sociable! Tous les autres, repérés avec peine, se terrent dans le Mato Grosso.

– Puisque vous venez de prononcer ce nom, n'avez-vous pas l'impression que c'est là que m'attend Edna?

– Je n'en sais rien, mais je le souhaite pour vous : c'est là que vous pourriez tourner le plus beau film.

– Le Herr Doktor, vous le connaissez depuis longtemps? D'abord pourquoi Herr Doktor?

– Vous connaissez un Allemand qui ne le soit pas quand il a une profession libérale? Officiellement, ce Magenheim est l'un de ces anthropologues qui foisonnent en Amazonie sous prétexte qu'une race menacée de disparition a besoin d'eux! Personnellement, je vous avoue n'avoir qu'une confiance assez limitée dans ces personnages qui n'ont pas hésité à proclamer, à l'issue d'un symposium tenu à Culuba, précisément dans l'Etat du Mato Grosso, « qu'il n'y avait pas d'avenir pour l'Indien au Brésil ». Et cela malgré les seize réserves et les quatre grands parcs créés par la FUNAI. Ces mêmes spécialistes n'ont pas craint non plus d'ajouter : « Au Brésil, nous n'avons pas l'habitude de respecter les réserves forestières et moins encore les réserves indiennes. » Magenheim est l'un de ceux qui parlent ainsi et on peut se demander si c'est une telle manière de penser qui lui donne le droit de circuler librement avec son avion. Seulement, quand on connaît la vérité non pas « officielle » mais « officieuse » sur son compte, on ne s'étonne plus tellement : en réalité il est l'un de ces innombrables nazis, qui se sont réfugiés en Amérique du Sud, après la défaite de l'hitlérisme, et qui s'y cachent sous une identité ou sous une autre. Il a choisi celle d'un anthropologue. Elle est commode parce qu'elle laisse un vaste champ d'action sans être trop précise... Vous pouvez être certain que son vrai nom n'est pas Magenheim!

– Et c'est ce « convoyeur » qu'Edna a choisi pour me mener jusqu'à elle?

– C'est un excellent pilote. Ça ne m'étonnerait

pas qu'il ait servi, aux alentours de sa majorité, dans la *Luftwaffe*.

– Mais comment peut-on faire confiance à un homme pareil?

– Cher monsieur Morin, ce n'est pas à vous que j'apprendrai qu'une civilisation nouvelle – et celle qui s'implante en Amazonie en est une – n'est pas bâtie que par des archanges! Il faut de tout pour faire un monde, du bon et du mauvais... Ce qui confirme ce qu'a écrit, il n'y a pas si longtemps, une journaliste dans un quotidien de Bruxelles qui m'a été envoyée par l'un de nos Pères resté en Europe. Je l'ai trouvé tellement étonnant de vérité que je l'ai appris par cœur! Ecoutez plutôt : « Le système brésilien qui est socialement injuste mais pas raciste n'est pas seul responsable de la disparition des Indiens. C'est tout l'Occident qui participe à leur ethnocide, comme hier au meurtre de leurs frères d'Amérique du Nord, à celui de tous les peuples qui, pour avoir voulu rester différents, ont été condamnés par l'Histoire. Une histoire toujours écrite par les mêmes avec le sang des autres... »

– Si l'on veut agir utilement en faveur des Indiens, c'est donc à l'Occident qu'il faut s'en prendre?

Comme le missionnaire restait silencieux, Geoffroy se dit que, finalement, Edna avait peut-être eu raison en attaquant des Howard O'Meal, Igmar Petersen, von Hager et Dubois.

A l'heure fixée par Magenheim, la voiture était devant l'entrée de la Mission. Avant d'y prendre place, Geoffroy demande au Père Ribeiro :

– Estimez-vous, mon Père, qu'il soit très sage de me lancer ainsi à l'aventure en compagnie d'un personnage au passé plutôt douteux pour aller retrouver une femme assez inquiétante?

– Mon fils, vous l'avez dit vous-même dans un télégramme : « Les voies de la Providence sont impénétrables. » Alors pourquoi vous inquiéter? Cette même Providence pourvoiera à vos besoins... S'il ne s'agit pour vous que de réaliser un film, il ne pourra rien vous arriver de grave. Si c'est un autre but que vous voulez atteindre, je ne me sens pas habilité pour vous donner des conseils. Tout ce que je puis dire, c'est que j'ai confiance en celle qui vous attend. La seule arme avec laquelle je pourrai désormais vous aider sera la prière. Dieu vous garde!

La dernière vision qu'eut Geoffroy du Père Ribeiro, au moment où la voiture démarrait, fut celle du vieillard en soutane blanche, debout devant l'entrée de la Mission, qui le bénissait d'un large signe de croix.

Comme Magenheim, le chauffeur était blond, comme lui il avait les yeux bleus. Et il devait avoir sensiblement le même âge, c'est-à-dire la cinquantaine. Assis à l'arrière de la voiture, Geoffroy l'observait de profil : c'était certainement, lui aussi, un Allemand. Sans doute encore l'un de ces nazis venus se réfugier au Brésil. L'entraide confraternelle des anciens hitlériens et leur culte indéracinable du Führer n'étaient pas une légende.

Il n'y eut pas un seul mot échangé pendant le trajet. Comme, d'autre part, la nuit était très noire, l'envoyé de la S.F.E.P. ne put prendre aucun point de repère. Dès que la voiture s'immobilisa, la portière de droite s'ouvrit en même temps que le plafonnier s'allumait, éclairant la silhouette hermétique de Magenheim qui s'encadra dans l'ouverture. Nouveau salut rigide, comme déclenché par un mécanisme, puis la voix, toujours gutturale, dit en portugais :

– Monsieur Morin, vous voici arrivé... Si vous

voulez bien me suivre jusqu'à l'avion. Hans portera vos bagages et ces caméras qui doivent être pour vous tellement précieuses!

– Ce sont mes instruments de travail. S'il m'arrivait de les perdre, je n'aurais plus aucune raison de rester en Amazonie! Je vous suis.

Les phares de la voiture avaient été éteints par Hans et c'est dans une obscurité complète qu'ils commencèrent à avancer silencieusement l'un derrière l'autre. Hans fermait la marche. Fait assez surprenant : le ciel, dont la richesse étoilée avait fait l'émerveillement de Geoffroy pendant les deux soirées précédentes passées dans le cloître en compagnie du jésuite, était d'une noirceur d'encre, ce qui pouvait faire craindre l'imminence de nouvelles pluies torrentielles. Malgré la nuit, l'atmosphère restait pesante, presque irrespirable. Le sol sur lequel ils marchaient était desséché et rugueux : il pouvait servir, à la rigueur, d'aire d'atterrissage ou de décollage pour un avion léger, mais ce n'était certainement pas un terrain d'aviation entretenu. Ils ne se trouvaient donc pas à l'aéroport officiel de Jacareacanga. Il n'y avait d'ailleurs ni tour de contrôle, ni bâtiments, ni hangars, ni la moindre balise lumineuse. Enfin, à l'exception d'eux trois, on ne voyait aucun être humain.

Il y avait dans cette marche d'approche quelque chose d'angoissant. Précédé d'un nazi allemand et suivi d'un autre qui pouvait l'être, le Français se faisait l'effet d'être un prisonnier que l'on conduit vers un lieu de torture pour l'interroger sur sa véritable activité. N'était-ce pas là le sort qui l'attendait et la dernière phase du piège prodigieux que lui avait tendu la prêtresse d'*Exu* depuis qu'elle l'avait repéré à la cérémonie *quimbanda*? Maintenant qu'il avait rompu avec ceux qui avaient mission de le protéger, Geoffroy était bien seul. Le Père

Ribeiro lui-même ignorait où l'étrange pilote allait l'emmener. Vers le nord-est, à proximité des frontières du Venezuela et de la Colombie? Dans le Haut-Xingu ou dans le Mato Grosso? Partout ce serait la jungle. Et il ne possédait aucun moyen de communication, pas le plus petit poste émetteur! Ses seules armes étaient ses caméras.

Pourtant, il ne paraissait pas concevable que celle qui lui avait promis son aide fût capable de félonie à son égard : en son for intérieur, Geoffroy avait la conviction de ne pas lui être indifférent, de même qu'il avait été sûr, tout de suite, de ne pas l'être à Sylvie Bertille. Une femme ne trahit pas un homme qui lui plaît, à moins que celui-ci ne l'ait bafouée : ce qui n'était pas encore le cas pour Edna... Evidemment, il n'avait pas pu et ne pourrait certainement jamais lui révéler le véritable but de son voyage. Mais ce but, peu à peu, ne s'était-il pas transformé? Car Geoffroy, maintenant, avait hâte de retrouver Edna dans l'espoir de l'innocenter. Et, pour cela, il était prêt à tous les risques. La preuve : il ne savait même pas où il allait.

Soudain, ils se trouvèrent auprès de l'avion, dont toutes les lumières étaient éteintes.

– Montez vite! dit Magenheim en ouvrant la porte de la carlingue. Plus tôt nous partirons, mieux ça vaudra. Personne ne doit être au courant de ce vol, ni de la destination prise : ce sont les instructions formelles.

– Le Père Ribeiro sait pourtant...

– Non, il ne sait pas où nous allons. Et Hans non plus.

– Mais celui-ci n'est-il pas susceptible de révéler le lieu et l'heure de notre départ? A moins qu'il ne s'envole avec nous?

– Il reste ici, mais rassurez-vous : Hans ne parle jamais! Vous montez?

Après une dernière hésitation, Geoffroy finit par s'asseoir dans l'appareil, à côté de Magenheim. C'était un tout petit biplace de tourisme dont l'unique moteur à hélice commença à tourner dans un ronronnement d'une discrétion surprenante. Les valises et les caméras furent placées par le pilote derrière les sièges, après quoi Hans referma la porte et resta au garde-à-vous dans la nuit pendant que l'avion commençait à rouler. Presque aussitôt il décolla tous feux éteints.

– C'est un appareil très maniable, dit l'Allemand. Il peut décoller et atterrir en moins de cent vingt mètres. En Amazonie c'est indispensable : les clairières réparties dans la forêt ne sont pas vastes et le plus souvent très étroites. Un autre appareil ne pourrait pas atterrir là où nous allons.

– Ces clairières, vous les connaissez toutes, Herr Doktor?

– Depuis le temps que je survole la forêt dans tous les sens, j'ai fini par en repérer un certain nombre. Comme le Père Ribeiro, je regrette que vous ne puissiez pas voir l'admirable paysage qui s'étale maintenant sous nos ailes. Mais consolez-vous : quand nous serons arrivés à destination, dans quelques heures si tout va bien, vous aurez des possibilités grandioses pour utiliser vos caméras.

– Je l'espère!

Ils ne parlèrent plus. Geoffroy ne voyait rien. L'appareil fonçait dans les nuages noirs qui s'amoncelaient avant de se déverser, à l'aurore, en cataractes sur la terre rouge. Et, quand l'avion l'aurait déposé dans quelque clairière, c'est l'enfer vert qui se refermerait sur lui pour l'arracher à la civilisation blanche et le livrer à celle qui l'avait envoûté...

LA JUSTICIÈRE

Le commandant Morin, qui venait d'être introduit dans le cabinet du président de la S.F.E.P., dit, avant même de s'asseoir :

– Qu'est-ce qui se passe pour que tu m'aies appelé à une heure aussi matinale? Note bien que ça ne m'a pas tellement dérangé. En vieux militaire que je suis, je n'ai pas perdu mes bonnes habitudes : je suis debout tous les jours à 5 heures... Je t'écoute.

– Il se passe, vieux, répondit Edmond de Tarnec, que je suis inquiet. As-tu reçu des nouvelles de ton fils?

– Pas une depuis son départ, voici maintenant quinze semaines! Ce sacripant n'a pas été fichu de m'envoyer seulement une carte postale! Et toi, où en es-tu avec lui?

– Je te le repète : je suis inquiet... Son dernier message remonte à trois mois. Etant donné la mission assez spéciale que je lui ai confiée, c'est beaucoup. Inutile de te dire que depuis deux mois déjà j'ai tout mis en œuvre pour le retrouver : les grands et même les petits moyens... Eh bien, ça n'a rien donné! Hier, j'ai pris la décision de m'adresser directement au gouvernement brésilien en signalant sa disparition.

– Pourquoi ne l'as-tu pas fait plus tôt?

– C'est assez difficile à dire... Si je l'avais pu, j'aurais préféré ne pas mêler les autorités officielles, aussi bien françaises que brésiliennes, à cette affaire. Jusqu'à la dernière minute, j'ai pensé que nous arriverions à le récupérer par nos propres moyens : c'est que nous sommes organisés là-bas!

– Les agents de ta compagnie?

– Eux et d'autres qui travaillent indirectement pour nous...

– Ce que je n'ai jamais très bien compris, parce que Geoffroy s'est montré très discret là-dessus, c'est ce qu'il est allé faire exactement au Brésil.

– Cela non plus n'est pas facile à expliquer... Disons que je l'ai envoyé en tournée d'inspection... Nous avons là-bas des équipes chargées de prospecter pour nous et qui, depuis quelque temps, rencontrent de sérieuses difficultés.

– Il n'y a pas de pétrole?

– Il y en a. C'est bien pourquoi on veut nous empêcher de réussir!

– Mais enfin, Edmond, mon fils n'a rien d'un technicien! C'est un juriste! Comment veux-tu qu'il s'en tire avec des spécialistes?

– C'est le seul homme de la S.F.E.P. à qui je pouvais confier une pareille mission : tu connais mieux que moi sa patience et son acharnement. Si je t'ai demandé de venir, c'est pour t'avertir que les choses n'allaient peut-être pas toutes seules pour lui en ce moment... Mais il ne faut pas non plus pousser l'affaire au noir! Je suis convaincu – maintenant que la grosse machine de l'administration militaire du Brésil, qui est en tous points remarquable, s'est mise en marche pour le retrouver coûte que coûte – que nous aurons de ses nouvelles d'ici à une huitaine de jours, au plus... Dès que je

saurai quelque chose, tu seras le premier avisé.
– Je t'en remercie.
– Dis-moi : tu ne m'en veux pas trop de l'avoir envoyé là-bas?
– Je te connais : si tu l'as fait, c'est que tu l'as jugé nécessaire. Tu es le patron de la boîte. Alors, pourquoi t'en vouloir?
– Merci de cette confiance... C'est égal : ce silence de Geoffroy m'embête! Tu sais très bien qu'en vieux célibataire que je suis, je l'ai toujours considéré un peu comme mon fils.
– Quand tu as reçu son dernier message, où était-il? C'est que c'est immense, le Brésil.
– A qui le dis-tu! Il était à Jacareacanga.
– C'est perché où?
– Sur la Transamazonique.
– C'est un bled civilisé?
– En principe, puisque le télégraphe y fonctionne.
– Tu es sûr qu'il n'y est plus?
– Absolument!
– Et, depuis trois mois, envolé le fiston?
– Disparu! Ce qui est plus grave.
– Mais enfin, de nos jours et avec les moyens de communication actuels, un bonhomme ne se volatilise pas comme ça du jour au lendemain!
– Tu oublies l'enfer vert.
– La forêt amazonienne? Il y a déjà quelques années, j'ai lu qu'un jeune homme y avait disparu et que son père avait monté une expédition pour tenter de le retrouver. Sans résultat d'ailleurs... Seulement ce garçon-là était explorateur et avait commis l'erreur de s'enfoncer dans la jungle. Je ne pense tout de même pas que ce soit le cas de Geoffroy, le très distingué représentant de ta S.F.E.P. Il devait plutôt opérer dans des régions où il y a pas mal de monde.

Comme Tarnec restait silencieux, son ami ajouta brusquement :

– Penses-tu que ça pourrait arranger les choses si je faisais comme le père de cet explorateur? Mets les moyens à ma disposition et je pars ce soir même si tu juges qu'il faut le faire.

– Si quelqu'un devait partir d'ici à la poursuite de Geoffroy, ce serait moi! Figure-toi que j'y ai déjà pensé... Tout va dépendre du résultat des nouvelles recherches qui viennent de commencer. Pour le moment, il faut encore attendre.

– Mais si tu pars un jour, tu m'emmènes avec toi?

– Promis.

– Ça nous rappellera les mauvais moments que nous avons connus pendant la guerre. A deux on doit pouvoir faire du meilleur travail. Au revoir! Je rentre chez moi d'où je ne bougerai pas. Même si tu n'as pas de nouvelles, appelle-moi tous les soirs ou tous les matins : si toi tu es inquiet, moi j'ai besoin de réconfort...

Resté seul dans son cabinet, Edmond de Tarnec rouvrit pour la vingtième fois peut-être un dossier qu'il connaissait par cœur : toutes les pièces relatant la disparition de son envoyé spécial s'y trouvaient soigneusement numérotées dans l'ordre où elles étaient arrivées.

La première portait la date du câble envoyé de Jacareacanga par Geoffroy, trois mois plus tôt, et auquel il avait été aussitôt répondu. Le président de la S.F.E.P. ignorait qu'un jésuite missionnaire avait servi d'intermédiaire, mais l'enquête entreprise sur ses ordres avait révélé que sa réponse, où il avait donné au jeune homme toute liberté d'agir, était bien parvenue à son destinataire. Ensuite il n'y avait plus eu aucun message codé signé Geoffroy. En revanche, une multitude d'autres câbles s'étaient succédé, libellés en clair, et signés « Exporta », nom de la brillante société d'import-export dont le principal actionnaire n'était autre qu'Emilio Broscani... Le premier de ces télégrammes disait simplement : « Avons perdu contact avec votre représentant. Lettre suit. »

Celle-ci était arrivée, par avion, deux jours plus tard. Elle expliquait que la dernière personne de l'organisation Broscani à avoir vu Geoffroy était une femme qui l'avait convoyé d'Itaituba à Jacareacanga. Là, le jeune homme lui avait faussé compagnie, non sans lui faire porter une lettre annonçant qu'il avait pris la décision de s'embarquer sur l'un des navires-hôpitaux de la Croix-Rouge pour rejoindre le Mato Grosso. Mais une vérification faite immédiatement par radio avec le navire avait révélé que le Français n'était pas à bord.

Quand il avait pris connaissance de ces premières informations, le président de la S.F.E.P. ne s'était pas trop ému. Il avait même souri à l'idée que l'organisation à laquelle il avait confié le soin d'aider et au besoin de protéger son envoyé devait se sentir assez penaude!

Mais, une semaine plus tard, l'optimisme d'Edmond de Tarnec avait commencé à décliner. Un second câble expédié par « Exporta » disait : « Sommes sérieusement inquiets. Recherches sans résultat. » Cette fois, Tarnec, qui n'avait pas jugé nécessaire de répondre au message précédent, avait câblé : « Tenez-moi toutes les quarante-huit heures au courant de vos démarches. » Ce qui avait été fait.

Hélas, tous les télégrammes expédiés de Rio de Janeiro disaient invariablement : « Rien à signaler. » Seule, la date d'expédition changeait. Cela avait duré treize semaines! Les trois mois fatidiques

– chiffre cher à celle qui avait toujours réussi à se débarrasser de ses amants dans ce laps de temps – étaient passés. Devenu à son tour pessimiste, beaucoup plus même que ses correspondants brésiliens, Edmond de Tarnec avait alors décidé de prendre les grands moyens. Le silence prolongé de Geoffroy était inexplicable : certainement quelque chose de grave l'avait mis dans l'impossibilité absolue de donner de ses nouvelles. Etait-il même encore vivant? Avec une Edna Monseca, n'était-on pas en droit de s'attendre au pire? Et, puisque le réseau privé de Broscani se révélait impuissant à assurer la mission de protection qui lui avait été confiée, il ne restait plus qu'une possibilité de retrouver le disparu : s'adresser aux autorités brésiliennes. Pourtant, il ne s'y était pas décidé tout de suite : ne risquait-il pas d'éveiller aussi l'attention de la police militaire sur la véritable mission dont avait été chargé l'envoyé de la S.F.E.P.? L'expiration du délai d'attente de trois mois avait levé toutes les hésitations. Le seul souhait que faisait maintenant Edmond de Tarnec était que l'affaire ne fût pas étalée dans la presse. Auquel cas, tout ce qui avait été entrepris se réduirait à néant.

Trois autres semaines passèrent. Chaque soir, Tarnec téléphonait à son vieil ami. Toujours aucune nouvelle de Geoffroy, et il commençait à douter sérieusement d'en avoir un jour. Cette attente était d'autant plus angoissante que l'Exporta avait cessé d'envoyer des télégrammes, cela malgré les réclamations de Paris. Tous les câbles adressés au siège de la société à Rio et libellés « Envoyez urgence nouvelles » étaient restés lettre morte. A se demander si Broscani et son équipe n'avaient pas disparu eux aussi, engloutis dans l'enfer vert. Quant aux autorités militaires, leur réponse, laconique, était toujours la même : « Poursuivons activement recherches. » Trois mots qui signifiaient – de cela Tarnec était certain – que tout avait été mis en œuvre et que l'Amazonie devait être survolée du nord au sud et d'ouest en est par les avions de surveillance et les rivières navigables sillonnées par les vedettes rapides de la police. Un quadrillage méthodique fait sans doute avec cette minutie et cette précision qui avaient préludé au tracé de la Transamazonique et des routes transversales. La Junte militaire ne pouvait pas ne pas mettre son point d'honneur à retrouver, mort ou vif, ce jeune Français réclamé par la très puissante S.F.E.P. Peut-être même avait-on renouvelé pour un seul homme la fabuleuse opération *Radam*, qui avait permis de déceler les embûches ou les trésors dissimulés sous la gigantesque moquette de verdure. Car c'était dans la jungle, incontestablement, qu'on retrouverait Geoffroy. S'il était resté, même caché, dans une ville ou une agroville, il aurait été identifié depuis longtemps.

Espérant à tout instant recevoir des informations, Edmond de Tarnec ne quittait presque plus son bureau. Cent fois, mille fois, il avait eu envie de partir là-bas pour diriger lui-même sur place l'opération de sauvetage. Mais à quoi cela aurait-il servi? Qu'est-ce que sa présence apporterait de plus, dans cette Amazonie tentaculaire que n'arrivaient même pas à cerner complètement ceux qui y vivaient depuis des années? Il fallait continuer à attendre à Paris en se berçant d'un espoir qui s'amenuisait à mesure que les jours passaient... Il avait pourtant bien cru, ce vieux renard de Tarnec, que celui en qui il avait mis toute sa confiance parviendrait à démasquer les raisons d'agir de l'adversaire inconnu! Hélas, le code lui-même, ce mystérieux langage qu'il avait inventé et dont il avait pesé tous les mots, ne servait plus à rien. Le président de la S.F.E.P. se sentait impuissant, ce qui le mettait en rage. A quoi cela servait-il d'être le cerveau de l'une des plus importantes affaires du monde si l'on se trouvait brutalement paralysé par l'immensité de l'enfer vert ou peut-être – était-ce là la clef de l'énigme? – par la seule volonté d'une femme?

Un matin, alors qu'il venait d'annoncer, par téléphone, au commandant qu'il avait pris la décision de partir pour Manaus dans les vingt-quatre heures et de l'emmener avec lui, selon la promesse faite, il fut très surpris de trouver dans son courrier, non pas un télégramme, mais une lettre postée par avion à Rio de Janeiro. L'envoi se composait d'une simple feuille de papier blanc et d'un article de quelques lignes, en portugais, découpé dans un journal. Sur la feuille, sans en-tête ni date, se trouvaient ces seuls mots tapés en français à la machine : *L'information ci-jointe vous est transmise à toutes fins utiles.* Tarnec, ne parlant pas le portugais, manda d'urgence dans son bureau l'un de ses subalternes qui maniait cette langue.

– Traduisez-moi ça tout de suite!

L'article, titré en petits caractères gras (sans doute parce que la rédaction du journal ne lui avait pas attaché une grande importance) : *Etrange assassinat à cinq kilomètres de Jacareacanga,* disait ceci :

Hier matin, à l'aube, alors qu'il se rendait à son travail, un agriculteur a découvert, stationné dans un champ où la récolte de maïs avait été faite quelques jours plus tôt, un avion de tourisme de marque anglaise à côté duquel se trouvaient, allongés sur le sol, les corps de trois hommes qui devaient être les passagers et dont l'identification a pu être rapidement faite. L'un d'eux est le propriétaire de l'avion, un anthropologue d'origine allemande ayant acquis la nationalité brésilienne depuis déjà une vingtaine d'années, le Dr Magenheim, bien connu en Amazonie pour ses remarquables travaux de recherche. Les deux autres sont un citoyen brésilien, M. Emilio Broscani, administrateur d'une société d'exportation dont le siège est à Rio de Janeiro, et M. Miguel Navarez y Toledo, citoyen péruvien résidant à Manaus. Les corps, criblés de balles, prouvent que les trois hommes ont été abattus par les rafales d'une arme automatique. Le seul indice trouvé jusqu'à présent par la police sont les traces laissées par les pneus d'une grosse voiture sur une piste bordant le champ et rejoignant la route de Jacareacanga. L'enquête se poursuit.

C'était tout.

Après un moment de stupeur, le président de la S.F.E.P. dit simplement au traducteur :

– Je vous remercie. Laissez-moi.

Resté seul, il se mit à examiner, bien inutilement, la feuille de papier et l'article. Qui lui avait adressé cet envoi? Le laconisme même du message tapé intentionnellement à la machine pouvait tout laisser supposer. Un nom lui vint aussitôt à l'esprit : Geoffroy... Mais pourquoi aurait-il agi ainsi alors que le code mettait à sa disposition deux ou trois formules grâce auxquelles il aurait pu relater les mêmes faits sans être dans l'obligation d'utiliser une coupure de journal? Et puis le texte de celle-ci était, lui aussi, d'une telle concision et d'une telle sécheresse que c'était à se demander pourquoi la relation du crime où il y avait tout de même trois morts avait les proportions d'un entrefilet. Fait d'autant plus surprenant qu'une semblable information était exactement du genre à passionner les foules et donc à faire augmenter le tirage d'un journal, pour peu qu'on lui donne la vedette! A moins que des ordres, venus de très haut, aient incité la presse à minimiser le plus possible l'affaire?

L'article commençait par ces mots : « *Hier matin* », mais l'expéditeur avait pris soin de n'indiquer ni le nom du journal ni la date de parution. Cette information était-elle même exacte? Pourtant, si l'on retournait la coupure, on trouvait imprimé au dos de la page un autre tronçon d'article n'ayant aucun rapport avec ces faits et prouvant que l'extrait provenait bien d'un vrai journal... Ainsi Broscani serait mort? Lui, le prince des truands, le caïd par excellence, se faire abattre aussi stupidement? Cela ne cadrait pas avec le personnage. Tarnec avait pu le juger quelques années plus tôt quand il avait dû lui-même se rendre à Rio de Janeiro et à Brasilia pour y traiter les contrats qui avaient été à la base de l'introduction de la S.F.E.P. en Amazonie. C'est l'homme au chapeau qui lui avait été adjoint comme garde du corps : fonction qu'il avait remplie avec dévouement et même avec une réelle gentillesse. Qu'il fût loin d'être un apôtre, Tarnec le savait, mais il avait compris aussi, au moment de rentrer en France, que le bonhomme pourrait peut-être lui rendre d'appréciables services en cas de coup dur :il suffirait de savoir le rémunérer. Ce qu'il n'avait pas manqué de faire lorsqu'il avait eu besoin de renseignements sur l'activité brésilienne de la belle Edna. Toutes les informations envoyées à son sujet par Broscani s'étaient révélées aussi exactes que précises. C'est pourquoi il avait pensé que le truand serait également un excellent garde du corps pour Geoffroy. S'il était vraiment mort, tout le système de protection privée du jeune homme s'était effondré. A moins, évidemment, que Broscani – qui n'opérait pas seul – n'eût passé, avant de disparaître, la consigne à ses lieutenants. Pourquoi ceux-ci cracheraient-ils sur des bénéfices supplémentaires? Tant que la S.F.E.P. paierait – et elle savait très bien payer – tout irait à souhait! Seulement voilà : qui étaient ces lieutenants? Etait-ce eux qui avaient envoyé la lettre « à toutes fins utiles », comme c'était dit sur la feuille de papier?

Il existait bien un moyen d'être fixé tout de suite sur la véracité de l'article : câbler ou – mieux encore – téléphoner au siège de la société Exporta à Rio. Tarnec s'était toujours adressé là quand il avait eu besoin de joindre Broscani. Mais n'était-ce pas dangereux d'agir ainsi s'il y avait eu crime? La police brésilienne était maintenant alertée. Et ce n'était pas le moment, alors qu'il venait de s'adresser au gouvernement militaire pour retrouver Geoffroy, de révéler qu'il entretenait des relations avec celui qui venait de disparaître tragiquement. Pas question non plus de s'envoler inconsidérément pour l'Amazonie : mieux valait patienter encore.

En tout cas, le silence d'Exporta depuis les trois dernières semaines se trouvait expliqué : un homme mort ne répond pas aux télégrammes. Trois semaines? Cela indiquerait-il que le « *hier matin* » de l'article remontait déjà à vingt et un jours?

Les deux autres personnages nommés dans la relation du crime étaient pour le président de la S.F.E.P. des inconnus : il n'avait jamais eu affaire à cet anthropologue allemand ni à ce Péruvien. Et où diable était Geoffroy? Parce qu'il n'était pas question de lui dans l'article, ni d'ailleurs d'Edna Monseca. Tout cela était étrange.

Deux autres journées s'écoulèrent, interminables. Au matin de la troisième, une nouvelle enveloppe arriva de Rio. Elle contenait, comme la première, une feuille blanche sur laquelle quatre mots seulement étaient tapés à la machine (« Affaire de Jacareacanga. Suite ») et une deuxième coupure de presse. L'interprète convoqué à nouveau par Tarnec traduisit l'article : *Le mystère du triple assassinat de Jacareacanga sur le point d'être éclairci. Il semblerait qu'il se soit agi d'un règlement de comptes dans le milieu. En effet, deux des morts, Emilio Broscani et Miguel Navarez y Toledo, étaient des proxénètes notoires dirigeant une importante organisation internationale de traite de femmes. Le troisième, le Dr Magenheim, n'aurait été exécuté que parce qu'il avait mis son avion à la disposition des premiers.*

Ce qui intriguait le plus le président de la S.F.E.P. n'était pas d'apprendre que Broscani était un proxénète – ce dont il s'était douté dès le premier jour où il l'avait vu – mais de savoir qui lui adressait ces extraits de presse. Et pour quelle raison?

Le lendemain matin, deux journaux parisiens reproduisaient l'information : ce qui prouvait qu'il ne s'agissait pas d'une communication erronée et que Broscani avait bien été assassiné.

Il n'y eut plus aucune lettre de Rio et le quatrième mois d'attente touchait à sa fin quand le commandant Morin fut arraché, vers 22 heures, à sa passion de la télévision par un appel téléphonique de Tarnec :

– Grande nouvelle! Je viens de recevoir un télégramme de la Croix-Rouge internationale, expédié de Manaus, m'informant que non seulement ton fils venait d'être retrouvé vivant mais qu'on l'embarquait dans un avion pour Rio de Janeiro où il prendrait la correspondance pour Paris. Il arrivera demain à 15 heures à Orly. Qu'est-ce que tu en dis?

– Que je n'ai jamais perdu confiance! Que s'est-il passé?

– Ça, tu m'en demandes trop! Il n'y a aucune explication dans le télégramme. Nous saurons tout demain. Je passe te prendre en voiture à 14 heures. C'est égal : je respire! Toi aussi, tu dormiras mieux cette nuit.

Le commandant avait apporté ses vieilles jumelles d'état-major pour mieux voir – du haut de la terrasse de l'aéroport – les moindres détails du débarquement de son fils. Tarnec était à ses côtés. L'avion de la Varig, en provenance de Rio, fut annoncé et très vite, après avoir roulé sur la piste cimentée, il s'immobilisa. Mais avant même que la porte de la carlingue ne s'ouvrît, une ambulance s'arrêta au pied de l'escalier de la passerelle et deux hommes, munis d'un brancard, montèrent dans l'appareil. Ils en redescendirent lentement une minute plus tard : quelqu'un était allongé sur le brancard. Le commandant manqua laisser tomber ses jumelles.

– Mais, dit-il, c'est Geoffroy qu'ils transportent! Regarde...

Tarnec saisit les jumelles et observa la scène jusqu'au moment où les brancardiers et leur fardeau humain eurent disparu à l'intérieur de l'ambulance :

– C'est bien lui, dit-il. Qu'est-ce qui a bien pu arriver? As-tu remarqué cette femme blonde qui suivait le brancard et qui a pris place, elle aussi, dans l'ambulance?

– J'ai vu. Peut-être est-ce une infirmière?

– C'est possible, mais elle n'en porte pas la tenue.

A cet instant, une voix feutrée annonça dans les haut-parleurs : « On demande immédiatement M. Edmond de Tarnec au salon de réception n° 7... On demande M. Edmond de Tarnec... »

– Viens vite avec moi!

Les deux amis dévalèrent le premier escalier qui

se présenta et arrivèrent dans le salon n° 7 au moment où les brancardiers, descendus de l'ambulance, y pénétraient, portant Geoffroy toujours suivi de la femme blonde.

L'allongé était prostré comme s'il était sous l'effet d'un narcotique. Ses yeux grands ouverts semblaient errer dans le vague. Ils eurent quand même une lueur lorsque Tarnec et le commandant se penchèrent sur lui. Ses lèvres s'entrouvrirent pour articuler faiblement à l'intention du président de la S.F.E.P. :

– Mission remplie.

Ce fut tout. La tête s'inclina sur le côté droit et les yeux se fermèrent comme si le moribond était épuisé par cet effort. La jeune femme blonde, jusque-là restée immobile, s'avança.

– Monsieur de Tarnec? demanda-t-elle.

– C'est moi.

Et comme elle semblait hésiter à parler devant le commandant, Tarnec lui expliqua :

– Monsieur est le commandant Morin, père de Geoffroy...

– Ah! Parfaitement... Geoffroy m'avait parlé de son père avant que tout cela n'arrive.

– Qu'est-ce qu'il a exactement? demanda Tarnec.

– Il est encore sous l'effet d'un terrible choc nerveux, mais rassurez-vous : il a été très soigneusement examiné à l'hôpital de Manaus, il n'y a aucune lésion grave. Les deux choses qu'il lui faut sont le repos et l'oubli.

– L'oubli?

– Oui... Ce serait trop long à vous expliquer maintenant.

– Sans doute êtes-vous infirmière? Médecin peut-être? demanda le commandant.

– Ni l'une ni l'autre. Je ne suis qu'une grande

amie de votre fils et c'est pourquoi je me suis offerte pour le convoyer pendant ce voyage de retour. Mon nom est Sylvie Bertille.

– Vous êtes brésilienne?

– Je suis belge, et je vis le plus souvent en Amazonie... Mais je crois qu'il serait temps de partir pour ramener Geoffroy chez lui.

– Chez lui? répéta le commandant. Mais c'est aussi chez moi puisque nous habitons ensemble. Seulement comment ferai-je s'il a besoin de soins continus?

– Je vous répète, monsieur, qu'il lui faut surtout du repos. Nous avons demandé par câble une ambulance pour que le trajet d'ici à votre domicile soit plus confortable pour lui.

– Il comprend ce que nous disons?

– Il entend tout, seulement il est épuisé. Dans quelques jours, comme me l'ont affirmé ceux qui l'ont soigné, il retrouvera ses forces et reprendra goût à la vie. Il le faut! Nous partons? Sans doute avez-vous une voiture?

– En effet.

– Le mieux serait, je pense, que je reste auprès de lui dans l'ambulance pour ce dernier parcours. Vous donnez l'adresse au chauffeur et vous partez tous les deux devant pour préparer son arrivée.

– Il n'y a rien à préparer : sa chambre est toujours prête à le recevoir.

Après s'être assuré que l'ambulance les suivait, Tarnec demanda à son ami :

– Qu'est-ce que tu penses de tout cela?

– Pour le moment, rien. Et cette femme, pourquoi est-elle là?

– Elle donne l'impression d'être gentille. Et, ce qui ne gâte rien, elle est jolie! Elle nous a dit qu'elle était une grande amie de ton fils... Moi je veux bien, mais enfin, si l'on fait le compte, ils ne se connaissent pas depuis tellement longtemps. Ça fait à peine cinq mois qu'il est parti pour là-bas... Espérons qu'elle nous donnera quelques précisions tout à l'heure quand nous serons chez toi. Pauvre Geoffroy! Il a été drôlement choqué! Si j'avais pu prévoir...

– Quoi?

– Rien.

Tarnec s'était tu. Ce qu'il avait failli dire ne regardait pas son vieil ami, ni personne : il n'avait pas prévu qu'en envoyant Geoffroy à la poursuite d'une brune, celui-ci reviendrait en piteux état et accompagné par une blonde! Et, maintenant qu'il avait récupéré son envoyé, il aurait bien voulu savoir ce qu'il en était d'Edna Monseca. « Mission remplie », avait murmuré Geoffroy, ce qui voudrait dire que la métisse ou ceux pour qui elle travaillait étaient maintenant démasqués et ne pourraient plus nuire aux intérêts de la S.F.E.P. S'il en était ainsi, il ne fallait pas regretter que Geoffroy fût revenu dans un tel état : on n'obtient rien sans rien! Et il était solide ce garçon, en pleine force de l'âge. Les médecins brésiliens l'avaient dit : avec du repos il se remettrait vite. Il pourrait alors reprendre son activité au service de la S.F.E.P. Car la seule chose qui comptait, c'était la société. Les hommes n'y étaient que des pions que l'on poussait, que l'on déplaçait, dont on se débarrassait au besoin et que l'on récompensait aussi, s'ils le méritaient... Ce petit Geoffroy avait bien mérité! Il aurait son poste d'administrateur.

Après que Geoffroy eut été installé dans son lit et que les ambulanciers se furent retirés, Sylvie dit à Tarnec et au commandant :

– Le mieux est de le laisser dormir. Même pour des gens bien portants, ces voyages aériens sont fatigants. Vous verrez que demain déjà, après une bonne nuit, ça ira mieux.

– Il n'a pas de médicament spécial à prendre?

– Seulement des reconstituants, m'ont dit les spécialistes de Manaus. Mais pour cela vous avez certainement un médecin habituel?

– Dès demain matin, dit Tarnec, je lui enverrai celui de notre société.

– Et je viendrai lui rendre visite avant mon départ, dit Sylvie.

– Vous retournez déjà en Amazonie?

– Non. Je rentre à Liège, ma ville natale, avec la ferme intention de ne jamais retourner au Brésil!

– Vraiment? C'est pourtant un pays magnifique.

– Les pays ne sont magnifiques que par la façon dont on y vit... Puis-je vous demander, monsieur Morin, la permission d'appeler un taxi?

– Il n'est pas question que vous partiez ainsi après tout ce que vous venez de faire pour mon fils! Que puis-je vous offrir?

– Mais rien... Moi aussi, je voudrais me reposer à mon hôtel.

– Vous avez fait réserver?

– Non. On m'y connaît depuis longtemps. Chaque fois que je passe à Paris, je descends là.

– Je vais vous y déposer avec ma voiture, dit Tarnec. Ensuite – il s'adressait au commandant – je vais à mon bureau où tu m'appelles si c'est nécessaire. De toute façon, je te téléphonerai ce soir pour savoir s'il continue à bien dormir. Alors? Heureux d'avoir récupéré le fiston?

– Evidemment! Mais j'aurais préféré le voir revenir plus gaillard! Il doit en avoir des histoires à me raconter!

– Et à moi donc! Tiens, à propos, où sont ses bagages?

– Il n'en a plus, répondit calmement Sylvie. Il les a perdus.

– Ses caméras aussi?

– Oui.

– Mais c'est épouvantable! Vous n'ignoriez pas, sans doute, qu'il était parti là-bas pour faire un film?

– C'est ce qu'il m'avait dit...

– Savez-vous s'il a quand même pu tourner?

– Je l'ai vu prendre certaines séquences quelques jours après son arrivée... Hélas! la pellicule est perdue, elle aussi.

– Quel malheur! dit Tarnec.

– Et moi qui me réjouissais de voir ça! ajouta le commandant. Enfin tant pis! L'important c'est qu'il soit revenu! Mademoiselle... Au fait, mademoiselle ou madame?

– Mademoiselle, répondit Sylvie en souriant.

– Eh bien, mademoiselle, vous avez devant vous un père qui ne sait comment vous remercier.

– Croyez bien que je n'ai rien fait d'extraordinaire. Comme de toute façon j'avais pris la décision de rentrer dans mon pays, ça n'a pas changé grand-chose pour moi d'avancer mon départ en accompagnant votre fils. A demain, monsieur.

– A demain. Bonne nuit!

– Quel est votre hôtel? demanda Tarnec dans sa voiture.

– Un tout petit hôtel, mais confortable. Son nom va sans doute vous surprendre : *Hôtel de l'Amazonie.*

– Sous une pareille enseigne, vous ne vous sentirez pas trop dépaysée. Alors sincèrement vous ne voulez plus retourner là-bas?

– Je n'ai plus aucune raison d'y vivre.

– Vous êtes tellement pressée d'aller à l'hôtel? En

tant que meilleur ami de Geoffroy et de son père, j'aimerais, moi aussi, vous prouver ma reconnaissance. Y a-t-il, mademoiselle, quelque chose que je puisse faire pour vous?

– Vous êtes très aimable, mais je vous assure que je n'ai besoin de rien.

– Allons, allons! Vous n'allez pas me dire qu'une aussi jolie femme qui passe par Paris après avoir séjourné longtemps sinon dans la jungle, du moins dans ses parages, n'a pas envie de quelque chose? Je ne sais pas, moi... Je n'ose pas dire une robe ou une fourrure, mais peut-être... un bijou?

– Je vous assure que, dans ce domaine-là aussi, j'ai tout ce qu'il me faut.

– Une femme comblée en somme?

– Si je suis restée aussi longtemps dans le nord du Brésil, c'est justement pour pouvoir m'offrir ensuite tout ce dont j'avais envie. Maintenant je vais réaliser ce rêve.

– Serait-ce indiscret de vous demander ce que vous faisiez là-bas?

– Je m'occupais de la gérance d'une chaîne hôtelière.

– Et c'est grâce à cela que vous avez pu faire la connaissance de Geoffroy?

– Oui.

– Je comprends mieux...

– Mais... pourquoi vous arrêtez-vous là? Ce n'est pas mon hôtel.

– C'est le siège social de l'affaire que je dirige.

– Une société cinématographique?

– Nous sommes parfois contraints d'y faire un peu de cinéma, mais ce n'est pas exactement celui auquel vous pensez... Faites-moi le plaisir de monter quelques instants dans mon bureau. J'y ai, enfermé dans un tiroir très secret, quelque chose qui, j'ai tout lieu de le penser, vous surprendra...

Et, comme elle le regardait, incrédule, il ajouta gentiment :

– Je vous promets que vous ne le regretterez pas! Venez.

Dès qu'elle fut assise, face à lui, dans le cabinet, il sortit de sa poche une clef et désigna, avant de l'ouvrir, l'un des tiroirs de droite du bureau.

– La surprise est là, dit-il. Mais, avant de vous la montrer, j'aimerais que vous répondiez à une toute petite question : comment connaissez-vous mon nom? Tout à l'heure, lorsque nous avons fait connaissance dans le salon d'accueil de l'aéroport, vous l'avez prononcé sans la moindre hésitation. Ça m'étonnerait beaucoup que ce soit Geoffroy qui vous l'ait révélé.

Elle resta silencieuse.

– Vous feriez mieux de parler, mademoiselle Sylvie, insista Tarnec, d'une voix ferme.

– C'est don Miguel qui m'a appris qu'il existait à Paris un personnage très puissant, le comte Edmond de Tarnec, patron d'un certain Geoffroy Morin, et que celui-ci allait nous rendre incessamment visite. Vous êtes satisfait?

– Pas encore, parce que je ne sais pas du tout qui est ce don Miguel.

– « Qui était », devriez-vous dire, car il n'est plus de ce monde! Il est l'un des trois hommes qui ont été abattus auprès d'un certain avion, à quelques kilomètres de Jacareacanga.

– Ah oui! Miguel Navarez y Toledo?

– Lui-même.

– Et il connaissait mon existence?

– Il était le plus proche et aussi le plus fidèle collaborateur de votre ami Emilio Broscani. La preuve de cette fidélité est qu'ils ont été tués côte à côte.

– Et le troisième, le Dr Magenheim?

– Il ne valait guère plus cher que les deux autres.

– Alors, comme ça, ce don Miguel au nom ronflant vous faisait des confidences?

– N'était-ce pas normal puisque j'étais sa maîtresse?

– Ah bon! Eh bien, voilà, chère mademoiselle, des révélations qui jettent une lueur nouvelle sur l'un des mystères les plus récents de l'Amazonie... Je vous suis infiniment reconnaissant d'avoir fait preuve à mon égard d'une telle franchise.

– Oh! Vous savez... Dans l'état actuel des choses, je n'ai pas tellement de mérite. Les deux hommes les plus exécrables que j'aie jamais connus ne sont plus là pour me reprocher de dire la vérité et, comme je n'ai nullement l'intention de retourner là-bas, je ne cours pas grand risque!

– Puisque vous semblez être assez avertie sur certains secrets amazoniens, peut-être pourriez-vous continuer à m'éclairer. Ainsi, selon vous, pourquoi Emilio Broscani, votre amant et le docteur ont-ils été tués?

– La véritable raison, je l'ignore comme tout le monde là-bas et cela me surprendrait fort que la police elle-même la découvre! En revanche, dites-vous bien qu'il existait mille raisons pour que ces trois hommes soient abattus un jour ou l'autre. Ce qui est étonnant, c'est qu'ils aient été liquidés ensemble et le seul miracle de leur vie a été de ne pas connaître ce sort plus tôt! Emilio Broscani, par exemple, pourrait très bien avoir été tué par les hommes de main d'une bande rivale de proxénètes ou de trafiquants, ou par un associé avec qui il n'aurait pas été régulier, ou encore par un Indien, car il y eut un temps – pas tellement lointain – où il fut un véritable tortionnaire des tribus... Quant à Magenheim, j'imaginerais très bien qu'il ait été exécuté par l'un de ces justiciers choisis par l'office juif qui continue à rechercher et à traquer les criminels de guerre.

– Et votre amant, don Miguel?

– Sachez qu'il n'a jamais été mon amant : il me répugnait trop! Je n'ai accepté d'être sa maîtresse, c'est là toute la nuance, que parce que ça m'a servi... Mais, plutôt que « sa » maîtresse, j'aurais mieux fait de dire « l'une de ses maîtresses »... Elles sont légion, celles qui ont joué ce rôle : c'était la seule façon de monter en grade, et par conséquent de gagner de l'argent, dans la hiérarchie de la chaîne d'hôtels. Il peut donc fort bien avoir été abattu par l'une de ces femmes délaissées.

– Et la police? Ne pensez-vous pas qu'elle pourrait avoir joué son rôle dans cette triple exécution? D'un coup, elle se débarrassait ainsi de trois individus assez peu recommandables et dont le Brésil n'avait nul besoin sur son territoire. Ce qui me fait émettre une telle hypothèse est la relative discrétion avec laquelle la nouvelle de l'assassinat a été annoncée dans la presse. En a-t-on parlé à la radio ou à la télévision brésiliennes?

– Je ne le pense pas.

Edmond de Tarnec avait introduit la clef dans la serrure du tiroir :

– Maintenant, vous avez droit à la surprise...

Il sortit du tiroir les deux feuilles tapées à la machine et les deux articles reçus de Rio de Janeiro.

– C'est vous, n'est-ce pas? dit-il, les montrant à Sylvie, qui m'avez envoyé de Rio ces coupures de presse « *à toutes fins utiles* »?

– J'ai jugé de mon devoir de vous informer que ce n'était plus la peine de compter sur Broscani et son équipe pour aider votre envoyé.

– Pour quelle raison avez-vous agi ainsi?

– Pour une raison toute simple : j'aime Geoffroy... Parce qu'il s'est produit un fait que vous ignorez certainement : avant la disparition de Geoffroy, lui et moi avons eu une aventure. Ce fut très court mais merveilleux! Il m'a apporté un amour que je n'ai jamais connu! Oui, dès que je l'ai vu dans l'avion de Rio à Manaus, où j'avais reçu de don Miguel l'ordre de le convoyer discrètement, j'ai eu envie de lui. Ensuite, cette envie n'a fait que grandir au point de me rendre à demi folle quand il m'a faussé compagnie à Jacareacanga pour aller rejoindre cette femme...

– Quelle femme?

– Geoffroy ne vous a donc pas parlé d'elle dans les messages qu'il vous envoyait?

– Quels messages?

– Ceux dont personne ne comprenait le sens, ce qui agaçait prodigieusement Broscani et don Miguel! Ce dernier m'avait même conseillé de faire du charme à Geoffroy pour l'amener à me révéler ce fameux code.

– Don Miguel n'avait pas prévu que l'inverse se produirait et que c'est Geoffroy qui vous charmerait! Mais revenons à cette femme. Le ton que vous avez employé tout à l'heure pourrait laisser supposer que vous la teniez pour une rivale. Ce n'est pas vrai?

– Tout ce que je sais, c'est qu'il est allé la retrouver après m'avoir quittée et que c'est uniquement par sa faute qu'il m'est revenu dans cet état!

– Parce que vous estimez que Geoffroy vous appartient?

– Pourquoi ne serait-il pas à moi? Quand il sera rétabli, je viendrai le chercher pour l'emmener à Liège et je sais que nous ne nous quitterons plus.

– Si ça peut être le bonheur de ce garçon, j'y

souscris avec enthousiasme pour deux raisons : vous êtes charmante et vous donnez l'impression de vraiment l'aimer. Je vous ai observée dans la salle de l'aéroport. Alors qu'il était allongé sur son brancard, vous aviez pour lui un regard d'épouse... Mais dites-moi : sans vous demander trop de détails, comment les choses se sont-elles passées quand on a retrouvé Geoffroy? Et qui l'a retrouvé? Le télégramme de la Croix-Rouge ne donnait aucune explication.

– Celui-là aussi, c'est moi qui ai demandé à la Croix-Rouge de vous l'adresser. J'ai pensé que vous étiez aussi inquiet à son sujet que je l'avais été moi-même... Il a été retrouvé par l'un de mes amis que je lui avais présenté à Itaituba, pensant qu'il lui faciliterait peut-être certaines choses pour la réalisation de son film : un homme aimable et très dévoué qui est l'un des délégués de la Croix-Rouge internationale. Il se nomme Hippolyte Deplan. Je ne me doutais pas, à ce moment-là, qu'il sauverait quelques mois plus tard Geoffroy! Quand vous avez vous-même perdu tout contact avec ce dernier, vous vous êtes bien adressé à la police d'Etat?

– Que pouvais-je faire d'autre?

– Vous avez très bien agi : la machine policière, qui est très puissante au Brésil, s'est mise en marche. Grâce à la radio, tous les postes de secours disséminés en Amazonie ont été immédiatement alertés et l'un de ces appels est parvenu au bateau-hôpital de la Croix-Rouge sur lequel se trouvait Hippolyte Deplan et qui naviguait sur le rio Tapajos. Deux semaines plus tard, l'équipage de ce bateau repérait, échouée sur l'une des rives, une pirogue dans laquelle se trouvait un homme inanimé : Geoffroy. Il était presque nu et n'avait ni bagages, ni armes, ni ravitaillement! Hippolyte Deplan l'identifia tout de suite et, comme le navire était très bien équipé, les médecins et infirmiers se trouvant à bord lui ont immédiatement prodigué les soins énergiques qui ont permis de le tirer d'affaire. Dès qu'il a été en état d'être transporté, un hélicoptère de l'armée est venu le chercher pour l'emmener directement à l'hôpital de Manaus. C'est là qu'ayant appris par la radio la nouvelle de son sauvetage, je me suis précipitée. On peut dire qu'il a eu de la chance que la chaîne d'amitié dont je l'avais entouré ait fonctionné avec une telle célérité! Sinon, je me demande ce qu'il serait devenu.

– Il vous doit beaucoup... Mais qu'est-ce qui vous fait penser qu'il était allé rejoindre une femme puisqu'il était seul dans la pirogue lorsqu'on l'a retrouvé?

– Mon instinct... Une telle réponse doit vous paraître bête. Pourtant, quand on aime, on ne se trompe jamais lorsqu'il s'agit de déceler une rivale.

– C'est un argument qui en vaut d'autres. Seulement, pensez-vous que Geoffroy vous aime lui aussi?

– Je ne sais pas. Mais maintenant qu'il a enfin été arraché à l'enfer vert et à cette femme, ne suis-je pas en droit d'espérer? Et je ferai tout pour qu'il m'aime!

– J'en suis convaincu... Cette rivale, qu'est-elle devenue à votre avis?

– Je l'ignore. Il semble qu'elle ait disparu...

– Vous la connaissiez bien?

– Surtout de réputation...

– Que disait-on d'elle en Amazonie?

– Qu'elle était aussi folle que dangereuse.

– Pourquoi folle?

– Elle ne pense qu'à sauver les Indiens! J'en ai eu la preuve quand elle s'est occupée du personnel employé dans les hôtels de don Miguel... Comme si les Indiens représentaient encore quelque chose dans notre civilisation moderne!

– Et pourquoi dangereuse?

– C'est une sorte de sorcière, une envoûteuse.

– Croyez-vous qu'elle ait envoûté Geoffroy?

– Je le crains! Voyez son état... Depuis le jour où je l'ai retrouvé à l'hôpital de Manaus, à l'exception de quelques mots plus ou moins compréhensibles comme ceux qu'il a prononcés quand il vous a revu à Orly, il n'a presque pas parlé.

– Pourtant, je suppose que vous l'avez questionné, aussi bien à l'hôpital que pendant ce voyage de retour.

– Il ne m'a pas répondu, comme si cela l'ennuyait de le faire. Il détournait la tête et fermait les yeux pour ne pas me regarder... Il donne aussi l'impression d'être envahi par une immense lassitude. Plus rien ne semble l'intéresser.

– Il a pourtant dû être heureux de vous revoir?

– Pas plus qu'il ne l'a été tout à l'heure de vous retrouver, vous et son père. Vous ne pouvez pas ne pas l'avoir senti.

– C'est vrai, mais il ne faut pas dramatiser! Attribuons cela à sa grande fatigue et aux épreuves qu'il a peut-être connues.

– Apparemment, il n'a subi aucun sévice. Son mal est purement psychique.

– Il paraît quand même avoir toute sa tête.

– Oui. Sur ce point, les médecins ont été formels. A eux non plus il n'a pas répondu, pas plus qu'aux policiers venus l'interroger : c'est volontairement qu'il ne parle pas. Comme s'il était encore, à distance, sous l'emprise démoniaque de cette femme.

– Prononce-t-il son nom?

– Jamais!
– Et si on lui parle d'elle?
– Il se tait et ferme les yeux.
– Bizarre! Sans doute faudra-t-il beaucoup de temps, mais un jour ou l'autre nous arriverons bien à savoir ce qui s'est passé... Maintenant, je vais vous ramener à votre hôtel. Vous aussi avez besoin de repos.
– Je préfère que vous me fassiez appeler un taxi.
Il donna l'ordre par téléphone et, au moment où elle allait se lever, il dit encore :
– Une dernière question qui, à mon avis, a son importance. A-t-il l'air de souffrir physiquement? S'est-il plaint?
– Non. Pourtant il lui arrive de geindre quand il dort comme s'il faisait un cauchemar... Mais dort-il vraiment? Je me suis plusieurs fois demandé s'il ne faisait pas semblant pour qu'on le laisse tranquille.
– Le connaissant bien, je l'en crois incapable... Mais pourquoi, après qu'on l'eut retrouvé sain et sauf, ne l'a-t-on pas gardé à Manaus afin de l'interroger dès qu'il aurait récupéré ses forces?
– Les médecins ont estimé que ce serait inutile. D'autre part, comme il était étranger et que vous aviez fait agir d'importantes personnalités, les autorités ont jugé plus simple de le faire rapatrier sous les auspices de la Croix-Rouge... Après tout, un homme qui est venu pour tourner un film et qui n'a pas pu le réaliser, ce n'est pas tellement grave!
– Et vous, sincèrement, vous y avez cru à cette histoire de film?
– Il le fallait bien puisque don Miguel m'a certifié que c'était vrai.
– D'après ce que vous venez de me dire de ce monsieur, il ne semble pourtant pas que vous ayez

eu une telle confiance en lui et donc dans ce qu'il disait?

– Je préfère ne pas connaître la véritable raison pour laquelle vous avez envoyé Geoffroy au Brésil, car c'est vous seul, monsieur de Tarnec, qui l'y avez envoyé! Si je le savais, qu'est-ce que cela changerait?

– Rien. Le taxi doit être arrivé... Puis-je me permettre de vous donner un conseil?

– Bien sûr.

– Repartez dès demain pour Liège sans chercher à revoir Geoffroy. Laissez-moi votre adresse ou votre numéro de téléphone. Je vous promets de vous appeler dès qu'il sera rétabli. Je suis persuadé qu'alors il sera beaucoup plus heureux de vous revoir. En amour, comme partout, il faut laisser agir le temps. Vous savez que vous l'aimez et vous souhaitez le voir partager vos sentiments, c'est déjà énorme! Patientons...

Resté seul, Edmond de Tarnec déchira les coupures de presse : le mystère de leur envoi était éclairci. Le reste ne l'était pas : la raison pour laquelle Broscani et son équipe avaient été abattus, ce qui était arrivé à Geoffroy pendant sa disparition, pourquoi il refusait de parler depuis qu'on l'avait retrouvé et surtout ce qu'il était advenu d'Edna Monseca! Sa nouvelle éclipse était même très inquiétante. Quel nouveau coup pouvait-elle préparer? A qui allait-elle s'en prendre maintenant, avec d'autant plus de virulence qu'elle n'avait pas réussi à avoir la peau de Geoffroy? Car il était quand même revenu vivant de l'aventure... Abasourdi, choqué, envoûté peut-être, mais ni mutilé ni drogué! S'il en avait été ainsi, jamais les médecins de la Croix-Rouge pas plus que ceux de Manaus ne l'auraient laissé repartir pour l'Europe. Et puis n'avait-il pas murmuré : « Mission remplie »? Cela ne signifiait-il pas que l'opération était finalement un succès pour la S.F.E.P.? Alors, que demander de plus?

Quant à cette Sylvie Bertille, il était très difficile de la localiser... Qu'elle eût été l'une des maîtresses du proxénète péruvien abattu, c'était possible : pourquoi, autrement, se serait-elle vantée d'avoir joué ce rôle qui n'avait rien de très enviable, ni de très glorieux? Qu'elle fût réellement amoureuse de Geoffroy, c'était plus douteux. Et qu'elle eût offert de l'accompagner pendant le voyage de rapatriement ne prouvait pas que c'était uniquement pour ne plus le quitter. D'ailleurs, lorsque tout à l'heure il lui avait conseillé de rejoindre la Belgique, elle n'avait pas dit non, mais s'était bien gardée de lui laisser son adresse ou son numéro de téléphone. Repartirait-elle vraiment? De toute façon, Tarnec sentait qu'il fallait éviter que cette femme restât actuellement auprès de Geoffroy et il saurait prendre toutes les précautions dans ce sens. Le commandant, sa servante et au besoin des gardes du corps discrets monteraient la garde dès cette nuit. Pour les bons sentiments, on verrait plus tard... Cette blonde capiteuse, qui prétendait avoir travaillé dans une chaîne hôtelière d'Amazonie, n'était-elle pas plutôt, elle aussi, une aventurière? N'avait-elle pas pris prétexte de rendre service à Geoffroy pour s'éloigner au plus vite d'un pays et d'une région où elle craignait de connaître de sérieux ennuis après l'assassinat de son amant?

Tarnec forma sur le cadran téléphonique le numéro du commandant :

– Comment ça se passe?

– Il m'a l'air de dormir paisiblement.

– Tant mieux! Fasse le ciel que cela continue :

pour lui, le sommeil est le meilleur des remèdes. Dès que j'aurai raccroché, j'appellerai le médecin dont je t'ai parlé. Il ira le voir ce soir : c'est un excellent praticien.

– Il y a une chose qui nous ennuie, Mélanie et moi...

– Mélanie?

– Ma vieille bonne. Tu la connais. C'est elle qui, depuis mon veuvage, assure notre service avec un grand dévouement. Eh bien, elle et moi nous nous demandons ce que nous lui donnerons à manger s'il se réveille en disant qu'il a faim. Il faut bien le nourrir pour qu'il se remonte, mais lui donner quoi?

– Attends l'avis du toubib. Et surtout ne le quittez pas! Il faut toujours qu'il y ait ou toi ou Mélanie auprès de lui, ou, tout au moins, dans la pièce voisine.

– Compte sur nous : nous nous relaierons.

– Ne t'inquiète pas si tu vois, d'ici à une heure, deux types en civil qui font les cent pas devant la porte de ton immeuble. Ce sont des hommes à nous.

– Tu crains donc quelque chose?

– Je ne sais pas. Mais, après ce qui vient d'arriver, il y a de quoi être méfiant. C'est vrai! Voilà un garçon qui était en pleine forme quand je l'ai expédié là-bas et qui nous revient quelques mois après dans un état lamentable!

– Dis-moi, vieux, est-ce bien vrai, comme me l'avait expliqué Geoffroy la veille de son départ, que tu ne l'as envoyé là-bas que pour régler des affaires de pétrole?

– Evidemment! Tu doutes de moi? Qu'est-ce qu'il serait allé y faire d'autre? C'est son job... Seulement, il arrive que les pétroliers ne se font pas de cadeaux entre eux. Il y en a qui sont coriaces.

– Te connaissant, je m'en doute. Quand reviens-tu le voir?

– Demain matin de bonne heure, avant d'aller à mon bureau. Mais je te le répète : s'il arrivait la moindre chose pendant la nuit, appelle-moi tout de suite, à n'importe quelle heure. Je rappliquerai. Je serai chez moi dans trente minutes au plus et je n'en bougerai plus.

– Entendu.

– J'espère que tout se passera bien. A demain.

A 7 heures, Edmond de Tarnec sonnait à la porte de l'appartement des Morin. Son vieil ami lui-même vint lui ouvrir.

– Tu es comme moi, dit-il, tu n'as pas perdu nos habitudes matinales.

– Vieux souvenir de l'armée! Alors?

– Ça va mieux. Dis-moi : tu ne crois pas que Mélanie pourrait aller chercher les deux sbires, qui sont restés toute la nuit dans la rue, pour leur offrir le quart de jus?

– Tu es fou? Laisse-les se débrouiller. C'est leur métier de geler devant les portes et tu n'es pas censé les avoir remarqués : ça les vexerait! Qu'a dit le médecin hier soir?

– Comme ceux du Brésil : qu'il n'y avait rien de grave, que tous les réflexes étaient bons et qu'il était simplement sous l'effet d'un choc... Quel choc à ton avis?

– Ça, mon vieux, nous allons peut-être le savoir tout à l'heure s'il consent à parler.

– Il a commencé, voici une demi-heure, en disant qu'il avait faim, et il s'est tapé le substantiel petit déjeuner que lui a apporté Mélanie.

– Excellent début de journée! On peut le voir?

– Tu sais bien que tu es chez toi. Pendant que tu

lui rends visite, je vais prendre mon bain et me raser. Tu connais le chemin.

En pénétrant dans la chambre, le visiteur eut tout de suite une meilleure impression que la veille. Calé par des oreillers et à demi assis sur son lit, Geoffroy le regardait avec des yeux qui n'étaient plus embués de vague. La vitalité était revenue.

– Mon garçon, je vais d'abord faire une chose que je n'ai pas pu accomplir hier : vous donner l'accolade. Vous savez que je suis un peu votre père, moi aussi. Et maintenant que nous sommes seuls, vous et moi, j'ai l'impression que vous allez commencer à parler... Hier, j'ai très bien compris que vous aviez réussi : ce qui est l'essentiel. Seulement, j'aimerais assez connaître quelques détails. Je vous écoute.

D'une voix encore faible mais distincte, Geoffroy répondit :

– La S.F.E.P. n'a plus rien à redouter et peut continuer tranquillement ses travaux de prospection en Amazonie.

– Qu'est-ce qui vous fait dire cela?

– Une seule raison : Edna est morte.

– Quoi? Elle aussi?

– Comme tous les autres...

– Vous avez été mis au courant de l'assassinat de Broscani et de son adjoint?

– Oui.

– Par qui?

– Par Sylvie Bertille, lorsqu'elle est venue me rendre visite à l'hôpital de Manaus.

– Vous n'allez pas me dire qu'Edna Monseca a été assassinée?

– Non. Personne n'aurait pu la tuer! En tant que prêtresse d'*Exu* elle avait une sorte d'aura qui la protégeait... C'est elle-même qui s'est supprimée.

– Vous en êtes certain?

– Oui.

– Pour qui travaillait-elle?

– Elle ne dépendait de personne et n'œuvrait que pour ceux de sa race. Elle leur avait consacré sa vie.

– C'est à peine croyable! Elle était donc seule?

– Toute seule.

– Mais comment a-t-elle réussi à nous créer de tels ennuis, ainsi qu'à nos concurrents directs?

– C'était une femme exceptionnelle dont l'intelligence n'avait d'égal que le courage. Quant aux sociétés pétrolières, que ce soit la S.F.E.P., l'A.N.O. ou n'importe quelle autre, elles ne pesaient pas lourd dans ses pensées. La seule chose qui importait pour elle était de lutter par tous les moyens contre la race blanche qui ne cherchait qu'à anéantir la race indienne. Tout le reste, tout ce qu'on vous a dit, tous les rapports qui vous ont été transmis ne sont que pure invention de Broscani et autres. Ces gens la haïssaient parce qu'ils la savaient beaucoup plus déterminée qu'eux à aller jusqu'à l'extrême limite de ce qu'elle voulait.

– C'est donc bien ce que j'ai pensé à un moment : cette femme avait une forme de folie.

– Une admirable folie qui devient de plus en plus rare à notre époque : celle de s'occuper de la détresse des autres plutôt que de penser à soi.

– Ce que vous venez de dire est très beau. Mais n'avez-vous pas l'impression que cette femme – paix à ses cendres! – vous a envoûté un peu, vous aussi?

Geoffroy demeura silencieux. Tarnec continua doucement :

– ... Ce qui, à la longue, risquerait d'être malsain pour votre santé. Car je vous aime beaucoup, mon petit Geoffroy. Comme votre père, comme tous ceux qui vous estiment, je veux que vous redeveniez rapidement ce garçon plein d'allant et d'enthousiasme que nous avons toujours connu. Ne voulant pas vous fatiguer plus longtemps, je vais vous laisser. Mais je tiens à vous confirmer qu'ayant réussi dans la mission dont je vous avais chargé, je vous accueillerai à la S.F.E.P., dès que vous serez sur pied, non plus comme chef de notre contentieux mais en qualité d'administrateur. Chose promise, chose due! Ça ne vous revigore pas, cette perspective?

Faute de réponse, le président jugea plus habile de ne pas insister.

– Continuez à vous reposer pour reprendre des forces, dit-il. Je reviendrai vous dire un petit bonjour demain matin.

Geoffroy avait fermé les yeux. Mais il ne dormait pas plus qu'il ne l'avait fait lorsqu'il avait passé des heures étendu sur le lit du palace de Rio de Janeiro, sous le baldaquin de la maison de rendez-vous d'Itaituba ou sur le lit de sangles de la cellule de San Isidro. La visite du patron l'avait agacé et il l'avait vu repartir avec soulagement. Sous son apparence affable, Edmond de Tarnec n'était au fond qu'un requin comme tous ceux qui occupaient des situations comparables à la sienne. L'affectueuse amitié dont il se targuait? Prétexte! En fait, il n'était venu que pour s'entendre confirmer que la mission de Geoffroy avait bien été remplie. Que celui-ci fût revenu souffrant et même amoindri, quelle importance? Les affaires, qui sont les affaires, régentent tout.

Tarnec n'avait pu cacher sa satisfaction en apprenant qu'Edna n'était plus. Sans aucun doute il aurait aimé savoir dans les moindres détails comment les choses s'étaient passées, mais il en serait pour ses frais! Sa fausse sollicitude ne connaîtrait que ce que Geoffroy voudrait bien lui dire et ce n'était pas la perspective d'obtenir un poste d'administrateur de la puissante S.F.E.P. qui le ferait changer d'avis! Pendant ces derniers mois le jeune homme avait vu trop de choses inracontables. Et il n'en parlerait à personne au monde, même si on le menaçait des pires représailles... Des choses qui étaient devenues d'effarants secrets n'appartenant plus qu'à lui et qu'il emporterait dans la tombe.

Là résidait l'unique raison de son mutisme après son retour officiel à la civilisation blanche, et, plutôt que de raconter à des tiers ce qu'il avait connu, il avait trouvé plus simple de jouer les hommes prostrés. Mais, s'il avait subi un choc, ce n'était pas du tout celui auquel on pouvait croire. Le sien était infiniment plus profond, plus douloureux aussi, inguérissable même, allant de l'amour à l'horreur. Il en gardait le souvenir tout frais en lui. Nuit et jour, depuis qu'il avait repris connaissance sur le navire-hôpital, il ne faisait que repasser dans son esprit tous les événements qu'il avait vécus. Et, maintenant qu'il se retrouvait seul dans cette chambre qui avait servi de décor à ses rêves d'enfant et plus tard d'adolescent, il revivait une fois de plus l'hallucinante aventure, depuis le moment où le petit avion, piloté par Herr Doktor Magenheim, s'était envolé dans la nuit...

★

Le pilote n'était pas bavard. Après avoir posé quelques questions auxquelles l'ancien nazi avait répondu évasivement et ayant compris que ce dernier préférait donner le moins de précisions possible sur son propre compte, Geoffroy s'abandonna à une demi-somnolence dont il ne s'échappa qu'au moment où l'avion, lui-même délivré des brumes, survolait un étincelant ruban d'argent dont les sinuosités insolites rompaient la monotomie de la masse indécise de la forêt.

– Quelle rivière est-ce? demanda-t-il.

– Le Tapajos...

Ce seul nom permit au passager de réaliser qu'il survolait le Mato Grosso : c'était donc là qu'Edna l'attendait... Dans ces parages aussi se trouvait sans doute le bateau-hôpital d'Hippolyte Deplan. Instinctivement, il tenta de scruter la surface brillante des eaux dans l'espoir d'y apercevoir la tache mouvante de l'étonnant navire de la fraternité. En vain. Assez rapidement la noirceur des arbres se teinta d'une grisaille qui se bleuta puis verdit. L'enfer reprenait la couleur qui lui avait donné son nom. La fraîcheur bienfaisante de la nuit s'estompait pour faire place à la moiteur étouffante du jour. Le ruban du Tapajos s'était éloigné vers l'est : il ne restait plus que quelques filets d'eau, sans doute des affluents de la grande rivière, ressemblant à des zébrures claires qui auraient été dessinées irrégulièrement sur l'uniformité d'un fond de verdure. L'avion commença à piquer pour se rapprocher de l'un de ces affluents. Quand il ne fut plus qu'à quelques centaines de mètres d'altitude, Geoffroy constata que ce qui lui avait semblé n'être qu'un filet d'eau était en réalité une rivière dont la largeur équivalait à celle des plus grands fleuves de France. Elle était hérissée de chutes au bas desquelles l'eau bouillonnait avec une force fabuleuse avant de retrouver le calme. C'était cela la vie du Mato Grosso : après avoir trouvé sa source sur les hauts plateaux, l'eau ruisselait, de cascade en cascade, dans la savane pour se précipiter, en torrents d'écume, à travers la haute forêt. Ayant accompli sa mission bienfaisante, elle se perdait dans le Tapajos ou bien convergeait avec d'autres eaux pour former le fleuve Xingu qui, finalement, comme le Tapajos, s'engouffrait quelque quinze cents kilomètres plus loin, dans l'Amazone.

L'avion continua de descendre, glissant à travers des ondes de chaleur, jusqu'à une clairière de terre rouge. Dès qu'il eut touché le sol, il roula en cahotant et passa devant une vingtaine de huttes aux murs de boue séchée pour s'immobiliser, à la sortie du village, près d'une bâtisse un peu plus grande. L'atterrissage avait eu lieu sur cent vingt mètres au maximum. Cinquante mètres plus loin, des arbres ceinturaient la clairière. La manœuvre, parfaite, prouvait que Herr Doktor était un excellent pilote. Debout devant l'entrée de la bâtisse, Edna attendait, souriante. Une Edna que Geoffroy – qui l'avait entrevue, sur les photographies présentées par Tarnec, en élégante à une réception à l'O.N.U. à New York, en blue jean à Stockholm et en chasseresse moderne dans la forêt bavaroise, puis vue lui-même en robe longue de prêtresse d'*Exu,* en pyjama de soie blanche dans le palace de Rio et en tailleur strict au bar de la maison d'Itaituba – n'avait encore jamais connue!

Elle était nue, à l'exception d'un petit triangle de fibres cachant son sexe et d'un diadème de longues plumes jaunes de macaw dont la couleur chaude tranchait harmonieusement sur la noirceur des longs cheveux qu'elle portait dénoués, comme lorsqu'elle avait officié dans le *Quimbanda.* Son corps était peint avec la teinture d'urucu rouge sang. Elle tenait dans la main gauche un arc. Ainsi parée, elle ressemblait à ces amazones du Xingu qu'avait évoquées le Père Ribeiro.

Geoffroy, qui venait de sauter à terre, restait cloué sur place. Il contemplait avec un mélange d'émerveillement et de stupéfaction la splendeur sauvage qui semblait s'offrir à lui sans aucune pudeur, dans un décor de végétation irréel : le seul qui paraissait lui convenir. A se demander comment un tel chef-d'œuvre de la nature avait pu vivre au milieu de la civilisation blanche. Il est vrai que, n'ayant jamais pu s'y acclimater vraiment, le dépaysement avait ajouté sans doute à sa haine de la race honnie. Et pourtant, elle était là, l'attendant, lui qui venait de France! Etait-ce même Edna qui se trouvait devant lui? N'allait-elle pas, ayant réussi une nouvelle métamorphose physique, prendre une fois de plus une autre identité? Quel serait son nom dans cette jungle où les consonances étaient aussi barbares pour les hommes que pour les lieux : Xuca, Xingu, Xalakiya, Tapajos... Saurait-elle même s'exprimer dans une langue compréhensible? N'était-elle pas retournée à l'un de ces dialectes dont seul un très vieil habitué de la jungle, comme le jésuite missionnaire, pouvait découvrir la poésie?

– Approche, dit-elle en portugais. Te ferais-je peur parce que tu me vois armée?

Elle avait brandi l'arc avant de continuer :

– Aucune de mes flèches ne t'est destinée, pas plus que ne le sont les lances des membres de ma tribu qui nous regardent en ce moment avec respect.

Groupés à l'autre extrémité de la clairière, en demi-cercle devant leurs huttes, une centaine d'Indiens, hommes et femmes, le corps enduit de teinture rouge, attendaient, silencieux et immobiles, armés de lances en bois. Seule Edna, l'amazone, avait un arc.

– Tu vois : ils te font une haie d'honneur... Je leur ai annoncé hier que, quand la lune s'évanouirait, leur plus grand ami blanc descendrait de la chauve-souris géante. Ils la connaissent et se sont familiarisés avec elle depuis qu'elle m'a ramenée ici, moi aussi, il y a quelques jours. Mais, comme ils la craignent, ils n'aimeraient pas qu'elle reste longtemps! C'est pourquoi elle va repartir... Pourquoi aussi le pilote n'a pas quitté l'appareil : ils le tueraient!

Ramassant un petit sac de toile qui se trouvait à ses pieds et que Geoffroy n'avait pas remarqué, elle s'approcha de l'avion dont la porte était restée entrouverte et dont l'hélice tournait au ralenti. Elle le lança dans la carlingue d'où tombèrent presque aussitôt les bagages et les caméras de Geoffroy. Aucun mot ne fut échangé entre le pilote et elle. La porte de l'appareil se referma. Après avoir viré lentement, « la chauve-souris » roula à nouveau sur le sol rouge avant de prendre de la vitesse. Elle repassa devant les huttes et leurs habitants toujours immobiles, décolla enfin, puis disparut bientôt au-dessus de la forêt. Le silence retomba sur la clairière.

Edna se tourna vers Geoffroy :

– Enfin nous sommes deux! Le monstre est reparti, gavé d'or.

– L'avion?

– L'homme. Le sac contenait des pièces d'or. Ce n'est qu'à ce prix que je peux acheter les services et le silence de celui qui t'a amené jusqu'à moi. Je sais qu'il ne révélera jamais à personne au monde où il t'a déposé. Ce Magenheim est un criminel qui a toujours accepté de jouer le jeu à condition d'être bien payé.

– Tu as bien dit un criminel?

– Il prétend qu'il a été pilote de guerre. En réalite, il a appartenu à la Gestapo et a fait déporter des centaines de juifs.

– Ne crains-tu pas qu'il en fasse un jour autant avec les Indiens dont il se pose en défenseur sous couvert d'anthropologie?

– A quoi cela l'avancerait-il? Les Indiens ne sont pas comme les juifs : ils n'ont pas d'argent! Comme beaucoup d'autres, il trouve plus facile de les laisser disparaître progressivement sous le poids de la civilisation qui les anéantit tout en faisant semblant de les protéger. Mais, de toute façon, j'ai pris mes précautions : si l'on faisait le moindre mal à ceux de ma tribu, il mourrait aussitôt!

– Tu lui as jeté un sort?

– Ce n'était pas la peine : je réserve mon pouvoir pour des tâches plus importantes. Lui, je n'aurais qu'à l'abandonner à ceux qui le recherchent et que je connais : les parents et coreligionnaires de ses victimes. Ils l'abattraient sans pitié s'ils parvenaient à l'identifier. Comme ils sont têtus et qu'ils portent dans leur cœur la loi du talion, ils y parviendront. Ce n'est plus qu'un homme traqué, un mort en sursis qui se hâte de profiter de son or! Le glaive de Jehovah finira par l'atteindre comme il l'a déjà fait pour ses semblables... Oublions-le : il n'a eu qu'une utilité : nous permettre de nous retrouver là où je voulais que tu deviennes mon époux.

– Ton époux?

– Oui, Geoffroy. Depuis la première seconde où je t'ai vu dans la banlieue de Rio, j'ai compris que j'étais la seule compagne à pouvoir te convenir. C'est *Exu* qui t'a envoyé à moi pour me récompenser de l'avoir bien servi. Toi aussi, bientôt, tu adoreras *Exu*... Ramasse tes bagages et suis-moi dans ma demeure : c'est là que nous vivrons désormais. Tout à l'heure commenceront les fêtes de nos épousailles : ce seront les plus belles séquences que tu pourras tourner.

– Mais alors on te verra dans mon film?

– Oui.

– Je croyais que tu ne voulais pas y paraître?

– Cela n'a plus aucune importance puisque tu ne retourneras plus jamais à ta civilisation.

– Qu'est-ce que tu dis?

– La vérité.
– Et le film?
– Quand nous estimerons qu'il est assez riche d'images vraies, je me chargerai de le faire parvenir aux Blancs qui l'exploiteront pour mon compte. Cela me rapportera l'argent dont j'ai encore besoin. Ce film montrera au monde stupéfait que le seul lieu où puisse continuer à vivre aujourd'hui un homme de cœur comme toi se trouve au milieu de ceux de cette race que l'on veut détruire et dans la compagnie de celle qui a été créée pour lui. Viens...

Si les huttes plus modestes ressemblaient à des meules de foin géantes montées sur pilotis, celle d'Edna, également surélevée, avait presque l'apparence d'une maison. Pas plus que les autres, elle n'avait de porte et on accédait à l'unique ouverture par un escalier rudimentaire de cinq marches. Ses murs n'étaient pas en boue séchée mais faits de minces troncs d'arbres et le toit couvert de joncs. A l'intérieur il y avait une seule grande pièce circulaire ornée en son centre d'une plaque de bois. Celle-ci servait de foyer : c'est là qu'on faisait cuire les aliments et qu'on laissait brûler, la nuit, un feu destiné à lutter contre le froid. La fumée s'échappait par une ouverture assez étroite pratiquée au milieu du toit. Entre l'entrée à tous vents et cette ouverture, l'aération était rude : ce qui était merveilleux le jour pour apporter la fraîcheur qui manquait tant, mais, dès que le soleil disparaissait, c'était autre chose, surtout pendant l'hiver sec, qui allait de la mi-juin à la mi-septembre. Les nuits, alors, étaient glaciales. La chance de Geoffroy était d'être arrivé à la mi-décembre, c'est-à-dire au début de l'été, après les pluies diluviennes de printemps qui venaient de prendre fin et dont il avait eu un arrière-goût en roulant sur la Transamazonique entre Itaituba et Jacareacanga.

Le sol de l'habitation était recouvert d'un tapis tressé rappelant un peu la paille de riz mais qui, en réalité, était fait de tiges de manioc. Il n'y avait pas de lit, mais deux hamacs suspendus à proximité de la plaque à feu. Tout autour de la pièce, des coussins de feuilles de fougère géante étaient disposés contre la paroi.

– Tu regardes mon palais avec curiosité... Me croiras-tu si je t'affirme que je suis infiniment plus heureuse ici que dans n'importe quel palace de Rio de Janeiro ou d'ailleurs?

– D'ailleurs? Aurais-tu tellement voyagé?

– Il l'a bien fallu pour intéresser des gens puissants à notre cause.

– Cela a donné des résultats?

Elle répondit par une question :

– Que penses-tu de ma maison? C'est la plus belle du village.

– Je l'ai déjà remarqué. Ce pourrait être la maison du chef.

– Ça l'est : je suis ce chef! Il y a longtemps que la tribu m'a choisie : elle sait que je suis la seule à pouvoir la comprendre.

– Mais quand tu t'absentes, qu'est-ce qui se passe?

– Je délègue mes pouvoirs à Malakya, ma fille adoptive. Elle ne quitte jamais le village. Je te la présenterai quand tu seras devenu mon époux.

– Ne vit-elle pas avec toi dans cette maison?

Il regardait les deux hamacs.

– Elle n'y habitera plus, maintenant que j'ai décidé de te prendre pour époux. Je lui ai fait construire dans le village une autre hutte où un époux viendra peut-être un jour pour elle...

– Pourquoi peut-être?

– Elle est aveugle. Chez nous les Indiens, on a

peur des infirmes. On prétend qu'ils apportent le malheur parce qu'ils ont été envoyés sur terre par les mauvais Esprits. C'est pourquoi j'ai pensé que je devais l'adopter. Mon âme a passé en elle... Depuis qu'elle est ma remplaçante, toute la tribu la vénère. Ce qui compte pour le chef, c'est de posséder la lumière intérieure...

– Combien êtes-vous dans la tribu?

– Une centaine. Jadis c'était l'une des plus importantes du Mato Grosso... Mais les Blancs sont venus. Ils cherchaient des esclaves pour les faire travailler et ont exterminé tous ceux ou celles qui étaient trop âgés. Ma mère appartenait à cette tribu : elle a été emmenée très loin dans une plantation du nord. C'est là qu'elle a rencontré mon père qui, je te l'ai dit, était de père portugais et de mère noire. Il l'a adorée et a su se montrer un bon époux pendant le peu de temps où ils sont restés mariés : ma mère est morte en me mettant au monde.

– Et tu as été élevée par ton père?

– Oui. Si tu le souhaites encore, je te raconterai cela plus tard... Maintenant il faut que tu te prépares pour la cérémonie nuptiale.

– Mais enfin, Edna, c'est sérieux?

– Pourquoi te mentirais-je? Tu dois m'épouser selon le rite waura.

– Si cela te fait plaisir...

– C'est une nécessité, sinon je ne pourrai pas me donner à toi! Tu ne veux donc pas de moi?

– Quand j'ai découvert ton regard pendant le *Quimbanda*, celui-ci m'a fasciné.

Elle s'était rapprochée :

– Et après?

– Lorsque je t'ai revue à visage découvert, le soir où tu m'as reçu avec Broscani, j'ai commencé à comprendre que tu étais la femme la plus désirable du monde. Ensuite...

– Parle!

– Dans le bar d'Itaituba, j'ai réalisé que nous pourrions nous aimer et, quand je t'ai vue partir avec celles que tu venais de sauver, je suis restée désemparé. J'ai eu peur de ne plus te revoir.

– Tu savais pourtant que nous nous retrouverions bientôt. Ne t'avais-je pas donné l'adresse du Père Ribeiro en te disant d'attendre auprès de lui?

– C'est ce que j'ai fait.

– Eh bien, nous voilà ensemble aujourd'hui et pour toujours! Puisque tu es venu, c'est que toi aussi tu ne peux plus te passer de moi.

D'un geste brusque, il la serra contre lui et embrassa fiévreusement les lèvres dont il rêvait. Ce fut leur première étreinte. Combien de temps restèrent-ils ainsi blottis, les yeux brûlant de désir? Ce n'était pas une femme qu'il enserrait mais toutes les femmes en une. Toutes celles qu'elle avait su être : la séductrice portoricaine qui avait dominé le *columnist* américain, la révolutionnaire chilienne qui avait ébloui le Suédois, la Colombienne qui avait bouleversé le baron allemand, l'Argentine qui avait dicté sa loi au banquier français, la prêtresse en transe qui subjuguait les fidèles, l'amazone qui régnait sur ceux de sa tribu, le monstre de beauté enfin qui avait réussi à l'envoûter lui-même... Eperdu, à demi fou, déjà ivre de volupté, l'homme ne cherchait même plus à savoir pourquoi ils se trouvaient ensemble dans cette cabane où aucun autre Blanc n'avait certainement jamais pénétré.

C'est elle qui se libéra de l'étreinte.

– Pas encore, mon amour! murmura-t-elle. La loi des miens exige que la femme ne soit prise par l'homme qu'après la cérémonie.

Il faillit répondre : « Enfin, Edna, cette loi de

pureté, tu n'as pas hésité à l'enfreindre quand tu as vécu toutes tes aventures? » Mais il se contint. Après tout, qu'en savait-il? Qui oserait certifier qu'elle avait été physiquement l'amante de Howard O'Meal, d'Igmar Petersen, de Hans von Hager ou de Jacques Dubois? Pourquoi son prodigieux pouvoir d'envoûtement n'aurait-il pas suffi à la prêtresse pour s'attacher ces hommes, et sans doute beaucoup d'autres, jusqu'à leur mort?

La voix tendre reprit :

– Cette nuit, je te le promets, je me donnerai à toi... Ecoute! Tu entends ces appels sourds modulés par le chant de la flûte sacrée? C'est la voix de toute la tribu qui m'attend devant la maison... Ne te montre surtout pas à eux! Reste dans l'ombre et de là, avec ta caméra, tu pourras filmer ce qui va se passer dans la clairière... Ce n'est qu'à la tombée de la nuit que je te reviendrai, plus obéissante que n'importe quelle épouse d'Europe! Le rite veut que le chef de la tribu laisse cachée celle qu'il a choisie pour compagne. Elle ne doit pas participer à la cérémonie afin de mieux se recueillir, dans l'attente du moment d'extase où elle appartiendra à son maître... Mais du moment que je suis le chef de la tribu et que j'ai décidé de t'imposer comme mon époux, toi un Blanc, à ceux de ma race, les rôles sont inversés. C'est à toi de ne pas bouger d'ici...

– Dans l'attente du moment d'extase?

– Oui, pour toi comme pour moi. Demain seulement, au lever du jour, la tribu te verra à mes côtés et admettra pour toujours ta présence. Ayant partagé ma couche pendant la nuit qui a suivi la cérémonie, tu seras devenu mon époux officiel.

– En aurais-tu d'autres, plus secrets, dans ta tribu?

– Chez les Waura les femmes n'ont qu'un époux.

– Mais ils savent pourtant que j'existe puisque tu leur as annoncé ma venue et qu'ils m'ont vu descendre de la chauve-souris!

– Pour eux ça ne compte pas! Ce qui importe, c'est que tu aies passé la nuit seul avec moi... Je dois les rejoindre : la musique nuptiale se fait plus bruyante. C'est l'appel du sorcier Ayuma. Il commence à se lamenter parce que je ne mets pas assez d'empressement à me conformer aux rites sacrés du mariage. Si je les faisais trop attendre, lui et la tribu, cela indiquerait que je risque d'être pour toi, plus tard, une mauvaise épouse. Ce qui n'est nullement dans mes intentions. Prépare vite ta caméra! Tu vois l'homme qui est masqué? C'est Ayuma le sorcier... Ecoute son cri que tous les autres hommes reprennent en chœur.

Au bas de l'escalier et semblant venir du sol, montaient des « *Huka! Huka! Huka!* ».

– Ils imitent le cri du jaguar lorsqu'il est en chasse. Cela veut dire que toi aussi, tu es comme le jaguar... A ce soir, mon amour.

Dès qu'elle commença à descendre l'escalier, ce fut une explosion de joie dans la tribu. Précédée par le sorcier dont le masque grimaçant devait évoquer un illustre chef retourné depuis longtemps au pays des ancêtres, et suivie par l'essaim des femmes qui rappelaient les demoiselles d'honneur d'un grand mariage, la future épouse s'avança lentement jusqu'au centre de la clairière où les hommes avaient couru s'aligner sur une seule rangée. Et, dans le plus grand silence, Edna – tel un chef passant une revue – s'arrêta longtemps devant chacun d'eux, le fixant du regard et l'examinant avec soin de la tête aux pieds. Une fois l'inspection faite, elle indiquait d'un signe de tête négatif que ce candidat au mariage ne lui convenait pas, puis elle passait au suivant. Pour tous ce fut « non! ». Le seul qui fût digne de ses faveurs était le Blanc, venu d'au delà des mers.

Pendant ce temps, Geoffroy, caché dans la maison, avait l'œil rivé au viseur de sa caméra... Etait-ce parce qu'il voyait les choses en cinéaste? Tout en filmant les différentes phases de l'étrange cérémonie de son propre mariage, le Français se demandait s'il était lucide ou s'il rêvait. Tout ce qui lui arrivait était si incroyable! Il faudrait plus tard cette pellicule impressionnée pour témoigner que les images n'avaient pas seulement défilé dans son imagination. Sinon, ne le prendrait-on pas pour un fou lorsqu'il raconterait ses mésaventures à son retour dans le monde blanc?

Son retour? Edna ne venait-elle pas d'affirmer qu'il devait considérer sa venue au Mato Grosso comme un voyage sans retour? Cela aussi paraissait tellement insensé qu'il valait mieux se dire que ce n'était que du cinéma... Et pourtant la prêtresse d'*Exu,* doublée de l'amazone waura, n'était pas femme à parler à la légère. Elle avait même paru sincère quand elle était venue se blottir contre lui. Maintenant il la désirait ardemment : cette nuit, elle serait sienne... Mais qui des deux serait le plus à l'autre?

Dans la clairière, tous les candidats avaient été rejetés par l'amazone. La flûte sacrée répandait à nouveau sa mélodie plaintive. Toujours conduit par le sorcier, qui avait recommencé à pousser des cris pour éloigner définitivement de la future épouse les mauvais esprits qui ne cherchent qu'à troubler l'harmonie des nouveaux couples, le cortège alla de hutte en hutte... Edna pénétrait dans chacune d'elles escortée d'une femme. Elle en ressortait seule pour rejoindre le reste de la troupe qui patientait dehors. Pendant cette courte absence, Ayuma avait fait le tour de l'habitation en gesticulant et en criant pour bien rappeler à la promise que, lorsqu'elle aurait convolé, elle ne pourrait plus entrer dans cette hutte sans y avoir été invitée par celle dont c'était la demeure. Quand elle ne va pas à la pêche ou à la chasse et qu'elle ne participe pas à la récolte de manioc pour nourrir la tribu, une femme mariée doit rester chez elle en attendant le retour de son maître. S'introduire sans en avoir reçu l'autorisation dans la demeure d'une autre femme est la faute la plus grave : ne signifie-t-elle pas que l'intruse est décidée à lui voler son époux?

Geoffroy, bien sûr, ignorait tout des règles qui régissaient cette cérémonie. Il filmait. Qu'importait le reste? Ce qu'il fallait, c'est que le film fût réussi. Ce film qu'il parviendrait bien, un jour ou l'autre et malgré la volonté d'Edna, à rapporter lui-même en France! Bien qu'il fût déjà violemment épris, il restait quand même décidé à remplir la mission que lui avait confiée Tarnec. Il croyait qu'après avoir goûté au plaisir, il trouverait encore la force de s'en arracher. Et il se disait qu'il fallait être fou pour imaginer de vivre uniquement d'amour dans une pareille clairière! Seule une Edna était assez exaltée pour rêver de ce genre de bonheur... Mais n'était-elle pas folle?

L'envoyé de la S.F.E.P. saurait profiter de sa démence grandiose pour l'interroger et pour la faire parler lorsqu'il serait sûr d'être devenu l'amant indispensable. Mais pas tout de suite. Pour le moment il la désirait trop pour être capable de se contrôler. Plus tard, quand sa passion commencerait à s'atténuer et qu'il aurait retrouvé ses moyens, il agirait. Et, s'il ne pouvait plus se passer d'elle, il la ramènerait en France.

La visite des huttes était terminée. Il ne restait plus dans le cortège que le sorcier, Edna et les hommes. Toutes les femmes s'étaient cachées dans leurs huttes comme Geoffroy dans la maison d'Edna. Toujours accompagné par la plainte de la flûte, le cortège revint lentement au centre de la clairière. Là, les hommes s'accroupirent en cercle. Ils avaient croisé les jambes et tenaient leurs lances dressées : on eût dit les barreaux d'une grille infranchissable. Et, sur le rythme de ces lances frappant le sol en cadence, Edna et Ayuma, restés debout au centre du cercle, commencèrent à danser. Une danse dont la sauvagerie était infiniment plus poussée que celle de la prêtresse Evaltina devant les adeptes d'*Exu*. C'était comme si ce dieu s'était réincarné, non pas cette fois dans la femme, mais sous le masque du sorcier. Tout en tourbillonnant et en poussant des hurlements, celui-ci poursuivait Edna qui semblait apeurée.

Comment le cinéaste aurait-il pu deviner que cette pyrrhique effrénée évoquait les terribles maux qui fondraient sur l'épouse si elle cherchait à se libérer de l'anneau nuptial constitué par le cercle des lances? Par moments, la soif d'indépendance de l'amazone et la fierté de la guerrière emplumée reprenaient le dessus : la femme emprisonnée, tendant son arc, faisait mine d'envoyer des flèches en direction des lances pour tenter de briser le cercle conjugal. En vain : les guerriers ne la laisseraient plus reprendre sa liberté de femme puisqu'elle avait accepté d'appartenir à celui qui l'attendait dans la maison.

Cela dura pendant des heures... La sueur ruisselait aussi bien sur le masque du sorcier que sur le corps nu d'Edna, le striant de rigoles de teinture rouge qui coulaient le long des cuisses et des jambes avec la même impétuosité que celle des rivières zébrant l'uniformité de l'enfer vert. Comme si le corps d'Edna était devenu lui-même toute l'Amazonie.

Jamais Geoffroy, qui avait cependant vu la prêtresse en transe dans le *Quimbanda,* n'aurait cru qu'un être humain – et à plus forte raison une femme – pût avoir cette résistance! Après une telle dépense physique, comment trouverait-elle encore la force d'être ce soir une amante? A moins que tout ne fût conçu pour que la femme épuisée ne soit plus, sous l'assaut du mâle, qu'une épouse définitivement soumise?

Brusquement elle s'écroula sur le sol rouge. Alors seulement, et après que le sorcier eut étendu les bras au-dessus du corps inanimé dans un grand geste de protection et d'apaisement, les lances retrouvèrent leur immobilité. Le chant de la flûte cessa. Le silence envahit la clairière. Sortant de leurs huttes où elles s'étaient réfugiées, les femmes réapparurent, portant chacune une galette de beiju qu'elles y avaient préparée. Elles s'approchèrent du cercle des hommes et déposèrent devant eux le mets préféré, en récompense des efforts qu'ils venaient de faire pour empêcher la femme enfin vaincue de rejoindre les amazones perdues du Xingu. Ensuite elles apportèrent des amphores de grès contenant l'eau salvatrice qui permet au Mato Grosso de continuer à vivre.

Deux beijus avaient été déposés devant le sorcier. Celui-ci, se penchant sur Edna, sembla la bénir pour la ranimer. Les yeux révulsés de l'épouse retrouvèrent leur éclat, son corps se redressa, ses lèvres s'entrouvrirent pour recevoir de la main d'Ayuma la première bouchée de nourriture qui la revigorerait. La plainte de la flûte s'éleva à nouveau pendant que deux des femmes se dirigeaient vers la maison où Geoffroy se cachait. L'une portait un beiju, l'autre une amphore. Les voyant s'approcher, il cessa de filmer et se réfugia dans l'ombre : sa future épouse ne lui avait-elle pas recommandé de ne se montrer en aucun cas avant que l'acte d'amour eût été accompli? Il entendit les pas des femmes gravir les marches, s'immobiliser, puis s'éloigner sans qu'aucune d'elles se soit permis d'entrer. Quand il revint prudemment près de l'ouverture, il put constater que la galette et l'amphore avaient été déposées sur le plancher. On ne l'avait pas oublié pour les agapes : ne devait-il pas, lui aussi, prendre des forces pour remplir bientôt son rôle d'époux?

Le repas de noces venait de commencer. Il se prolongea jusqu'au crépuscule, entrecoupé de danses auxquelles participèrent tour à tour les hommes et les femmes. Quand les guerriers dansaient, les femmes formaient le cercle autour d'eux et réciproquement, cela sous la surveillance du sorcier. Celui-ci, calmé, s'était assis sur un tronc de bois apporté par deux hommes. Son masque demeurait impénétrable. A quoi pouvait-il bien penser? Peut-être à la nuit qu'allait vivre le nouveau couple sous la protection des esprits des ancêtres apaisés. C'est alors qu'Edna se mit à danser, non pas, comme la prêtresse, entourée de femmes mais seule. Et sa danse, lente et lascive, était celle d'un corps prêt à se donner.

La lumière était devenue trop faible pour pouvoir filmer. Débarrassé de sa caméra, le fiancé solitaire ramassa sur le plancher le beiju et l'amphore. Pour manger, il s'accroupit, comme les guerriers, au centre de la maison, devant le feu qu'il ranima. Contemplant la flamme dont les reflets donnaient à la pièce l'étrange apparence d'un temple où allait se renouveler l'éternel mystère de l'accouplement, il ne pensait pas plus à sa mission qu'il ne l'avait fait lorsqu'il s'était retrouvé sous le baldaquin d'Itaituba en compagnie de la Belge. Mais la différence était immense! Sylvie n'avait été qu'une aventure, Edna allait devenir l'épouse. Accompagnant sa rêverie, le martèlement sourd des pieds des danseurs et la mélopée de la flûte répandaient dans son cœur un chant d'amour.

Quand la mélodie cessa, il se rapprocha de l'entrée et remarqua que la lune, cette alliée des amants, nimbait la clairière d'irréalité en lui donnant des proportions hallucinantes. Et il vit, s'avançant vers lui, une procession fantasmagorique... L'ombre du sorcier était en tête, suivie de celle d'Edna. Une fois encore les femmes avaient rejoint leurs demeures pour y préparer la couche de leurs époux : seuls les guerriers étaient là, marchant en file de chaque côté de celle qui venait se livrer. Chacun tenait une torche dont les reflets éclairaient le masque grimaçant d'Ayuma et le visage extasié d'Edna... Lorsqu'elle fut au pied de l'escalier, le sorcier lui montra l'entrée de la demeure dans un geste qui voulait dire : « Va! Il t'attend... C'est à lui que tu appartiens désormais. »

Très lentement, la femme gravit les marches pendant que les torches s'éloignaient. Saisi par une sorte de timidité, Geoffroy avait reculé jusqu'au fond de la pièce et s'était adossé à la paroi. Jamais son cœur n'avait battu aussi fort... Battements qui semblaient rythmés par le frôlement des pas se rapprochant de marche en marche. Et elle apparut, sublime, sur le seuil. La flamme du foyer magnifiait sa silhouette alors que sa voix disait avec une humilité qu'elle n'avait encore jamais eue :

– Tu veux bien de moi?

– Je t'aime...

Mais il n'osait pas bouger. Elle dit alors :

– Pourquoi as-tu conservé tes vêtements? Je suis nue, moi! Nous n'avons plus rien à nous cacher.

Elle alla jusqu'à lui, le déshabilla, puis, s'agenouillant, elle murmura :

– Tu es mon maître...

Lorsqu'il se réveilla dans son hamac, il se demanda pendant quelques secondes où il se trouvait. Quel était ce décor ahurissant fait d'un mur circulaire de bois et d'un plafond de chaume dont une ouverture centrale permettait de regarder le ciel? Dehors, le jour était éclatant. Brusquement il reprit conscience : l'arrivée dans l'avion de Magenheim, la cérémonie dans la clairière, la nuit qui venait de se passer... Où était Edna? Son hamac, suspendu de l'autre côté du foyer éteint, était vide. N'ayant pour tout vêtement que la couverture bariolée, sans doute tissée par des mains d'Indiennes, dans laquelle il s'était emmitouflé pour dormir, il courut jusqu'à l'entrée. La clairière était déserte. Chose curieuse, aucune fumée ne sortait des huttes. A croire que le village avait été abandonné par la tribu. Tout autour, dans la ceinture de végétation débordante, c'était le silence comme si la vie de la jungle avait été anéantie par le poids de la chaleur.

Le silence... Il contrastait curieusement avec le vacarme infernal de la nuit! Une nuit qui aurait été démoniaque si elle n'avait été rachetée par la merveilleuse présence de l'amante. Pendant des heures, l'homme s'était senti le prisonnier d'un regard de feu, de lèvres distillant le plaisir, de seins s'offrant aux caresses, de bras enjôleurs, de mains qui n'étaient que finesse, de cuisses dont la forme harmonieuse avait de quoi faire rêver les esthètes, d'une chevelure de soie qui, en se répandant, effleurait délicieusement l'épiderme, d'un ventre enfin qui était source brûlante : de vie et de folie.

Et ce n'étaient ni la prière de la flûte ni le martèlement sourd du tambour qui avaient accompagné l'accouplement, mais tous les bruits mystérieux de la nuit : rires sardoniques des perroquets, cris stridents des singes, hurlement du jaguar, sifflement tout proche d'un serpent rampant sous les pilotis. La fabuleuse cacophonie avait fini par créer, autour des halètements du couple, un fond sonore dont la sauvagerie avait encore intensifié le besoin insatiable de possession.

Ce qui s'était révélé également fantastique pour l'homme avait été la sensation de faire l'amour avec une femme qui, ayant dépouillé le vernis trompeur de la civilisation, avait retrouvé l'authenticité de la nature. Une fois nu devant elle, il n'avait eu qu'à arracher le triangle de fibres cachant son sexe avant de la coucher brutalement à même la natte. C'était un splendide animal, le front encore ceint du diadème de plumes de macaw, qu'il s'était approprié. Un fauve à peine dompté dont la peau restait imprégnée de la teinture de l'urucu rouge. Et la fureur de jouissance, inlassablement répétée, avait fait que le corps de l'homme avait pris aussi cette couleur de sang. Ayant déteint sur lui, la femme n'était-elle pas devenue véritablement son épouse?

Au réveil, l'empreinte était toujours là, ressemblant à un ridicule tatouage. Un peu honteux, enveloppé dans sa couverture, Geoffroy ne pensait plus qu'à se débarrasser de ces traces de la nuit. Mais Edna ne le lui reprocherait-elle pas? N'exigerait-elle pas que celui qui était en sa possession restât marqué par la couleur du feu, chère au démon *Exu?* Et, après cette nuit d'accouplement, avait-il maintenant le droit de se montrer aux autres membres de la tribu comme elle le lui avait dit la veille? Ne devrait-il pas, lui aussi, vivre nu puisqu'ils n'avaient plus rien à cacher de leur amour?

Désemparé, ne se sentant plus tout à fait un homme civilisé, il se mit à errer dans la pièce, tournant bêtement en rond comme il l'avait déjà fait dans la cellule de la Mission de San Isidro alors qu'il vivait dans l'angoissante attente des retrouvailles. Celles-ci avaient eu lieu et il ne savait plus que faire. Rester ou fuir? Mais comment s'enfuir? Et le pouvait-il puisque cette nuit n'avait été qu'un premier acte dans l'entreprise qui l'avait amené ici? L'essentiel restait à accomplir : arracher peu à peu à « son » épouse la vérité après laquelle il courait depuis des semaines. Plus il saurait être l'amant, plus elle se soumettrait! Et plus elle serait soumise, plus elle parlerait...

Il y avait, hélas, une erreur de raisonnement : au cours de cette nuit, c'était « la sauvage » qui avait gagné et non pas lui. De la façon dont elle s'y était prise, elle n'avait qu'à reparaître pour redevenir aussitôt la maîtresse. N'était-ce pas ce qui s'était déjà passé avec ceux qui avaient précédé Geoffroy et qu'elle avait annexés? Il avait suffi d'une nuit... Si elle le voulait vraiment, son nouveau prisonnier ne repartirait jamais! Lui aussi ne serait plus qu'une marionnette manipulée par la plus redoutable des « épouses ». Car cette fois elle avait décidé de jouer les épouses, mais avait-elle été sincère? Geoffroy, lui, en était persuadé et sa déception aurait été immense s'il avait pu réaliser, à l'aurore, que « son » épouse n'avait fait que l'essayer... Elle mentait tellement bien, Edna! Voilà pourquoi c'est elle qui saurait le garder et le faire parler quand le moment en serait venu.

Elle apparut sur le seuil :

– Mon époux serait-il enfin réveillé?

– Ton époux t'attend en se demandant où tu as bien pu passer.

– J'étais à la rivière. Regarde...

Débarrassé de teinture et ruisselant de gouttes perlées, le corps nu se révélait dans toute sa splendeur.

– Je suis venue te chercher pour que toi aussi, tu te purifies de « notre » nuit : seule l'eau y parviendra. Habille-toi vite!

– M'habiller? Tu ne tiens donc pas à ce que je reste nu comme ceux de ta tribu?

– Tu ne seras nu qu'ici, pour moi, ou quand tu nageras dans la rivière. Autrement, tu perdrais ton prestige aux yeux de la tribu qui t'accepte depuis ce matin, mais dont tu ne seras jamais un membre. Ce n'est pas à elle, mais à moi seule « le chef » que tu appartiens! Et c'est moi qui commande ici! Je te préfère vêtu... Remets vite une chemise et un pantalon, et suis-moi. Tous t'attendent près de la rivière. Il faut d'abord qu'on te revoie tel que tu étais quand tu es sorti hier du ventre de la chauve-souris géante. Ensuite seulement tu pourras te dévêtir pour me rejoindre dans l'eau.

La tribu était là, en effet, sur la rive. Il n'y avait plus un seul corps badigeonné d'urucu rouge. Ayuma lui-même, le sorcier, devait être parmi les hommes, mais, comme il ne portait plus son masque, impossible de le repérer.

Dès qu'ils apparurent, main dans la main, les cris fusèrent, les rires déferlèrent, les mains se tendirent, ce qui prouvait que l'époux était définitivement agréé. Sans plus attendre – après s'être débarrassé des vêtements qui imposaient le respect mais qui lui donnaient la désagréable impression d'être un homme habillé au milieu de nudistes – il plongea dans l'eau en même temps qu'Edna. Une eau glacée qui le suffoqua.

– Nage avec moi jusqu'à la cascade : cela te réchauffera et c'est là seulement que l'eau trouve assez de force pour laver un corps des traces de l'ucuru.

« La cascade » n'était en réalité qu'une dénivellation de la rivière créant une chute d'eau dont la puissance était supérieure à celle de n'importe quelle douche. Très vite, Geoffroy comprit que l'on ne pouvait vivre dans ce pays, pas plus au Mato Grosso qu'à Copacabana, sans avoir recours à l'aide bienfaisante de *Yemanja,* la déesse des eaux : n'était-elle pas la seule divinité à pouvoir atténuer les effets dévastateurs dus aux rayons brûlants d'un soleil implacable?

Edna, qui s'était un peu éloignée, revint près de la cascade en compagnie d'une autre femme qui nageait derrière elle en tenant la main droite appuyée sur son épaule. Une femme? Plutôt une jeune fille qui paraissait assez frêle. Sans Edna, à qui elle s'agrippait, sans doute aurait-elle été emportée par le bouillonnement du courant.

Dans le fracas des eaux qui tombaient, Edna cria à Geoffroy en la désignant :

– C'est Malakya, ma fille adoptive...

Celle-ci offrait avec délice, semblait-il, son visage ruisselant aux coups de fouet de l'eau glacée. Ses cheveux noirs détrempés étaient coupés très court comme ceux de Xuca, le serviteur du Père Ribeiro, et elle était réellement laide. La bouche, perpétuellement entrouverte dans un rictus qui cherchait sans doute à être un sourire, découvrait des dents mal plantées. Le faciès était plus simiesque que le masque du sorcier au cours de la cérémonie de la veille et aucune expression n'animait les yeux : le regard était mort. Le contraste entre « la mère » et « la fille » était saisissant : bien qu'elle en eût honte, la première avait la beauté des sangs mêlés, alors que la seconde n'était qu'indienne.

Apitoyé, Geoffroy ne trouva rien à dire. Ce n'est que plus tard, alors qu'ils s'étaient allongés sur le rivage pour se reposer de la longue baignade, qu'il put répondre à la question d'Edna : « Qu'est-ce que tu penses de Malakya? »

– Je pense que tu es la plus extraordinaire des femmes : tu ne songes qu'à sauver les déshérités!

– Ne l'étais-tu pas un peu toi aussi, malgré ce que tu croyais être ta chère liberté, quand tu n'avais pas encore trouvé d'épouse?

– C'est vrai : tu me manquais...

Et pendant qu'ils revenaient vers le village, suivis de toute la tribu et de Malakya qui ne parlait pas le portugais, il demanda :

– Es-tu sûre que « ta » fille soit capable de te remplacer quand tu n'es pas là?

– Elle a déjà fait ses preuves. Quand je suis revenue ici après plus d'une année d'absence, j'ai retrouvé la tribu très heureuse. Rien n'avait changé : c'était tout ce que j'avais souhaité. Sous une apparence qui la défavorise, Malakya possède un vrai cœur d'amazone. Et elle n'a nul besoin de savoir manier l'arc : il se trouvera toujours à ses côtés un guerrier sachant lancer la flèche qui la protégera.

Quand la tribu se rendait à la rivière, ce n'était pas seulement pour s'y baigner mais aussi pour y trouver le poisson qui, avec les galettes de beiju, constituait la base de son alimentation. La pêche de la matinée avait été fructueuse : ce qui était une nouvelle preuve que l'arrivée de l'époux d'Edna était bénéfique. Selon la croyance des Waura, partout dans les rivières et dans les lacs les esprits attendent de voler l'ombre des hommes; quand un membre de la tribu a eu son ombre volée, il n'est pas long à mourir. Mais cette fois, grâce à la présence de l'époux blanc, qui possédait certainement le pouvoir de voler l'ombre des poissons puisque la pêche avait été miraculeuse, c'étaient eux qui étaient morts et qui seraient grillés dans un grand festin organisé en l'honneur des nouveaux époux. Au menu, se trouverait également un mets très rare : du ragoût de singe. Mais comme il n'y en aurait pas assez pour tout le monde, seuls « le chef » et son époux, ainsi que Malakya et le sorcier pourraient s'en rassasier. Le reste de la tribu les regarderait se délecter et se contenterait de poisson (il ne faut pas voir là une forme d'inégalité sociale mais plutôt une marque d'admiration respectueuse). Et le repas serait accompagné de danses et de réjouissances.

Pour cette nouvelle fête, Edna portait une simple jupe en paille descendant jusqu'aux mollets. Elle était pieds nus... Nue aussi jusqu'à la ceinture. Mais trois colliers de fleurs sauvages pendaient sur sa poitrine. Ses cheveux toujours dénoués n'étaient plus ceints par le diadème de plumes jaunes. Son corps n'était pas teint; elle n'était même pas maquillée.

Alors qu'ils rejoignaient la tribu qui les attendait sur le lieu du repas, Geoffroy demanda :

– Tu n'es donc plus le chef ce soir?

– Je suis toujours le chef! Je le resterai d'ailleurs jusqu'à ma mort... Mais je ne suis plus l'amazone puisque j'ai convolé hier : c'est pourquoi je ne porte pas mon diadème. Après vingt-quatre heures de vie commune, toi et moi nous sommes presque déjà de vieux époux! En femme mariée, je dois maintenant faire preuve de discrétion, sinon je m'attirerais la jalousie des autres épouses. Elles pourraient me reprocher d'utiliser des atouts pour séduire leur compagnon.

Le repas terminé, les danses commencèrent. Sur le conseil d'Edna, l'époux avait laissé sa caméra dans la maison.

– Comme tu es avec moi l'invité d'honneur, tu les vexerais si tu t'occupais de cette boîte – qui pour eux est magique – plus que du divertissement qu'ils ont spécialement préparé et dont je t'expliquerai au fur et à mesure les différentes figures. Il faut d'abord que tu saches, maintenant que tu vis avec nous, ce qui aurait pu t'arriver si tu n'avais pas été accepté. Car le Blanc reste inéluctablement l'ennemi : il a fait trop de mal autrefois à la tribu pour que celle-ci puisse oublier ses méfaits... Ce grand mannequin de paille, fabriqué par de jeunes garçons, représente cet ennemi que tu aurais pu être... Tu as remarqué que les hommes de la tribu se sont divisés en trois groupes bien distincts?

– Et ils n'ont pas craint de se peinturlurer à nouveau et de se déguiser!

– C'est normal : ils sont les acteurs alors que nous ne sommes plus que des spectateurs...

Les guerriers du premier groupe, qui n'avaient pas plus d'une quinzaine d'années, s'étaient couverts d'argile, sur laquelle ils avaient peint des rayures noires. Courant, sautant, fléchissant les genoux, battant des bras, comme s'il s'agissait d'ailes, et poussant des cris aigus, ils étaient les mouettes qui vivent de la rivière.

Le deuxième groupe était constitué d'hommes adultes. Ils s'étaient peint sur le corps des motifs variés allant du gibier sauvage au faucon, de la loutre à l'armadillo, cet animal étrange ayant permis jadis aux femmes abandonnées par leurs époux de s'enfuir pour devenir les amazones. Eux aussi poussaient des cris, mais beaucoup plus graves.

Le dernier groupe enfin était composé de guerriers qui avaient donné des preuves d'adresse et surtout de bravoure au combat. Ils portaient sur le corps les marques des animaux royaux : l'aigle, le puma fauve et le jaguar tacheté. Et ils en imitaient les cris terrifiants. Quelques-uns même, représentant les jaguars noirs, avaient le corps peint au charbon de bois.

Edna continua :

– En première ligne de bataille, les mouettes commencent à passer à l'attaque et courent vers le mannequin de paille – qui est l'ennemi blanc – pour le transpercer de leurs longues lances dont les pointes émoussées sont en pierre... Maintenant c'est la deuxième vague qui leur succède : celle des faucons et des loutres... Voici enfin les aigles et les jaguars qui achèvent le Blanc en enfonçant, eux aussi, leurs lances. Ecoute leurs cris de triomphe à chaque coup qu'ils portent!

– Tu crois vraiment que, si je n'étais pas ton époux, ils s'acharneraient ainsi sur moi?

– C'est probable parce qu'ils savent que, si un Blanc vient dans leur territoire, c'est uniquement pour les en chasser... Voilà des siècles qu'ils sont traqués! Si tu savais de quelle façon se sont conduits, il n'y a pas tellement longtemps encore, des Broscani ou autres, tu leur donnerais raison.

La nuit était venue. Les cris des hommes cessèrent pour être remplacés par ceux, encore plus féroces, des animaux de l'enfer vert qu'ils avaient imités et qui, eux, n'avaient pitié ni des Blancs ni des Indiens.

– Rentrons, dit Edna. Il est grand temps que tu reprennes possession de ton épouse.

Ce fut encore la nuit d'extase, plus folle peut-être que la précédente. Rassasié de caresses et repu de plaisir, Geoffroy confia à Edna :

– Ce qui m'arrive est étrange : j'ai l'impression d'avoir toujours vécu avec toi, alors que ce n'est que notre deuxième nuit. Et toi?

– Je savais depuis mon enfance qu'un jour un homme entrerait dans ma vie et que ce serait un Blanc. Cette idée me faisait horreur car j'ai toujours détesté les Blancs.

– Pourtant, ton père l'était...

– A moitié : ma grand-mère était noire. Et il sut être juste avec ceux de ma race.

– Tout à l'heure, pendant la fête où les tiens transperçaient l'effigie d'un Blanc, tes yeux se sont remplis de haine quand tu as parlé de Broscani. Que t'a-t-il fait?

– Mon père était régisseur d'une plantation de maïs située dans les environs d'Itaituba. Un jour – sans doute parce qu'il recherchait des femmes pour ravitailler son réseau de prostitution –, Broscani y vint avec son ignoble associé, le Péruvien qui se fait appeler don Miguel. Ils furent très mal reçus par mon père. Celui-ci les fit chasser par les ouvriers noirs qui travaillaient sous ses ordres. Les deux misérables s'enfuirent en promettant de revenir un jour et de se venger; ce qu'ils firent quelques mois plus tard. Une nuit, alors que je dormais dans ma chambre, je fus réveillée par le bruit d'une bagarre dans la grande pièce du rez-de-chaussée de la maison où j'habitais avec mon père. Etant descendue en chemise de nuit, je me trouvai devant un spectacle épouvantable : mon père, bâillonné, était attaché sur une chaise. Broscani se tenait debout, planté devant lui, un revolver à la main. Cinq ou six hommes, armés eux aussi, l'entouraient. Dès qu'ils m'aperçurent, ils se jetèrent sur moi, mais Broscani leur cria :

» – Doucement, les gars! Bas les pattes! Laissez cette mignonne... Je me la réserve.

» Et, me menaçant du revolver :

» – Approche, m'ordonna-t-il. Qui es-tu?

» – Sa fille.

» – Et tu es indienne à ce que je vois? Ce porc – il désignait mon père – a même osé coucher avec une Indienne! Où est ta chienne de mère?

» – Elle est morte quand je suis née.

» – Sais-tu que tu es jolie, petite garce?

» J'avais quinze ans et j'étais déjà très belle. Je sentais que toutes ces brutes me convoitaient. C'était horrible!

» Broscani se tourna alors vers un gros homme adipeux. Celui-ci fumait un cigare en me regardant, lui aussi, avec des yeux globuleux qui me firent frissonner : c'était don Miguel.

» – Amigo, j'ai trouvé notre vengeance! lui dit-il. C'est elle qu'on emmène... A elle seule elle vaudra dix des laiderons que nous pourrions trouver sur cette plantation pourrie! Elle « travaillera » à la place des autres et je vous jure qu'il y aura du rendement!

» Tous s'esclaffèrent.

» – Et lui, qu'est-ce qu'on en fait? demanda l'un des hommes en montrant mon père bâillonné, dont le regard, toujours si doux pour moi, exprimait la terreur.

» – On le laisse là, ficelé sur sa chaise, et on flanque le feu à sa sale baraque! Comme ça ni vu ni connu : quand tout sera en cendres, on croira que la mignonne aussi a été carbonisée. L'important, mes bons amis, c'est de ne laisser aucune trace!

» Deux des hommes s'approchèrent de moi pour me lier les mains derrière le dos, mais je me débattis en hurlant, en me roulant par terre et en appelant mon père au secours. Ce qui se passa alors fut incroyable. Alors que j'étais encore sur le sol, maintenue par les deux hommes qui riaient de ma résistance inutile, mon père bondit de sa chaise, toujours bâillonné mais libéré de ses liens. Je me demande encore aujourd'hui, après des années, comment il fit pour accomplir un tel exploit. Et j'ai toujours pensé que seul l'amour paternel désespéré avait pu lui apporter la force surhumaine nécessaire... En moins de temps qu'il n'en faut pour te le dire, il réussit à saisir une hache posée contre le mur et je le vis – lui qui était immense – la lever au-dessus de la tête de Broscani... L'éclair de l'acier s'abattit. Broscani s'écroula, la tête ensanglantée, pendant que le Péruvien tirait sur mon père, qui, lui aussi, tomba foudroyé. Ce qui suivit tient du cauchemar : je fus emmenée par les hommes dans un camion où l'on me jeta à côté de Broscani. Celui-ci râlait. Le Péruvien maintenait sur son crâne un linge humide imbibé de sang pour essayer sans doute de limiter l'hémorragie. Comment a-t-il pu s'en tirer? Cela aussi, je me le demande encore. Il faut croire que les sacripants sont plus résistants que les autres! Tu sais aussi bien que moi qu'il a survécu et qu'il continue à faire le mal... Mais tu as pu remarquer qu'il ne quitte jamais son chapeau : c'est pour cacher la trace indélébile du châtiment que lui a infligé mon père avant de mourir. C'est un homme marqué! La dernière vision que j'eus de la maison de mon enfance, où j'avais été tellement heureuse avec mon père et dans le souvenir de ma mère, fut celle de hautes flammes qui s'élevaient dans la nuit et se reflétaient sur les visages des assassins.

– Je comprends mieux maintenant, mon amour, pourquoi tu as voulu devenir la prêtresse d'*Exu* qui, lui aussi, fait périr par le feu.

– Tu comprends surtout que j'ai voulu t'arracher aux griffes des misérables qui prétendaient vouloir t'aider! Il n'était pas possible qu'après avoir massacré les gens de ma tribu maternelle, puis tué mon père, ils cherchent à me voler l'homme qui m'était destiné! C'est pourquoi je ne veux plus que tu retournes à une civilisation qui engendre de pareils monstres!

– Que s'est-il passé ensuite pour toi?

– Je t'ai dit que j'avais quinze ans et que j'étais

très belle... Je ne pense pas qu'il soit nécessaire de te donner beaucoup d'explications. A quoi cela servirait-il, maintenant que nous sommes unis?

– Ton époux a quand même le droit de savoir.

– Puisque tu l'exiges! Apprends donc qu'ils n'ont pas perdu de temps pour « m'initier » selon leur langage. Ils m'ont enfermée dans l'une de leurs « maisons », à Manaus... Le premier que j'ai dû subir a été le Péruvien. Quel porc! Il appelait ça son droit de cuissage! Ensuite, il y en a eu d'autres, beaucoup d'autres... Que voulais-tu que je fasse? Refuser? Ils m'auraient fait disparaître comme ils le font aujourd'hui encore lorsqu'une fille se rebiffe. Et je ne voulais pas mourir sans avoir assouvi ma vengeance... J'ai mis longtemps, très longtemps, à monter mon plan dans le silence de mon cœur flétri. Je n'y parviendrais, je le savais, que quand j'aurais moi-même l'argent qui permet d'acheter sa liberté et l'instruction qui me manquait pour engager le combat à armes égales. Il fallait même que je sois plus instruite et en tout cas plus rusée que mes adversaires pour les écraser un à un... J'ai déjà commencé, mais aurai-je le courage de continuer maintenant que ta venue, que j'attendais et que j'espérais de toute mon âme, a bouleversé ma vie?

– La mienne l'est aussi.

– C'est juste puisque tu es à moi.

– Et Broscani?

– Je ne l'ai revu qu'une année après l'incendie... Il s'était caché pour se faire soigner. J'avais seize ans quand il est venu un soir dans « la maison » de Manaus. Il portait son chapeau et cela m'a comblée de joie : ainsi il ne pourrait jamais oublier mon père! J'étais encore plus belle parce que j'étais devenue femme par la force des choses... Une femme marquée comme lui par une blessure horrible, mais la mienne ne s'était pas cicatrisée! C'est seulement depuis hier que je sais qu'elle pourra guérir : tu es mon sorcier.

– Qu'a-t-il dit quand il t'a revue ce soir-là?

– Rien. Il a eu un sourire qui signifiait : « Tu vois bien, petite idiote, que je suis le plus fort! On t'a dressée : tu obéis maintenant. » Si je l'avais pu, je l'aurais tué à ce moment-là. Mais il était trop puissant encore. Tout le monde s'aplatissait devant lui : c'était le grand patron, celui dont nul ne discute l'autorité. Même le gros Péruvien, qui l'accompagnait, rampait! Il est revenu quelques jours plus tard et m'a fait servir un verre que je n'ai pu refuser. « Tes affaires vont-elles comme tu le désires? m'a-t-il demandé. Sais-tu, petite, que tu as déjà mis de côté de sérieuses économies! Un jour, quand tu ne pourras plus travailler, elles te seront précieuses. »

» Mes économies! Quel mot affreux! Et pourtant c'était vrai : j'en avais! Car, chose curieuse, sur ce plan-là, ils s'étaient montrés réguliers. J'avais droit à ma part qui était infime par rapport à la leur, mais quand même appréciable pour une fille seule, métissée d'Indienne, qui ne possédait plus rien une année plus tôt. Je te jure que je les surveillais, « mes » économies! Un jour viendrait, beaucoup plus proche qu'ils ne le pensaient, où je saurais m'en servir! Et ce jour-là...

Elle s'était tue.

– Continue!

– Non.

– Broscani t'a obligée à coucher avec lui?

– Il l'aurait bien voulu, mais il n'a pas osé : j'aurais vu son crâne labouré... Il a eu peur que je lui reparle de mon père! Je crois qu'il a toujours vécu dans la crainte que je le dénonce à la police comme assassin. Je ne l'ai pas fait et, peu à peu, ce secret m'a donné une certaine emprise sur lui. Aujourd'hui il me craint, le grand Broscani! Il me respecte même... Ce qu'il n'a jamais compris, c'est que j'avais eu le temps de réfléchir pendant cette première année de calvaire. Je m'étais dit – et je continue à le penser – qu'il serait préférable de rendre moi-même ma justice. Ce qui arrivera bientôt en ce qui le concerne, lui et les autres... J'étais même décidée à agir rapidement lorsque ce misérable t'a amené au *Quimbanda.* Il savait très bien ce qu'il faisait le bougre! Depuis, j'ai attendu : je te voulais et j'avais peur qu'il te fasse du mal... Aujourd'hui, tout est changé : c'est à nous deux que nous l'aurons! Il faudra que son châtiment soit exemplaire pour que plus jamais des Blancs n'osent prostituer des Indiennes! Après sa mort et celle de ses subordonnés ce sera terminé. Leurs successeurs n'utiliseront plus que des femmes blanches : grâce à moi, le transfert a déjà commencé.

– Mais comment es-tu parvenue à te libérer de la chaîne?

– Il m'a fallu huit années! A vingt-trois ans j'étais enfin libre! Cela grâce à l'argent que j'avais accumulé en travaillant pour eux, mais aussi en trichant secrètement avec les clients dont certains m'ont fait de très beaux cadeaux. Je plaisais... Et, pendant ces huit années où je suis passée de Manaus à Santarem, puis à Belem, j'ai connu tellement d'hommes de nationalités différentes que j'ai pu améliorer mes connaissances linguistiques. Oui, chéri, j'ai fait l'amour avec des Portugais, des Espagnols, des Allemands, des Suédois, des Américains...

– Et des Français?

– Un seul à l'exception de toi, mais lui et moi nous ne parlions qu'en espagnol. Si j'avais connu plus de Français, peut-être comprendrais-jc ta langue. Tu le regrettes?

– Pas tellement! Le portugais s'accommode bien avec ton type de femme.

– Je ne crois pas. Si tu comprenais notre dialecte indien, tu serais le premier à dire que c'est, de loin, le seul langage qui me convienne. Malheureusement il ne m'aurait pas permis d'aider ceux de ma race! Et malgré le dégoût que m'ont laissé ces années passées dans les maisons de rendez-vous, je dois avouer que celles-ci constituent une fabuleuse école pour une fille qui n'est pas trop sotte et qui veut en sortir... J'avais aussi la chance que mon père – qui, lui, était très instruit – m'ait donné une base solide en m'obligeant à parler alternativement en portugais, en espagnol, en anglais et même – pour perpétuer le souvenir de ma mère – en dialecte waura.

– Je reviens à ma question : comment as-tu pu te libérer du joug de Broscani?

– Certains gros clients, s'estimant trop connus ou se croyant d'une caste supérieure, répugnaient à se rendre dans les maisons où ils risquaient de côtoyer un peu n'importe qui. Ils préféraient qu'on leur envoie les filles à domicile et, si celles-ci leur plaisaient ou savaient tenir un certain rang, ils n'hésitaient pas à les garder auprès d'eux pendant plusieurs jours ou même quelques semaines. Naturellement ils payaient à l'organisation Broscani un gros paquet sur lequel était réservée ma part. Mais, comme je ne me débrouillais pas trop mal avec ce genre d'hommes, j'arrivais toujours à leur soutirer, à l'insu de mes employeurs, une forte somme; et, surtout, j'ai pu me créer ainsi mon propre réseau de clientèle aisée.

» Broscani n'était d'ailleurs pas dupe : il savait bien que j'arrondissais mes fins de mois, mais il lui était très difficile de me le reprocher car il y avait très peu de femmes dans mon genre parmi les

Indiennes. La plupart n'avaient aucune culture et parlaient même à peine le portugais. Et puis, je te le répète : il craignait que je raconte la mort de mon père... A force d'aller ainsi à domicile – et pour des périodes plus ou moins longues –, j'ai acquis peu à peu une certaine autonomie. J'étais devenue « la vedette » que l'on ne mêle pas aux autres femmes et qui ne travaille qu'avec une clientèle huppée. Ce qui m'a permis de faire un jour à Broscani une offre qui, au début, l'a étonné mais qu'il a fini par prendre en considération :

» – Rendez-moi complètement ma liberté! Je pense vous avoir rapporté assez d'argent pendant huit ans et m'être montrée une pensionnaire exemplaire. J'ai mis également suffisamment d'argent de côté pour m'établir à mon compte.

» – Auriez-vous l'intention de nous faire de la concurrence?

» – Aucunement! Je vais quitter l'Amazonie. Je n'y reviendrai que de temps en temps et uniquement pour y rendre visite à ceux de ma race que j'aiderai à distance... Si l'on veut œuvrer efficacement pour leur liberté, je crois qu'il faut s'éloigner de l'enfer vert où les dés sont déjà jetés. Il est indispensable de prendre le problème de plus haut et d'agir là où se trouvent le pouvoir et l'argent.

» – Où irez-vous? »

» – Je vais commencer par parcourir les villes riches du Sud : Rio Santos, São Paulo...

» – Et qu'est-ce que vous y ferez?

» – La prêtresse...

» – Mais il y a déjà des milliers de femmes qui exercent cette profession!

» – Et qui amassent beaucoup d'argent... Seulement la différence entre la plupart d'entre elles et moi, c'est qu'elles ne font ce métier que dans un but lucratif. Elles ne possèdent pas ma foi!

» – Et quelle est-elle? En qui croyez-vous donc?

» – Dans le seul dieu auquel vous devriez croire, vous aussi, parce qu'il fait le mal : *Exu!* J'ai très bien compris que vous n'étiez que l'un de ses instruments : si vous avez fait de moi une prostituée, c'est parce que *Exu* vous l'a ordonné.

» – Ah, ça! Ma belle Edna, vous êtes folle? Votre démon ne m'a pas plus parlé de vous que de n'importe qui! Quand j'agis, je ne demande l'avis de personne!

» – Savez-vous ce que m'a dit *Exu* à votre sujet? Qu'une fois devenue sa prêtresse, j'acquerrais le pouvoir de vous tuer, vengeant ainsi à la fois mon père et mes sœurs indiennes que vous exploitez!

» – Il a dit tout cela, votre diable? Eh bien, ça me paraît une raison suffisante pour que je ne vous rende jamais cette liberté! De cette façon, vous ne pourrez pas devenir prêtresse et je serai tranquille!

» – N'ironisez pas! Vous savez très bien que vous êtes obligé de me la rendre, sinon je vous dénonce à la police qui a fait beaucoup de progrès chez nous depuis huit ans. Et pas comme proxénète, mais comme complice de l'assassinat de mon père qui, lui, était citoyen brésilien... Cela, ça ne pardonne pas! Et, si vous vous arrangiez pour me faire disparaître avant que je puisse parler, quelqu'un d'autre le ferait aussitôt à ma place.

» – Qui cela?

» – L'un de ces « gros » clients qui vous font vivre et dans les bras de qui vous m'avez jetée. Il est devenu l'un de mes meilleurs amis et il vous déteste! Comme il est estimé, riche et puissant, il n'aura pas peur de parler... Je lui ai tout raconté de l'incendie de « ma » maison!

» – Si tu avais vu, Geoffroy, le visage de Broscani! Il était livide et décomposé : déjà un visage de cadavre! S'il avait pu alors m'ouvrir la gorge avec le couteau qu'il cache toujours dans sa botte gauche, il l'aurait fait... Mais, une fois de plus, il a eu peur. Il savait que je ne mentais pas. C'est un lâche qui ne tue que lorsqu'il se sent en force, entouré de sa bande, et qu'il ne court aucun risque. Il a fini par répondre :

» – Si je consens à vous rendre cette liberté, vous me jurez que vous ne chercherez pas à « nous » nuire?

» – Je vous aiderai même, vous et votre équipe.

» – Comment cela?

» – Je vous ai dit que, contrairement à la plupart des autres prêtresses, je n'exercerai pas le culte d'*Exu* pour réaliser une fortune! Je n'ai et n'aurai jamais aucun besoin personnel... Je hais l'argent qui a tout pourri en Amazonie comme il l'a fait dans le monde entier. Les oboles que les fidèles déposeront pour le culte d'un dieu qui, lui non plus, n'a nul besoin d'argent, me serviront – avec ce que j'ai déjà amassé – à acheter peu à peu la liberté de toutes les Indiennes que vous faites travailler et qui, elles, n'ont pas la possibilité, comme moi, de vous imposer leur loi... Vous savez mieux que quiconque qu'à l'exception d'une seule – moi, qui ai la chance d'être métissée et suis peut-être plus attrayante pour votre clientèle –, ce type de pensionnaire n'obtient pas le même succès que la femme blanche. Or, je sais le mal que vous avez à vous ravitailler en femmes blanches et particulièrement en Européennes qui font prime sur votre marché de viande... Cela pour une raison primordiale : avant de s'expatrier pour venir s'enfermer chez vous, ces femmes, ou ceux qui les protègent, exigent qu'une somme assez importante soit déposée en garantie à leur nom dans leur propre pays ou, tout au moins, dans un pays où la monnaie a encore quelque valeur. Ce n'est que lorsque ce dépôt est fait qu'elles viennent! Eh bien, cet argent indispensable, je le trouverai, et vous pourrez changer mes cruzeiros en dollars, francs suisses ou deutschmarks qui équivaudront chaque fois au dépôt de garantie exigée. Et, contre chaque femme à peau blanche, vous me donnerez l'une des Indiennes que vous avez contraintes à se prostituer.

» – Et qu'est-ce que vous ferez d'elles?

» – Exactement ce que je vais faire de moi : je leur rendrai leur dignité de femme.

» – Au détriment de celles qui les remplaceront?

» – Ces femmes-là ne m'intéresseront jamais : elles seront blanches.

» – Curieux raisonnement, Edna. Mais il est exact que le rendement de la Blanche est nettement meilleur en Amazonie. Donc, votre proposition m'intéresse! Seulement, êtes-vous certaine que vos « exhibitions » seront suffisantes pour couvrir les « garanties » et les frais de transport de ces remplaçantes?

» – Nous pouvons toujours essayer... Au début je ne pourrai qu'échanger quelques femmes, mais, si les fonds affluent, je vous assure qu'il n'y aura bientôt plus une seule Indienne à se prostituer dans vos bordels! Et, si le *Quimbanda* ne rapportait pas assez, *Exu* lui-même serait le premier à me conseiller d'aller n'importe où, là où il y a de l'argent, et de faire n'importe quoi pour le prendre!

» – Vous ne recommenceriez tout de même pas à vous vendre?

» – Qui sait? Seulement, cette fois, il n'y aura aucun pourcentage prélevé au passage...

» C'est ainsi, Geoffroy, que les choses se sont passées avec Broscani : il a accepté le marché. Le soir même, j'étais libre.

« L'époux » l'avait écoutée sans l'interrompre,

avec la conviction qu'elle avait dit la vérité. L'imagination la plus fertile n'aurait jamais pu inventer une pareille histoire! Et, si elle avait commencé à parler, elle continuerait... La méthode amoureuse était la bonne pour obtenir les aveux. A condition pourtant de ne pas chercher à aller trop vite! Une vie aussi remplie que l'avait été celle d'Edna ne pouvait pas se raconter en une nuit. Demain soir, après une nouvelle journée de soleil, de baignade, de danses dans la clairière et surtout d'amour, il reviendrait à la charge lorsqu'il la sentirait parfaitement heureuse. Seul l'abandon total à l'amant incite à la confidence. Mieux valait maintenant essayer de trouver le sommeil réparateur...

Leur troisième nuit fut sublime. Et il était très tard quand Geoffroy put interroger Edna.

– Hier soir, lui dit-il à mi-voix, tu m'as fait comprendre que tu étais prête, pour réussir dans l'admirable mission de rédemption que tu t'étais fixée, à tenter n'importe quoi si les recettes des cérémonies *Quimbanda* se révélaient insuffisantes... Est-ce que cela a été nécessaire?

– Oui. Il y avait tant de femmes à sauver! Tant d'hommes aussi auxquels étaient imposés les professions les plus misérables et les travaux les plus pénibles dont ne voulaient ni les Blancs ni les Noirs et dont la seule rémunération se réduisait à quelques poignées de manioc! Ce n'était pas officiellement des esclaves – l'esclavage étant aboli – mais c'était presque pire! Considérés commes des citoyens libres, ils n'avaient qu'à mourir de faim s'ils refusaient le travail dégradant qui leur était proposé.

– Tu ne pouvais quand même pas les faire remplacer par des hommes blancs dans ces travaux?

– Ce sont des Noirs qui les remplacent et eux

savent se faire payer! Quand ce genre d'échanges a lieu, c'est moi qui paie l'augmentation de salaire exigée par le Noir.

– Et que fais-tu des Indiens récupérés?

– La difficulté est de ne pouvoir les renvoyer dans leur tribu qui vit encore dans les réserves de Xingu ou du Mato Grosso... Ces refoulés de la civilisation blanche sont presque toujours contaminés et ne s'adaptent plus à une vie simple. Même s'ils ont crevé de faim et s'ils ont été méprisés, ils conservent une sorte de nostalgie de la vie des plantations ou des villes. Chaque fois, je suis donc obligée de les faire réembaucher dans les exploitations agricoles où ils sont mieux traités parce que, là aussi, j'assure le financement des deux tiers de leur salaire. Seulement, tout cela coûte terriblement cher! Il est des moments – et j'en vis un actuellement – où je suis désespérée, où je ne sais plus comment trouver l'argent et où je me demande surtout si ça vaut la peine de continuer.

– Chérie, ne parle pas ainsi! Ce que tu as déjà fait est fantastique! Pas un être au monde, femme ou homme, n'aurait agi comme toi! J'ai vu un de ces hommes que tu as sauvés : Xuca. Le Père Ribeiro m'a tout raconté : sans toi, abandonné par sa tribu des Kreen-Akakoré qui a disparu à nouveau dans la forêt, il serait mort! C'est toi qui l'as confié au jésuite auprès duquel il donne l'impression d'être heureux.

– La Mission de San Isidro était le seul endroit où il pouvait être traité avec humanité. Partout ailleurs, les Blancs auraient considéré ce géant comme un phénomène et auraient gagné de l'argent sur son dos en l'exhibant dans des foires ou des expositions : « Approchez, braves gens! Venez voir l'unique spécimen domestiqué des Kreen-Akakoré! » C'eût été abominable.

Geoffroy eut une dernière hésitation avant de demander :

– Et tous tes efforts n'ont toujours été guidés que par ce seul but : sauver et aider les Indiens?

– Pourquoi cette question? Tu le sais bien! S'il n'en avait pas été ainsi, serais-je ici avec toi? C'est justement parce que je commence à me sentir lasse de lutter seule que j'ai voulu me retremper à la vraie source de ma race, pourquoi aussi, t'ayant trouvé, j'ai compris qu'ici seulement, au milieu des miens, tu pourrais devenir mon époux. Si tu savais comme tu es arrivé à temps! Ta jeune présence à mes côtés est pour moi le plus merveilleux des réconforts. Oui, depuis que nous sommes l'un à l'autre, je me sens à la fois faible devant toi et à nouveau forte contre ceux que je méprise.

– Ne penses-tu pas, puisque tu ressentais ce besoin de revenir vivre avec les tiens, qu'il aurait été préférable d'épouser un homme de ta race?

– Ne comprends-tu pas que moi aussi, dès mon enfance, j'ai été polluée par la civilisation blanche? Je la hais, certes, mais il m'est très difficile de m'en passer complètement et elle m'a marquée, ne serait-ce que par le quart de mon sang que je déteste... Enfin, as-tu bien regardé tous ces hommes waura? Ils sont purs, mais laids! Toi, tu viens de la race la plus pourrie du monde, mais tu es beau!

– Toi aussi, tu es belle sans être pure.

– Tais-toi! Reprends-moi...

Les jours et les nuits passèrent.

Le jour, ils retournaient à la rivière, ou bien ils s'enfonçaient dans la forêt pour chasser. Malgré la présence continuelle d'Edna qui faisait le maximum pour l'imposer, Geoffroy sentait que, même s'il était admis par eux, il ne pourrait pas vivre longtemps la vie des Waura. Pourtant il ne ménageait pas ses efforts pour s'amalgamer à leur existence. Il prenait part aux joies ou aux peines collectives, se mêlait aux réjouissances qui lui rappelaient un peu les feux de camp qu'il avait connus lorsqu'il était boy-scout, tournait enfin séquence sur séquence où le pittoresque rivalisait avec l'inédit. Mais tout cela offrait une telle régularité et une telle simplicité qu'il ne pouvait s'en dégager que de la monotonie. Pour un Européen, l'horizon de la clairière était trop limité.

Bien sûr, il y avait les nuits, sans lesquelles tout le reste serait très vite devenu insupportable. Dans ces moments privilégiés, il retrouvait l'épouse, sauvage, ardente, possessive, incomparable. Il ne pouvait plus se passer d'elle et il lui semblait qu'elle aussi était définitivement rivée au plaisir qu'il lui apportait. Devenu le prisonnier de cette « méthode amoureuse » dont il aurait voulu être le maître, il ne trouvait ni le temps ni le courage de poser de nouvelles questions. Le jour, il se reprochait sa faiblesse : « Ce soir, se disait-il, il faudra absolument qu'elle parle! Ils attendent, à Paris! » Mais, le soir venu, il n'osait pas, il avait si peur de la perdre par la faute d'une seule question qui l'aurait mise en éveil.

Une nuit pourtant, alors qu'il l'avait sentie totalement sienne, il demanda :

– Ne m'as-tu pas laissé entendre, voici une quinzaine de jours, que tu avais été dans l'obligation de trouver d'autres ressources que celles que t'apportait le *Quimbanda*? Qu'as-tu fait?

– J'ai pris la décision de m'expatrier pour aller chercher l'argent à l'étranger. Tu sais très bien qu'il arrive toujours un moment où l'on n'est plus prophète dans son pays, même si l'on est prêtresse d'*Exu*! J'ai longuement réfléchi, longuement préparé mon voyage. Pendant des semaines, je suis allée de Rio à Santos et à Brasilia pour me replonger dans ce qu'on appelle le bain de la civilisation, pour prendre des contacts et pour me renseigner sur certaines personnes ou affaires importantes... Et j'ai compris qu'il n'existait qu'un moyen pour réussir : frapper quelques grands coups aussi bien aux Etats-Unis qu'en Europe... Cette vieille Europe tellement décriée qui a pourtant encore du génie et qui sait agoniser sur un volcan comme si cela n'était pas grave!

» Au cours de cette période préparatoire, je me suis perfectionnée dans les langues que j'avais apprises pendant mes années de prostitution, et je me suis exercée à changer le plus possible de personnalité. Il n'était pas question, en effet, de débarquer à Washington, à Londres ou à Berlin en disant : « Je m'appelle Edna Monseca... Mon nom ne vous dit sans doute rien, mais apprenez que ma mère était indienne, que mon père a été assassiné, que j'ai été contrainte par des Blancs à me vendre à n'importe quel homme et que – pour venger cet affront et tous les autres faits à mes sœurs et frères de race – j'ai décidé d'entrer en lutte contre votre société et de sauver ce qui peut l'être encore dans mon Amazonie. Aidez-moi de votre puissance et de votre argent! » On m'aurait prise pour une folle et je n'aurais rien obtenu.

– Alors que tu as réussi?

– Partiellement. Ce que j'ai fait est insuffisant et je crains que ce ne le soit toujours!

– As-tu rencontré quelqu'un ici, dans ton pays, à qui tu as fait part de ton projet?

– Au Brésil, plus qu'ailleurs, on m'aurait ri au nez.

– ... quelqu'un qui t'aurait aidée en finançant ton voyage?

– Personne! Moi seule ai tout payé avec les recettes du *Quimbanda*.

– Comprends-moi, chérie : quelqu'un qui aurait pu te demander, en contrepartie de ce généreux financement, d'agir aux Etats-Unis ou en Europe dans tel ou tel sens... Je ne sais pas, moi : par exemple pour empêcher certaines réalisations, en cours actuellement en Amazonie, d'aboutir? Tu sais aussi bien que moi que les gens ne font rien pour rien... Il se serait agi, en somme, d'une collaboration très normale qui n'aurait gêné en rien ta généreuse campagne pour la sauvegarde des Indiens.

– Je te jure, sur notre amour que j'estime maintenant durable, que personne ne m'a jamais fait une telle offre, aussi bien dans mon pays qu'ailleurs! Si cela s'était produit, je crois bien – tourmentée comme je l'étais – que j'aurais accepté!

– Tu as donc agi seule et pour toi seule?

– Pour ma race.

– Laisse-moi t'embrasser... fort! Très fort!

Il la serrait avec passion :

– Si tu savais le poids dont tu viens de me débarrasser!

– Quel poids?

– Il m'a fallu traverser l'océan et faire des milliers de kilomètres pour écouter enfin ici, sous ce toit de chaume, ce que je souhaitais ardemment entendre depuis que je t'ai vue! Ce à quoi je n'osais plus croire! Ne comprends-tu pas que cela change tout pour nous deux? Je vais pouvoir crier bien haut que nous nous aimons! Et je te promets que le monde entier le saura! Je t'aime! Je t'aime!

Il hurlait.

– Chéri, je t'en prie : modère-toi! Tu vas réveiller toute la tribu. On va croire que tu m'assassines!

– Au contraire, je vais te faire ressusciter, ressusciter dans l'esprit de beaucoup de gens!

– Serre-moi moins fort! Tu m'étouffes!

– Qu'est-ce que ça peut faire puisque nous nous aimons? Edna, mon amour, j'ai eu tellement peur que tu ne me confies autre chose...

– Quoi?

Il eut une courte hésitation.

– Eh bien, tant pis! Au diable la S.F.E.P., Tarnec et toute sa clique! Moi aussi, je vais te dire la vérité... Voilà : je...

Très calme, elle l'interrompit :

– C'est inutile. Je sais qui tu es. Je le savais avant même de te voir au *Quimbanda.*

– Qui te l'a dit?

– Broscani.

– Le misérable!

– C'en est un... Il y a longtemps que je t'ai prévenu. Mais cette révélation n'a rien changé pour moi puisque je t'ai aimé tout de suite.

– Tu savais donc qui j'étais quand tu m'as téléphoné en pleine nuit à l'hôtel de Rio pour me demander de venir te rejoindre, à Itaituba quand tu m'as conseillé de filmer les Indiennes avec l'ignoble nain, ici enfin lorsque tu m'as accueilli à ma descente d'avion et quand le soir même tu t'es donnée à moi?

– Je savais...

– Mais comment as-tu pu aller jusque-là? Pourquoi ne m'as-tu rien dit?

– Ça n'aurait rien changé. Je savais aussi que, de toute éternité, tu m'étais destiné par *Exu...* On ne lutte pas contre la volonté d'un dieu.

Il avait relâché son étreinte et il regardait, médusé, celle dont le visage, éclairé par les reflets du foyer et imprégné d'une étrange sérénité, avait perdu toute expression passionnée.

– Y a-t-il autre chose que tu aimerais savoir? demanda Edna d'une voix tendre.

– N'est-ce pas suffisant?

– J'ai encore à te parler. Et je crois préférable, maintenant que nous sommes unis, qu'il ne reste plus la moindre ombre ou la plus petite gêne entre nous. Ne nous devons-nous pas l'un à l'autre toute la vérité? Je sens que tu as certaines questions à me poser... Je te promets d'y répondre avec toute la franchise dont une bonne épouse doit faire preuve à l'égard de son maître. Je t'écoute.

– Au cours de ton long voyage à l'étranger, il s'est passé des événements curieux auxquels tu as été mêlée..

– Lesquels? Parle!

– Ça m'ennuie de te questionner. Je n'ai rien d'un policier. La société pour laquelle je travaille depuis des années ne m'a pas chargé de procéder à une enquête sur ton comportement privé. La seule chose qui aurait pu nous intéresser...

– Qui cela « nous »?

– La S.F.E.P... Tu ne connais pas?

– Je connais.

– La seule chose qui importait pour la S.F.E.P. était de savoir si tu agissais en solitaire et pour ton compte, ou si, au contraire, tu n'étais qu'une exécutante, travaillant pour une société rivale de la nôtre. Et, comme tu viens de me certifier que tu n'étais rémunérée par personne, je n'ai, au fond, plus rien à te demander. Je peux donc considérer ma mission comme terminée et...

– Faire tes bagages et rentrer à Paris? Ce serait trop facile! Il ne faut pas oublier, chéri, que tu n'es plus libre : tu as maintenant une épouse qui t'adore et à qui tu dois aide et protection.

– Selon la loi waura?

– Elle vaut celles imposées par ta civilisation! Et revenons à ces événements auxquels tu faisais allusion tout à l'heure et qui t'intriguent, je le sens, bien que tu aies réalisé que je n'étais pas l'ennemie de ta S.F.E.P.

– C'est vrai. Mais, en fait d'événements, il s'agirait plutôt de rencontres.

– Tu sais, j'ai rencontré une foule de gens pendant mon voyage.

– Mais parmi tous ces gens, n'y a-t-il pas quelques hommes qui t'ont particulièrement intéressée?

– Oui, ceux qui pouvaient aider la cause que je défends, soit par leur action personnelle, soit par leur fortune. Le premier qui m'a paru répondre à l'un de ces critères fut un journaliste américain rencontré à Brasilia. C'était un homme sans fortune, mais remarquablement intelligent et dont les articles, publiés dans les plus grands journaux des Etats-Unis, faisaient autorité.

– Ne se nommait-il pas Howard O'Meal?

– Tu l'as connu?

– J'ai vaguement entendu parler de lui... Mais je n'ai jamais été très passionné par la presse qui raconte beaucoup de sottises uniquement pour vendre du papier.

– Tu as tort, Geoffroy. La presse, et particulièrement celle des U.S.A., a une importance considérable! Elle peut faire basculer l'opinion et même contraindre un président des Etats-Unis à démissionner... J'ai pensé que ce journaliste serait l'homme capable d'amener d'innombrables lecteurs, jusque-là indifférents, à la cause perdue de mes Indiens d'Amazonie. A partir du moment où des millions de gens s'intéressent au sort de cent cinquante mille déshérités, ça peut donner d'excellents résultats aussi bien sur le plan moral que financier.

– Bien raisonné!

– Seulement, il y avait une sérieuse faille : jusqu'au moment où j'ai fait sa connaissance, Howard écrivait dans tous ses articles que la construction de la Transamazonique était le plus grand bienfait dont profiterait le Brésil et qu'en comparaison d'un tel apport économique le sort de quelques tribus indiennes disséminées dans l'enfer vert n'offrait qu'un intérêt tout à fait secondaire. Ayant lu quelques-uns de ces articles détestables, je n'étais nullement l'amie de ce noircisseur de papier. C'est alors que j'appris qu'il se trouvait pour quelques jours à Brasilia où, d'ailleurs, toutes les portes gouvernementales lui étaient largement ouvertes! Aussitôt, je pris la décision de le faire changer d'opinion. Ce qui se produisit un mois à peine après notre rencontre.

– Tu es une femme prodigieuse! Quelle arme as-tu utilisée pour obtenir un résultat aussi rapide?

– La même qu'avec toi, mon amour : ma féminité... Pourquoi aurait-il résisté plus longtemps que toi? D'autant plus qu'il n'était pas chargé comme toi d'épier mes activités... Mais, bien sûr, il n'était pas question de l'épouser. Il ne m'était pas destiné...

– Par *Exu*?

– Par *Exu*.

– Est-ce qu'il a été ton... amant?

– Lui l'a cru : ce qui était pour moi l'essentiel. En ce qui me concerne, je te rassure tout de suite : ce n'est pas parce qu'une femme amène un homme à coucher avec elle qu'il devient son amant! Sinon, où en serais-je aujourd'hui? L'ignoble don Miguel, qui a été pour moi le premier, a été persuadé lui aussi d'avoir été ce personnage... Le seul homme qui a été et qui restera mon amant, c'est toi, mon époux.

– Je t'en suis extrêmement reconnaissant.

– Tu aurais dû dire plutôt : « C'est tout à fait normal. » C'eût été plus gentil.

– Je t'aime...

– Moi aussi. Autrement, est-ce que je te raconterais tout ça? Donc, quand Howard a été dans cet état second qui est celui de tout homme éperdument amoureux, ça n'a été pour moi qu'un jeu de le manœuvrer.

– Ne t'es-tu pas servie de ta science du *Quimbanda* pour l'envoûter?

Elle négligea de répondre à la question.

– Ses articles ont changé du tout au tout, poursuivit-elle. Ce fut ma première victoire sur le plan international.

– Et après?

– Ne l'ayant jamais aimé et comprenant qu'il avait mis dans ces articles tout ce qu'il pouvait y mettre pour m'aider et qu'il ne ferait ensuite que se répéter – ce qui risquerait à la longue de desservir ma cause plutôt que de la favoriser –, je l'ai quitté. Tu me diras que ce n'est peut-être pas très gentil, mais pourquoi prolonger une situation quand ce n'est plus indispensable? D'ailleurs, à l'exception de toi, mon époux, je ne me suis jamais servie des hommes que pour m'évader progressivement de mon esclavage grâce à l'argent qu'ils me donnaient. Tu penses bien que, venant de retrouver mon indépendance, je n'allais pas me remettre sous la coupe d'un journaliste, même célèbre! Aucun homme n'ayant eu pitié de moi, pourquoi en aurais-je? Howard a dû me regretter...

– Sais-tu qu'il est mort très peu de temps après ton départ?

– Je l'ai appris en effet.

– Une mort subite due à l'absorption massive de barbituriques.

– C'est très possible. Ce que je vais te dire va sans doute te paraître abominable : pourquoi ne se serait-il pas suicidé? L'idée qu'un homme n'ait plus trouvé de goût à la vie parce que je l'avais quitté ne m'est pas tellement désagréable... Pourquoi ne se tuerait-on pas pour moi? Si j'agissais de la même façon avec toi, que ferais-tu?

– Je... deviendrais fou!

– Tu vois bien! Mais rassure-toi : je suis décidée à ne jamais me séparer de mon époux! Pauvre Howard O'Meal!

– C'est tout ce que tu trouves comme oraison funèbre?

– Cela suffit. D'autant plus que, lorsque j'ai quitté New York, j'avais un autre projet en tête, mûri comme le précédent pendant des mois de réflexion, et qu'il était grand temps de réaliser. Projet qui permettrait d'épauler la campagne de presse, qui venait de se terminer, en gênant considérablement le découpage systématique de la forêt amazonienne qui est notre fief à nous les Indiens... Pour cela, je devais m'attaquer non pas à un homme très intelligent comme Howard, mais à un homme très riche. Je savais où le trouver : en Allemagne. Il se prénommait Eric et appartenait à l'aristocratie bavaroise.

» Un très bel homme aussi, mais c'était à peu près tout ce qu'il avait – avec son immense fortune – à son actif. Là aussi, après m'être renseignée, je me suis arrangée pour le rencontrer à Bonn au cours d'une réception. Trois jours plus tard, il m'installait dans son château où vivait également sa mère qui m'a tout de suite détestée. Mais je n'en avais que faire : j'étais sûre d'être la plus forte! En quelques semaines le fils était devenu, sous mon influence, un pantin mondain dont j'obtenais ce que je voulais : il ne pouvait plus agir qu'à travers ma pensée. Et, sur mes conseils – je devrais plutôt dire : mes ordres – il a investi des capitaux considérables en Amazonie pour acheter, par l'intermédiaire de sociétés germano-brésiliennes, des milliers d'hectares de forêt, là où l'on a prévu de faire passer la deuxième Transamazonique qui longera au nord les frontières du Venezuela, de la Colombie et du Pérou. Aujourd'hui, Eric est mort...

– Lui aussi?

– Oui. Mais les terrains achetés appartiennent toujours à ses héritiers qui sont sa mère et des cousins puisqu'il n'était pas marié. Et je sais que cela retardera considérablement certains projets de routes. Il a même été prévu qu'une partie de ces terrains reviendrait à l'Etat, à la condition expresse qu'ils soient utilisés comme réserves pour les Indiens : ce qui paralyse actuellement leur exploitation. Et, pour peu que l'O.N.U. s'en mêle, ça pourra durer pendant des années. Même si l'ascendant que j'ai réussi à prendre sur Eric ne se soldait que par ce bilan, je pense n'avoir pas perdu mon temps en allant en Allemagne.

– De quoi est mort ce... von Hager? Car c'était son nom, n'est-ce pas?

– Un accident de chasse assez étrange... J'étais au château, surveillant avec sa mère la préparation de la réception qui suivrait la chasse, quand on est venu nous annoncer la nouvelle. Je dois t'avouer que personnellement cela m'a laissée assez indifférente : pas plus que Howard, je n'aimais Eric... Mais pour sa mère ce fut terrible! Je la vois encore s'effondrant dans le grand salon. Aidée de la gouvernante du château, je parvins à la ranimer.

– En lui insufflant la flamme d'*Exu*?

– Tu ne crois pas si bien dire! Mais pourquoi deviens-tu sarcastique chaque fois qu'il s'agit du seul dieu que je vénère? *Exu* a permis que la baronne von Hager reprenne conscience. D'ailleurs, aussitôt revenue à la vie, elle m'apostropha haineusement : « Allez-vous-en! C'est par votre faute que tout est arrivé! Vous n'êtes qu'une ignoble sorcière.

Vous avez envoûté mon pauvre Eric. Partez! Je vous chasse! » J'aurais pu ne pas obéir, mais, comme depuis déjà deux semaines je pensais à quitter cette demeure aussi baroque que sinistre, je n'ai pas attendu...

– Tu n'es même pas restée pour revoir une dernière fois le visage de celui qui t'avait aimée au point d'investir, sans la moindre idée spéculative et uniquement pour te satisfaire, une grande partie de sa fortune dans des achats de terrain pour le moins harsardeux?

– Pourquoi perdre mon temps et continuer à entendre les imprécations d'une mère désespérée? Je te répète que la mort d'Eric ne m'a pas fait le moindre chagrin... C'était un benêt. Il ne méritait pas la fortune dont il avait hérité. Quant à sa mort, on a dit que c'était un accident dû à la maladresse de l'un des chasseurs invités à la battue et que l'on n'a pas pu identifier avec certitude. Je n'avais pas à me mêler de l'enquête, puisque je n'étais pas sur les lieux quand le drame s'est produit. Mais, si l'on m'avait interrogée, j'aurais répondu sans hésitation que le baron von Hager s'était tout simplement suicidé.

– Comme l'Américain?

– Comme Howard.

– Avec son propre fusil? Cela paraît invraisemblable et, s'il l'avait fait, il aurait été très facile pour les enquêteurs de le vérifier.

– Et s'il avait grassement rémunéré l'un de ses gardes-chasse pour que celui-ci l'abatte?

– Lui aussi aurait eu assez de la vie?

– Je lui avais annoncé trois jours plus tôt que j'avais l'intention de partir : ce qui l'avait rendu fou. Et de la folie au désespoir...

– Pourquoi quitter un grand seigneur aussi généreux?

– Personnellement, je n'avais nul besoin de ses prodigalités! N'avais-je pas obtenu satisfaction puisqu'il avait fait ce qu'il fallait pour aider ma cause? Comme il ne pouvait guère faire plus, il était grand temps de le quitter.

– Sans doute avais-tu déjà un autre plan en tête?

– Je voulais revenir à l'aide psychologique. Lorsqu'on se lance dans ce genre de croisade, qui a tout d'une campagne, il faut alterner battage publicitaire en faveur de « l'idée » et quête indispensable de la monnaie... Mais, cette fois, j'étais décidée à me servir de la littérature plutôt que de la presse. Quant au baron bavarois, il pouvait bien se suicider s'il en avait envie! Après tout, cela ne ferait qu'un inutile de moins sur la terre! Il m'avait d'ailleurs fait part, à plusieurs reprises, de ce projet assez amer au cas où je disparaîtrais. Et je me suis bien gardée de l'en dissuader! N'était-ce pas son destin? Il ne l'a d'ailleurs qu'imparfaitement réalisé puisqu'il s'est fait tuer au lieu d'agir lui-même... Mais peut-être était-ce pour atténuer le chagrin de sa mère.

– Cette maman n'était pas tellement loin de la vérité quand elle t'a accusée d'avoir envoûté son fils.

– Pas tellement.

– Est-ce encore un coup qu'il faut attribuer à ce démon d'*Exu*?

– Toujours lui! Je te l'ai dit : même si je voulais me passer d'*Exu,* je ne le pourrais pas! Il s'incarne toujours en moi à l'improviste sans me demander mon autorisation et quand je m'y attends le moins.

– En es-tu bien certaine?

– Douterais-tu de la parole de ton épouse?

Il resta muet.

– Est-ce que tu m'aimes toujours?

– Je t'aime, mais il est des moments où je te trouve terrifiante!

– Tant mieux! Il est bon que l'époux vive dans une certaine crainte de sa compagne.

– Alors, cette tentative littéraire?

– Elle s'est soldée par un échec. Ça te surprend, n'est-ce pas, qu'Edna ait connu l'échec?... Figure-toi que je m'étais mis en tête de faire obtenir le prix Nobel de littérature à l'ouvrage d'un Chilien, que j'avais lu en espagnol à Rio pendant ma période de réflexion, et où la cause indienne, qu'il s'agisse des tribus d'Amazonie ou des derniers Araucans refoulés dans la Terre de Feu, était défendue avec une rare vigueur. Quand j'ai quitté en hâte la Bavière, je me suis rendue en Suède où j'ai fait la connaissance d'un certain Igmar qui se trouvait très bien placé dans le petit groupe de ceux qui s'occupent, chaque année, de la répartition et de la distribution des célèbres prix.

» Je me suis conduite avec lui de la même façon qu'avec mes précédents chevaliers servants. Et j'y ai eu quelque mérite, car on ne peut pas dire que cet Igmar Petersen, à la myopie déconcertante, était attrayant! Mais enfin, que ne ferait-on pas pour une juste cause? J'ai été bien mal récompensée de mes efforts! L'illustre distribution de prix eut lieu sans que le nom du Chilien eût été seulement prononcé! Ecœurée, j'ai quitté Stockholm en vouant Petersen – ça, je ne te le cache pas – à toutes les vindictes d'*Exu*. Celui-ci a écouté sa prêtresse : quelques jours plus tard, Petersen se tuait dans un accident de voiture inexplicable pour les humains. Il n'a eu que ce qu'il méritait.

– Tu ne penses pas que là aussi il s'est agi d'un suicide?

– Certainement pas! Igmar m'admirait trop pour m'aimer vraiment. En revanche, j'ai la conviction absolue que c'est mon dieu qui l'a foudroyé. *Exu* sait châtier ceux qui, par leur sottise ou par leur maladresse, ridiculisent ses adeptes.

– Pauvre Igmar! La liste s'allonge... Qu'as-tu fait pour réparer, disons « ce ratage »?

– Je me suis remise aussitôt en quête d'argent... L'alternance! Après avoir fait appel à des capitaux allemands, il était normal que je m'adresse à l'autre pays riche d'Europe : le tien, mon chéri.

– Comment t'y es-tu prise?

– Quand j'étais auprès d'Eric von Hager et au moment où il a décidé de procéder aux achats de terrains en Amazonie, il m'a expliqué que – ne voulant pas paraître en nom de peur que sa mère, qu'il craignait, ne lui fasse des reproches – il utiliserait les services d'une banque spécialisée qui avait déjà réalisé un certain nombre d'opérations de ce genre au Brésil. C'était une banque privée française, ce qui arrangeait Eric. En effet, résidant en Allemagne, il se méfiait des indiscrétions qui pourraient se produire s'il avait recours aux bons offices d'une banque de la République fédérale. Tu dois te douter que j'ai noté soigneusement le nom et l'adresse de cette banque à Paris : n'était-elle pas tout indiquée pour me venir en aide?

» Après l'affaire manquée de Suède, je suis retournée directement à Rio, non pas tellement pour me faire oublier, puisque je n'avais rien à me reprocher, mais pour me faire établir une nouvelle identité. Je sais que les banquiers sont méfiants. Il n'était pas nécessaire, si je faisais appel à eux, qu'ils établissent un rapport quelconque entre celle qui venait les solliciter et l'ex-égérie du baron bavarois pour qui ils venaient de travailler.

– A ce propos, je pense que tu as changé de nom et de passeport à chacune de tes conquêtes internationales?

– Howard a cru avoir affaire à une Portoricaine : ces femmes-là ont leurs grandes et petites entrées aux U.S.A... Pour Eric, je suis devenue colombienne : les Allemands ont un faible, très marqué, pour les Sud-Américaines... Pour Igmar, socialiste généreux comme la plupart des Suédois, je me suis métamorphosée en ardente Chilienne expulsée de son pays par les militaires. Et, pour André Dubois, le directeur de la banque parisienne, j'ai trouvé plus judicieux d'être née à Buenos Aires : n'est-ce pas la ville d'Amérique du Sud qui se rapproche le plus de Paris? La femme argentine, qui chérit l'élégance, est chez elle rue de la Paix ou faubourg Saint-Honoré.

– Et comment as-tu fait pour acquérir en un temps aussi rapide ces différentes nationalités?

– Je me suis adressée à un homme organisé depuis longtemps pour opérer ce genre de miracle : Broscani.

– Encore lui?

– Comment crois-tu donc qu'il s'y prenait pour faire franchir les frontières à ses pensionnaires? Il fallait donc le rejoindre à Rio pour qu'il me « fabrique » un quatrième faux passeport.

– Te demandait-il à chaque changement dans quel but tu agissais ainsi?

– Il s'en moquait éperdument! La seule chose qui comptait pour lui était que je paie... Ça m'a coûté suffisamment cher! Nantie de mon quatrième passeport, j'ai pris l'avion pour Buenos Aires sous ma véritable identité brésilienne d'Edna Monseca et, après avoir renouvelé ma garde-robe, j'en suis repartie une semaine plus tard directement pour Paris sous ma nouvelle identité d'Argentine bon teint.

En l'écoutant, Geoffroy pensait : « Ça ne m'étonne plus que Tarnec ait reçu dans les rapports de Broscani de telles précisions sur les multiples nationalités de la belle Edna! Quel salaud, quand même, ce bonhomme! Il se faisait payer aussi par la S.F.E.P. pour envoyer les renseignements... Il gagnait sur tous les tableaux! »

– Comment t'es-tu débrouillée à Paris puisque tu ne parles pas français?

– L'espagnol et l'anglais suffisent largement pour une jolie femme qui s'installe dans un palace parisien : tout le monde est à ses pieds et ce qui pourrait être considéré comme un handicap pour une vulgaire émigrée ajoute encore au charme d'une touriste fortunée... Je me souviens de t'avoir dit que j'avais eu une seule aventure avec un Français et qu'elle s'était déroulée en langue espagnole : ce fut précisément avec cet André Dubois, président-directeur de la banque du même nom.

– Ce fut une réussite?

– Totale!

– Quand es-tu entrée en relations avec lui?

– Dès le lendemain de mon arrivée. Au cours de ma semaine d'achats vestimentaires à Buenos Aires, j'avais rencontré l'un de ses confrères, dont la banque était la correspondante de la banque Dubois en Argentine, et qui s'était enflammé, lui aussi, pour moi! Je l'ai laissé sur sa faim, lui assurant que j'étudierais la question de plus près quand je reviendrais à Buenos Aires... Il m'y attend encore! Mais, en échange de ce vague espoir, je lui ai demandé – prétextant avoir des dépenses assez importantes et très féminines à faire à Paris – d'avoir la gentillesse de câbler à son ami Dubois pour lui annoncer mon arrivée imminente. Une lettre personnelle de ce dernier m'attendait à mon hôtel : il se mettait à mon entière disposition pour me recevoir dès que je m'annoncerais. Je téléphonai. Et j'eus au bout du fil un homme aimable qui parlait espagnol. Deux heures plus tard, je me trouvais dans son cabinet directorial seule face à lui.

– Et là tu as recommencé à jouer le grand jeu.

– Mon arme de choc, chéri! Je dois dire – peut-être parce qu'il était le moins jeune – que ce fut celui des quatre avec qui j'eus le moins de mal... Il fut ébloui! Mais il sut l'être d'une façon exquise et avec une délicatesse que je n'avais encore jamais rencontrée au cours de mes innombrables expériences. Je te garantis qu'il y avait une fantastique différence entre la manière d'agir de ce sexagénaire bien élevé et celle d'un Broscani ou d'un don Miguel! C'était un monsieur. Dommage qu'il soit mort!... Vraiment, tous ces hommes n'ont pas eu de chance en me rencontrant! A se demander si je ne leur ai pas jeté un mauvais sort.

– Mais tu l'as fait, mon amour, avec l'aide d'*Exu*...

– Tu ne me croiras sans doute pas : autant j'ai sollicité de toutes mes forces cette aide pour châtier le Suédois imbécile, autant j'aurais souhaité que le banquier français vive très longtemps!

– Amoureuse?

– Tu ne voudrais pas : il n'avait ni la jeunesse ni la beauté! Mais, comme il possédait beaucoup de classe, je l'ai respecté... Lui aussi d'ailleurs : il ne m'a jamais touchée.

– Il a pu résister?

– Il voulait m'épouser... Ce qui m'a facilité la tâche pour obtenir de lui le maximum.

– C'est-à-dire beaucoup d'argent?

– Au contraire! Je lui ai fait faire des économies! Ne lui demandant rien pour moi, je suis parvenue assez vite à lui faire comprendre le drame des Indiens d'Amazonie, région pour laquelle – je l'avais appris par Eric – sa banque consentait de grosses avances pour des travaux de toutes sortes et plus particulièrement pour des recherches pétrolières. Sentant que j'avais de plus en plus d'influence sur lui et qu'il était tout disposé à m'écouter, je lui ai conseillé de stopper ces financements qui permettaient à des entreprises de grands travaux de prospection ou autres de saccager progressivement les derniers refuges d'une race en voie de disparition. J'ai eu d'autant plus de poids à ses yeux qu'il me croyait argentine – la recommandation du banquier de Buenos Aires avait merveilleusement préparé le terrain – et ne se doutait pas que j'avais moi-même du sang indien. Au bout de deux mois de ce pilonnage moral fait pour bien lui enfoncer dans l'esprit qu'il n'aurait aucune chance de m'épouser s'il ne modifiait pas complètement sa politique financière, il m'a annoncé qu'il venait de prendre la décision d'annuler l'accord le liant à la S.F.E.P. Ayant obtenu gain de cause, je ne voulais pas rester dans l'existence de cet honnête homme qui finirait bien un jour ou l'autre par savoir qui j'étais. Et je ne voulais surtout pas me marier avec lui! Ma vraie place n'était pas à Paris auprès d'un banquier, mais ici en Amazonie. Il n'y avait donc qu'une solution : la fuite. N'ai-je pas eu raison?

– Je ne sais pas.

– Comment, tu ne sais pas? Mais si je n'avais pas agi ainsi, mon amour, jamais nous ne nous serions rencontrés! C'est uniquement parce que je suis repartie que l'on t'a envoyé à ma poursuite! Tu devrais être heureux de ce que j'ai fait!

– Sans aucun doute... mais je pense à ce malheureux que tu as abandonné. Comment lui as-tu annoncé ton départ?

– Seulement la veille, quand il est venu dîner avec moi au *Crillon* comme il le faisait tous les soirs.

Peut-être est-ce très mal de ma part d'avoir attendu le dernier moment, mais j'avais tellement de respect pour lui, et aussi d'amitié sincère, que j'ai cherché à prolonger le plus possible ses illusions... J'ai voulu qu'il profite jusqu'à la fin de la présence qu'il chérissait... Si tu avais vu son visage lorsque je lui ai annoncé, après le repas et au moment où il allait prendre congé pour rentrer chez lui, que je m'envolais le lendemain matin pour l'Argentine! Il est devenu tout pâle... Il a chancelé : j'ai cru qu'il allait s'écrouler.

– Quelle explication lui as-tu donnée?

– Que je devais rentrer d'urgence dans mon pays parce que ma mère y était très malade... Oui, Geoffroy, c'est la seule fois de ma vie où, pour me libérer de quelqu'un, je me suis servie du nom de celle qui est morte en me mettant au monde. N'avait-il pas droit, puisqu'il était un homme de bien, à une noble raison, même si celle-ci n'était que mensonge?

– Il t'a crue?

– Il m'aimait profondément...

– Comme un futur mari?

– Oui... En partant ce soir-là, il ne m'a même pas baisé la main comme il le faisait chaque fois qu'il me quittait. Il a reculé jusqu'à la porte en titubant comme s'il était ivre et il est parti sans dire un mot.

– C'est affreux, cette rupture!

– Je reconnais que ça n'a pas été très joli... Mais toi, mon époux, me pardonnes-tu?

Il ne répondit pas

– Tu m'en veux, n'est-ce pas, parce qu'il est mort de chagrin le lendemain, foudroyé par une embolie?

– Qui te l'a appris?

– Broscani, lorsque j'ai quitté l'avion à Rio.

– Il s'est donc occupé de toute ta vie, ce salopard?

– Il venait de l'apprendre par un appel téléphonique de celui qui t'a envoyé à ma recherche : cet affairiste qui ne voit que les intérêts de sa S.F.E.P. et qui m'en veut à mort parce que j'ai fait supprimer les crédits bancaires qui lui étaient accordés pour massacrer notre forêt verte. Celui-là aussi, je le hais! Tu travaillais pour un monstre! C'est pour cela que je ne te laisserai jamais retourner auprès de lui!

Et, comme il se taisait, elle dit en se blottissant contre lui :

– C'est fini. Tu sais tout de ton épouse.

– Ne crois-tu pas qu'il est temps d'essayer de dormir? dit-il.

Il avait fermé les yeux. Serrés l'un contre l'autre, ni lui ni elle ne pouvaient trouver le sommeil. Dehors, dans la nuit, les cris des perroquets furent brusquement interrompus par le hurlement du jaguar. Puis le silence tomba quelques instants avant que recommençât le concert sauvage, prolongeant leur insomnie. C'était affreux : Geoffroy n'avait plus envie d'Edna.

Ce fut avec un sentiment de délivrance qu'il vit revenir l'aurore en même temps que s'atténuaient, sous l'effet de la chaleur naissante, les cris des hôtes de l'enfer vert.

– Tu viens à la rivière? demanda Edna.

– Pas tout de suite, chérie. Il faut d'abord que je recharge mes caméras. Ensuite je voudrais profiter de ce qu'il ne fait pas encore trop chaud pour prendre quelques vues de singes sautant d'arbre en arbre. J'irai te retrouver après.

Elle s'éloigna sans rien dire pour se joindre au restant de la tribu qui sortait des huttes pour aller à la pêche quotidienne. C'était la première fois qu'un nuage s'élevait entre eux depuis qu'ils étaient devenus amants et, chose étrange, Geoffroy avait la sensation que rien ne pourrait plus jamais le dissiper. Il avait beau faire : après ce qu'il avait entendu pendant la nuit, Edna lui faisait l'effet d'être redevenue le monstre de cruauté que lui avait, naguère, décrit Tarnec.

Certes, elle n'avait pas tué directement et ne pouvait donc pas être accusée de crimes, mais son comportement, fait d'indifférence et de cynisme à l'égard de ses victimes, n'avait-il pas été plus odieux que si elle les avait fait mourir avec une arme ou un poison? Son crime, répété quatre fois de suite suivant un même processus, avait été d'ordre moral. Dès qu'elle avait compris que l'homme lui était totalement attaché et surtout qu'il ne pouvait plus lui être utile, elle l'avait abandonné, le laissant à une solitude désespérée. Et, chaque fois, il y avait eu un drame. Ou le vaincu s'était suicidé comme cela avait été le cas aussi bien pour Howard O'Meal que pour Eric von Hager, ou son cœur n'avait pas résisté à une pareille défaite comme cela s'était produit pour Jacques Dubois, ou enfin il avait été liquidé, tel Igmar Petersen, par la vindicte d'une divinité infernale implorée par sa servante.

La vindicte d'*Exu*? Mais c'était celle d'Edna aussi. Elle avait mis son point d'honneur de femme, violée dans sa jeunesse par don Miguel, à assouvir avec un raffinement sadique sa haine des Blancs. Et elle avait minutieusement préparé ses vengeances. Elle avait subtilement envoûté ses victimes, considérées dès le début comme des ennemis.

Lui-même, Geoffroy, où en était-il avec elle? Pour la première fois ce matin, après des semaines de volupté et d'euphorie, il réalisait qu'il était grand temps de se ressaisir s'il ne voulait pas être acculé comme les autres à une disparition certaine. C'était le réveil après de longues nuits tropicales. Pour la première fois aussi, l'ayant laissé s'éloigner sans chercher à la retenir, il respirait. Comme s'il humait les bouffées d'oxygène du bon sens.

Il ne pouvait plus rester auprès de cette femme. Pourtant, trouverait-il la force, ou aurait-il la volonté de se libérer de sa présence? Une présence qui l'obsédait et qu'il commençait à redouter... S'il parvenait à la quitter, ne serait-il pas voué au désespoir dont on ne guérit pas, ou bien soumis à cet envoûtement à distance dont elle connaissait le secret? Ne serait-il pas, lui aussi, la victime alors qu'un juste retour des choses exigeait, pour venger tant de morts, que ce fût elle qui expiât? La prêtresse d'*Exu* ne pouvait pas indéfiniment triompher! Il fallait qu'un moment arrive où s'exercerait une autre justice que celle d'un démon.

Mais comment s'échapper? Comment briser le cercle magique dans lequel elle avait réussi à l'enfermer, cercle semblable à celui que formait toute la tribu autour d'Edna elle-même et du sorcier Ayuma le jour de la cérémonie de mariage? Où et comment fuir? Edna était tellement forte, tellement machiavélique, qu'elle saurait le retrouver n'importe où! De cela, il était sûr. Ne se considérait-elle pas, dans sa folie de domination et son hystérie d'amoureuse, comme « son » épouse à la suite d'une cérémonie insensée dont elle-même, en tant que « chef », avait certainement réglé tous les détails? Mais lui, quel avait été son rôle? Lui avait-on demandé son avis? Epoux? Il n'avait été que l'amant! Et encore, à combien d'autres avant lui avait-elle joué la même comédie? Comment pouvait-il la croire après les aveux de la nuit?

Et comment partir? Par quel moyen? En s'enfonçant dans l'enfer vert dont aucun Blanc solitaire n'était jamais revenu? En se faisant délivrer? Par qui? Il n'avait aucun moyen de liaison avec le monde extérieur. Il commençait à regretter d'avoir rompu délibérément avec Emilio Broscani, don Miguel et les autres. Eux aussi étaient certainement des criminels, mais ils offraient tout de même l'avantage d'être de sa race! Quant à communiquer directement avec Edmond de Tarnec, il n'en était plus question. Fini le merveilleux code! Il n'avait plus rien à faire dans cette clairière maintenant qu'il savait tout...

L'unique façon de s'en sortir était de ruser avec Edna, comme il l'avait fait à Jacareacanga pour se débarrasser de Sylvie Bertille, en essayant de lui faire admettre que son intérêt à elle était que le film fût une immense réussite et qu'il ne pourrait en être ainsi que si lui-même, Geoffroy, s'occupait de le faire monter, de le présenter et de le faire distribuer dans le monde entier : condition indispensable pour qu'elle trouvât à nouveau de l'argent, cet argent dont elle avait tant besoin pour poursuivre sa mission salvatrice.

Oui, ce film, qui était maintenant en boîte et dont les séquences les plus étonnantes étaient terminées, serait sa seule arme. Ce film, qui n'avait été qu'un prétexte, deviendrait sa délivrance! Grâce à lui et s'il parvenait à la convaincre, la prêtresse le ferait sortir de cet enfer. Mais accepterait-elle? A moins que... Oui, voilà : il faudrait lui offrir de faire le voyage ensemble puisqu'ils étaient époux. Ensuite, une fois assuré le triomphe financier du film, ils reviendraient vivre pour toujours dans la clairière des Waura... Il est des moments dans la vie où cela n'engage à rien de faire une promesse, d'autant que, depuis le récit de cette nuit, il ne se sentait plus aucunement lié.

Le voyage à deux? Beaucoup mieux que les

coutumes indiennes, la civilisation blanche permet, grâce à ses raffinements et à son hypocrisie, de se débarrasser de quelqu'un avec qui l'on ne peut plus vivre. Inutile de recourir au crime, même moral. Il suffit de jouer l'indifférence. Et dans leur cas, comme la validité du mariage waura n'est reconnue nulle part ailleurs que dans la clairière, pas besoin de passer par une quelconque procédure de séparation. Et puis enfin, le monde est vaste! Si nécessaire, Geoffroy s'expatrierait n'importe où, à l'exception du Brésil et même de l'Amérique du Sud... Mais il saurait tenir sa promesse : Edna percevrait tous les bénéfices du film. Seulement, comment la convaincre? En biaisant, en lui donnant chaque nuit ce qu'elle exigeait de son époux. Oui, c'est ça : faire en sorte que ce qui venait de se passer après les aveux ne se renouvelât plus, lui montrer son désir d'homme, en se conduisant comme s'il aimait toujours la prendre comme n'importe quelle femme dont on a envie ou comme une putain, tout cela sans qu'elle s'aperçût de ce changement radical de mentalité, lui laisser croire que ce n'étaient pas des confidences, faites entre deux actes d'amour, qui pouvaient changer quoi que ce fût à leur bonheur. Il devait lui donner l'impression d'être le plus heureux des hommes.

Pour justifier son hésitation à l'accompagner tout à l'heure, il prit sa caméra et erra pendant une heure à la lisière de la forêt en mitraillant de son objectif le sommet des hautes futaies. Après quoi, il revint auprès d'elle et de la tribu, au bord de la rivière.

– As-tu réussi à « chiper » quelques singes dans leurs ébats? lui demanda-t-elle.

– C'est fait, mon amour, dit-il. Je pense que ce sera une excellente séquence de plus. Et toi, t'es-tu baignée?

– Je t'attendais. Tu sais très bien que je ne peux plus rien faire sans toi! Viens...

Comme tous les matins, ils entrèrent ensemble dans l'eau glacée : cette eau bienfaisante qui permettait d'effacer les traces de la nuit...

Dès qu'ils eurent regagné leur maison, il firent l'amour.

L'existence dans la clairière, dans la rivière ou dans la forêt continua avec une monotonie grandissante, coupée par les entractes des nuits. Il ne posait plus aucune question. Elle ne livrait plus de confidences. Ils ne faisaient que l'amour, sans amour, comme un besoin créé par la répétition de l'acte, comme des machines. Le palliatif devenait insuffisant pour combler la lassitude des journées.

Le soir vint enfin où il estima – comme lorsqu'il avait cru le moment venu de se transformer en enquêteur – qu'il pouvait parler avec quelque chance de succès d'un départ éventuel :

– Tu n'as pas l'air de te douter, chérie, que mon film est pratiquement terminé, du moins en ce qui concerne les séquences consacrées à la vie authentique d'une tribu. Il me faudrait encore y inclure, pour créer un contraste saisissant avec ces images très pures, quelques vues montrant comment la civilisation blanche exploite les Indiens qui vivent en contact avec elle. Tu sais, ceux dont tu m'as parlé et qui peinent sous le prétexte d'améliorer les conditions d'existence en Amazonie... Ce seraient des visions dans le genre de celle que toi-même m'as conseillé de filmer lorsque nous nous sommes retrouvés dans la triste maison d'Itaituba. Mais, pour les réaliser, il serait indispensable que nous retournions, toi et moi, pendant quelque temps, vers la Transamazonique ou, tout au moins, vers le nord où se trouvent les villes et les nouvelles plantations.

Cela représenterait peut-être une absence de trois ou quatre semaines...

– Et après?

– Quand le film sera entièrement tourné, nous nous occuperons de le présenter à de bons distributeurs en exigeant de gros à-valoir. Pour obtenir le meilleur prix, nous les mettrons même en concurrence... Un film authentiquement exotique comme celui-là a toutes les chances d'obtenir l'immense succès que tu souhaites! C'est le document massue contre lequel on ne peut faire aucune critique puisqu'il est vrai! Peut-être serait-il préférable de le proposer à de grandes sociétés de distribution américaines ou européennes plutôt qu'à des sociétés strictement brésiliennes : elles paraissent mieux placées pour lui assurer le rayonnement mondial que tu souhaites... Qu'est-ce que tu en penses?

– Cela veut dire qu'il nous faudrait aller aux Etats-Unis ou en Europe?

– Et pourquoi pas dans les deux continents ou même en Russie et au Japon où le cinéma est très prospère? En Asie aussi, en Australie... Partout! Ce qui serait formidable pour le lancement dans chaque pays serait que nous le présentions nous-mêmes à chaque grande première.

– Tu nous imagines, toi et moi, faisant le boniment avant la projection?

– Mais oui. Ta présence – toi dont l'âme est indienne et qui t'es affirmée depuis des années comme le plus grand défenseur de la race – serait un élément de succès certain! Ce serait infiniment plus rentable que tes tournées de *Quimbanda!*

– Jamais je ne ferai cela!

– Mais comment vendrons-nous le film?

– Je t'ai dit, à ton arrivée ici, que je pouvais le faire parvenir à quelqu'un en qui j'ai entière confiance. Il saura faire le nécessaire pour tout le reste.

– Quelqu'un du métier?

– Quelqu'un appartenant à une organisation qui a des ramifications dans le monde entier... Quelqu'un aussi dont l'honnêteté et le dévouement à notre cause ne peuvent être mis en doute.

– Qui cela?

– Tu le connais : le Père Ribeiro.

– Le jésuite? Ah ça, mais c'est de la démence, mon amour! Je reconnais que le Père est un homme admirable, mais de là à s'occuper du placement d'un film et surtout de sa mise au point technique, il y a une marge! Un aussi saint homme faire un pareil travail! Tu n'y penses pas! Il faut quelqu'un de dynamique et qui soit soutenu par toute une équipe.

– Crois-tu donc qu'il ne l'est pas?

– Il l'est bien sûr, mais pas de la même façon.

– Quant à l'équipe, ignorerais-tu les prodigieuses possibilités de la Compagnie de Jésus? C'est l'une des rares organisations blanches pour lesquelles j'aie de l'admiration.

– Toi, la prêtresse du Diable?

– Le Diable et le Bon Dieu peuvent très bien s'entendre lorsqu'il s'agit de montrer aux hommes leur vilenie.

– Tu me sidères! Maintenant que nous sommes époux, je croyais mieux te connaître, mais je me trompais.

– C'est parce que tu ne me connaîtras jamais complètement que tu m'aimeras de plus en plus...

Il ne sut que répondre. Ce fut elle qui murmura :

– Si nous refaisions l'amour, chéri?

Une nouvelle semaine s'écoula. Puis, un soir où il

s'apprêtait à remplir une fois de plus ce qu'il appelait, dans le secret de ses pensées, non pas le devoir conjugal, mais son métier d'époux, elle dit :

– Eh bien, non! Cette nuit, nous ne nous aimerons pas!

– Pourquoi?

– J'ai compris que, malgré ta gentillesse apparente de ces derniers temps, cela t'était devenu assez pénible de me prodiguer tes caresses depuis la nuit où j'ai peut-être fait preuve de trop de franchise. Et je me suis rendu compte que si moi je t'aimais sincèrement, toi tu ne faisais que me désirer. C'est la grande différence entre nous deux! Ne penses-tu pas qu'elle est terrible? Tu as beau faire semblant de jouer les amants, je sens que ce n'est plus pour toi qu'une corvée... Sais-tu que c'est atroce pour une femme de découvrir brutalement que le seul homme qu'elle ait jamais adoré et dont elle est devenue l'épouse n'a plus envie d'elle?

– Qu'est-ce que tu racontes? Tu vois bien que, cette nuit, je ne pense qu'à t'aimer comme toutes les autres nuits.

– Ne m'aimerais-tu donc que lorsqu'il fait nuit?

– Je t'aime à chaque instant et cela depuis le premier jour... Tu le sais bien! Alors, pourquoi ce reproche? Si nous en sommes, toi et moi, aux scènes de ménage dans ce décor d'Amazonie comme cela se passe chez les petits-bourgeois d'Europe ou d'ailleurs, ça devient grave! Je te répète que je ne t'aime pas par devoir mais parce que c'est une joie d'aimer!

– Non! C'est faux! Ce n'est pas pour rien que je suis une prêtresse d'*Exu :* je devine toutes tes pensées... Contrairement à ce que tu crois, tu n'as jamais pu m'en cacher une seule, alors que toi, tu continues à tout ignorer de moi, sauf ce que j'ai bien voulu te dire. As-tu oublié que tu es pour toujours condamné à être mon époux? Si tu me quittais, toi aussi tu mourrais comme tous les autres qui n'ont été que des conquêtes éphémères. Tu es à moi, mais je ne me donnerai plus à un homme qui n'a cherché qu'à profiter d'une situation dont il pensait, avec son orgueil puéril, sortir vainqueur! Si je n'étais pas aussi malheureuse, mon petit Français, ce serait risible! Mais tu vas t'apercevoir bientôt que ça ne l'est pas. Cela risque même d'être encore plus triste que tu ne le penses.

– Edna, je t'assure...

– Je ne veux plus t'entendre! L'autre soir, quand tu m'as parlé de cette affaire de film, j'ai tout de suite compris que tu n'avais qu'une idée en tête : m'abandonner. L'ennui, c'est que ce n'est pas moi que l'on quitte, mais moi qui m'en vais quand je le veux! Les confidences que je n'ai pas hésité à te faire, ainsi que les renseignements qui t'ont certainement été donnés sur moi avant ton départ de Paris, te le prouvent. Ce qui a faussé toute ta savante tactique et celle de tes employeurs, dont tu n'es que le valet comme un don Miguel l'est d'un Broscani, c'est que je n'avais aucune raison de m'attaquer directement à ta S.F.E.P qui n'est qu'une société pétrolière comme une autre. J'aurais agi de même avec le président de la banque Dubois s'il avait financé une autre société. La S.F.E.P., donc, n'a jamais compté pour moi : la seule chose importante était d'essayer de gêner les travaux de destruction systématique de notre Amazonie.

» Malheureusement, je suis mieux placée que quiconque pour savoir que cette gêne n'a été que très relative et que les travaux de prospection continuent. Ce qui signifie que, malgré le bien-fondé de la cause que je défends, je ne parviendrai pas à stopper ce que vous autres, Blancs, appelez

« l'avance normale du progrès ». Ayant acquis maintenant la certitude que, tôt ou tard, je ne serai plus qu'une vaincue, j'ai décidé de renoncer à un combat trop inégal et de me réfugier chez l'une des dernières tribus de ma race. Je l'ai fait parce que j'avais aussi la consolation de t'avoir rencontré, toi, un homme que j'ai eu tort de croire plus honnête que les consignes d'espionnage qui lui avaient été données par Paris. Eh bien, je me suis trompée! Stupidement et pour la première fois de ma vie, je me suis laissé aveugler par l'amour. Mais comment le regretter puisque je continuerai à t'aimer même dans la mort?... Ne m'as-tu pas dit toi-même que j'étais une femme entière ne composant ni avec ses ennemis ni avec ses amis? Toi, je t'ai tout de suite placé dans mon cœur au-dessus de tous pour faire de toi mon époux, puisque *Exu* l'avait voulu. Et jusqu'à cette nuit où j'ai compris que tu n'avais plus envie de moi, tu as été pour moi mon jeune dieu!

» J'étais prête à continuer à vivre ainsi avec toi, mais maintenant c'est fini : tu n'es plus ni mon amour ni mon dieu, tu ne restes que l'époux. Seul l'avenir dira ce que cela impliquera pour toi... Maintenant tu devrais essayer de dormir ou du moins faire semblant comme tu en as l'habitude : mentir la nuit est ta spécialité! Quant à moi, je te promets que je ne te parlerai plus jamais.

Tout cela avait été dit avec calme et dignité sans que la voix – qui cependant savait se montrer terrible – se fût élevée. Comme si elle venait d'exposer une décision des plus normales.

Après s'être allongée dans son hamac, elle croisa les mains sur sa poitrine dans une attitude de recueillement et ferma ses yeux. La flamme du foyer, éclairant son corps immobile, la fit ressembler à ces momies incas des temps révolus gisant pour l'éternité, mystérieuses et extatiques, dans leur sarcophage.

Longuement il la contempla avant de s'étendre à son tour dans son hamac suspendu de l'autre côté du foyer qui, désormais, les séparerait. Il sembla que les plaintes et les hurlements de la jungle avaient attendu ce moment-là pour se déchaîner, avec une force qu'ils n'avaient encore jamais eue, pour pleurer sur l'agonie d'un amour.

Incapable de rassembler ses idées et assommé par ce qu'il venait d'entendre, il finit par sombrer dans le sommeil. Et la chaleur du jour était revenue depuis longtemps lorsqu'il reprit conscience. Tout de suite, il réalisa qu'il était beaucoup plus tard que de coutume et, instinctivement, il regarda vers le hamac d'Edna. Connaissant ses habitudes matinales qui étaient aussi celles de toute la tribu, il s'attendait à le trouver vide. Mais, fait surprenant, Edna était toujours là, allongée et immobile. Cela lui parut tellement insolite que, d'un bond, il fut auprès du hamac de « son » épouse. Là, son sang se glaça.

Les yeux étaient grands ouverts, presque démesurés, contemplant fixement une vision de l'au-delà. Un mince filet de sang, coulant de la bouche, s'était coagulé le long de la joue. La bouche était tordue dans un rictus rappelant les moments, au cours du *Quimbanda,* où elle lâchait ses imprécations. Mais elle était silencieuse. Il se pencha sur la poitrine : le cœur avait cessé de battre. Tout le visage lui-même portait le masque de la mort, plus hideux que celui du sorcier Ayuma. Les doigts des mains, déjà froids, n'étaient plus croisés dans le recueillement, mais agrippaient une feuille de papier, qu'il eut du mal à arracher à cette emprise. Et il lut, inscrits en portugais et en lettres de sang, ces quelques mots :

« *Mon amour, ne pouvant survivre à ta trahison, j'ai*

préféré quitter cette terre de malédiction. Hier, au crépuscule, j'ai réuni la tribu, dont j'étais encore le chef, pour lui annoncer que je rejoindrais à l'aube les mânes de nos ancêtres. Auprès d'eux je continuerai à t'aimer lorsque tu m'y auras rejoint, ce soir même, dès que la lune apparaîtra. Mais, avant nos retrouvailles, tu seras jugé comme tu le mérites par ceux de ma race qui savent que l'on ne sépare pas les époux. »

La flamme du foyer s'était éteinte, elle aussi. Tremblant, l'homme recula pour s'éloigner de la vision d'horreur. Peut-être Edna s'était-elle empoisonnée en absorbant cet acide prussique qui se dissimulait dans le manioc. Manquant d'air, il se dirigea vers l'ouverture donnant sur la clairière et là, du haut de l'escalier, il vit toute la tribu qui attendait, silencieuse, en cercle autour de la maison. Cette fois, ce n'était plus le cercle de joie, mais un cercle de mort. Les guerriers tenaient en main leur lance à la pointe aiguisée. Les femmes étaient rangées derrière Malakya l'aveugle, le nouveau chef désigné par Edna. Son front était ceint du diadème de plumes jaunes et elle était armée de l'arc et des flèches, insignes de sa puissance. Le sorcier enfin se trouvait au bas de l'escalier, le visage recouvert de son masque.

Le Blanc se redressa et commença à descendre lentement ces marches qu'il avait gravies trois mois plus tôt avec allégresse : il allait vers son destin. Le délai fatidique de trois mois, cher à la morte, s'était écoulé.

Dès qu'il fut devant le sorcier, celui-ci poussa un cri rauque. Les guerriers, répétant le cri, se ruèrent sur lui et lui attachèrent les mains derrière le dos avec des lianes. Puis ils l'entraînèrent vers le centre de la clairière où avait été édifié pendant la nuit un bûcher. Mais, arrivés à quelques mètres de l'amas de fagots et de brindilles, ils le plaquèrent contre un tronc d'arbre qui, lui aussi, avait été apporté et planté là pendant son sommeil. Et il se retrouva le corps ficelé par d'autres lianes, incapable de faire le moindre mouvement. Il n'avait pas dit un mot. Il savait que ce serait peine perdue devant ces sauvages qui ne comprenaient que leur dialecte. Il n'avait plus qu'à attendre et à regarder la cérémonie funèbre qui commençait.

Il vit six femmes ressortir de la maison où elles avaient pénétré. Elles portaient sur leurs épaules le corps de la prêtresse dont les yeux, toujours exorbités, fixaient maintenant le ciel. Précédé du sorcier, qui marchait en sautillant d'un pied sur l'autre, et de la nouvelle amazone emplumée, le cortège fit trois fois le tour du bûcher accompagné par le martèlement sourd des tambours et la mélopée de la flûte sacrée. Quand le troisième tour fut terminé, des hommes relayèrent les femmes pour déposer le corps sur le bûcher. Puis ce fut le silence pendant que le sorcier lançait sur le lit funéraire des torches allumées. Et, brusquement, dès que les flammes commencèrent à s'élever, les guerriers se mirent à tourner autour du brasier en frappant le sol de leurs lances, comme ils l'avaient fait pour les épousailles. Quand ils passaient devant l'homme attaché au tronc, ils paraissaient ne pas s'apercevoir de sa présence.

Serré par les sangles qui le gênaient pour respirer, le prisonnier assistait à la ronde infernale rythmée par les tambours dont la cadence et la résonance s'intensifiaient au fur et à mesure que les flammes grandissaient. C'était à la fois grandiose et démoniaque. Pris de vertige, Geoffroy revoyait, aux accents lancinants de la musique de mort, le merveilleux visage qui l'avait subjugué et l'admirable corps qu'il avait adoré. Il croyait encore entendre les hurlements de la voix rauque de la prêtresse d'*Exu* se mêlant aux intonations pleines de douceur lorsqu'elle lui avait dit, au cours de la première nuit : « Maintenant je suis ton épouse. » Il ne pensait même plus à sa situation désespérée : il pleurait son amour perdu.

La hauteur des flammes diminua en même temps que le son des tambours s'atténuait. Quand il ne resta d'Edna et du bûcher qu'un amas de cendres, les tambours se turent. On n'entendit plus que les notes légères de la flûte qui accompagnaient l'esprit d'Edna dans son voyage au pays des ancêtres. Puis ces notes moururent à leur tour et les Waura rentrèrent dans leurs huttes. Seul demeura dans la clairière l'homme attaché, humant les dernières senteurs du bûcher.

La chaleur était torride et les moustiques commencèrent à tourbillonner autour de lui. Après avoir assisté à l'anéantissement de son épouse, son châtiment n'allait-il pas consister à être dévoré lentement jusqu'à ce que la lune paraisse? Il souhaita de toute son âme qu'elle vînt vite cette lune, chérie des amants, pour le libérer des souffrances qui venaient de commencer avec les premières piqûres... Alors que les moustiques s'acharnaient et que le sang coulait, il entendit, dans une demi-conscience, un vrombissement lointain qui se rapprocha rapidement. Levant la tête, il vit, surgissant au ras des cimes de la forêt, l'avion gris de Magenheim. L'appareil descendit, passa devant lui en roulant sur le sol, puis s'immobilisa, tandis que l'hélice continuait à tourner. Un homme en bondit et courut vers lui. Il portait un panama et tenait une mitraillette. C'était Broscani.

– Les porcs! Ils vont le payer! s'écria-t-il en voyant le corps ensanglanté.

Avec une célérité fantastique, il sortit un couteau et coupa les lianes qui retenaient le prisonnier.

– Tu peux encore marcher? Cours!

Il l'entraîna, ou plutôt le porta presque jusqu'à l'appareil qui avait déjà fait demi-tour pour pouvoir s'envoler. Les bras du nazi l'empoignèrent et le hissèrent dans la carlingue avant de le jeter à l'arrière comme un colis. Broscani grimpa à son tour et s'installa à côté du pilote. L'avion démarra devant les Indiens apeurés qui étaient ressortis de leurs huttes. Broscani les visait avec son arme.

– Ne les tuez pas! Je vous en supplie! hurla Geoffroy.

– Avec ça que je vais me gêner! répliqua l'homme au crâne fendu.

Et il commença à tirer par rafales pendant que l'avion prenait de la vitesse. La dernière vision qu'eut Geoffroy de la clairière de ses amours fut celle des guerriers tombant sur le sol rouge, du sorcier masqué qui s'écroulait et de la fille aveugle qui tendait les bras vers la chauve-souris géante qu'elle ne pouvait qu'entendre... La chauve-souris revenue du pays des ancêtres pour emporter l'époux vers celle qui l'attendait.

L'avion avait pris de la hauteur.

– Vous êtes un assassin, Broscani!

– C'est tout ce que vous trouvez à dire pour me remercier? Et eux? Ces fumiers étaient en train de vous laisser crever! Si vous voyiez l'état dans lequel vous êtes!

– Ça n'a aucune importance! Ils étaient en droit de rendre leur justice.

– Leur justice? Parlons-en : à coups de moustiques! Ah ça, Morin, vous êtes fou? Cette peste d'Edna vous a rendu complètement dingue! Et où est-elle, celle-là?

– Morte, brûlée...

– Bon débarras!

– Vous êtes ignoble.

– Mon petit jeune homme, ça suffit! J'ai été payé pour vous tirer d'affaire en cas de coup dur et j'ai fait mon boulot! Je peux vous affirmer que ça a été tout juste! Deux heures de plus, et le brillant envoyé de la S.F.E.P. n'était plus que de la bidoche avariée.

– Et grossier en plus.

– Grossier? Vous m'avez dit vous-même que, quand je voulais m'en donner la peine, je pouvais être un homme du monde... Seulement, il arrive que dans ce pays de sauvages les hommes du monde soient obligés de changer rapidement de peau pour sauver celle des petits copains! Et puis voulez-vous que je vous dise? Si vous n'aviez pas joué les malins en vous séparant de tout le monde parce que vous vous figuriez être le plus fort, ça ne se serait pas passé comme ça! Si vous croyez que c'est agréable de se faire tancer par Paris parce que l'enfant chéri a disparu! Encore une chance qu'on vous ait retrouvé!

– Comment avez-vous fait?

– Vous pourriez remercier Magenheim. Sans lui...

– Herr Doktor, vous n'aviez pas à révéler où nous étions, Edna et moi. Elle avait acheté suffisamment cher votre silence.

– Et moi, dit Broscani, je lui ai donné encore davantage pour le faire parler! L'ami Magenheim a d'immenses qualités et un petit défaut : il ne résiste pas à l'argent... N'est-ce pas, cher Doktor?

L'Allemand, qui n'avait pas encore prononcé un mot depuis le décollage, répondit :

– Qui n'aime pas l'argent, à commencer par vous, Broscani? Seulement il y a eu un autre facteur dans ma décision de vous amener là où je pensais que se trouvait votre ami français : vous m'avez fait comprendre qu'il était considéré comme perdu dans la jungle et que j'étais l'un des rares hommes à la connaître pour l'avoir si souvent survolée. Et, comme j'avais également une certaine admiration pour le courage d'Edna Monseca, je n'ai pas hésité... Je suis vraiment navré de ce qui lui est arrivé. Je pense, monsieur Morin, que ce sont les Waura qui ont brûlé son corps parce qu'elle était morte?

– C'est cela.

– C'est une de leurs coutumes. Et vous, pourquoi voulaient-ils vous laisser mourir?

– J'étais son époux.

– Vous, marié avec cette illuminée? s'esclaffa Broscani. Ah ça, c'est le bouquet! C'est sérieux?

– Ai-je l'air de badiner?

– Ma foi, non! Eh bien, si l'on m'avait dit qu'elle arriverait à vous entortiller jusqu'au mariage! Je vous avais prévenu qu'elle était forte, la garce, mais je n'aurais jamais cru que ce serait à ce degré... Se faire épouser par l'envoyé de la S.F.E.P.! Ça bat tous les records.

– Je suis très fier, Broscani, d'avoir été son époux et je vous interdis de dire encore un seul mot sur elle!

– Bon, bon... Ne vous fâchez pas, jeune homme! Après tout, si cela a pu faire votre bonheur pendant quelque temps, moi je ne vois aucun inconvénient à cette union... Mais, dites-moi : entre époux on se passe des secrets, on se raconte tout... Ah! Je comprends la manœuvre... Très habile, mon petit Morin! Je suis sûr qu'elle vous a dit pour qui elle travaillait?

– Pour ces Indiens que vous venez de tuer! D'ailleurs vous le savez aussi bien que moi. Il y a cependant eu dans sa vie une longue période pendant laquelle elle a, en effet, travaillé pour quelqu'un d'autre : pour vous, Broscani!

– Elle vous a même dit cela? Ce n'est pourtant pas une chose dont une femme se vante. Faut-il que vous l'ayez rendue amoureuse pour le lui faire avouer!

– Figurez-vous qu'une autre m'a fait les mêmes confidences. C'est l'une de vos employées : Sylvie Bertille.

– Elle aussi? Mais c'est un véritable tombeur, ce petit Français! Sylvie? Eh bien, je connais quelqu'un qui lui réglera son compte.

– Son amant don Miguel?

– Précisons : ex-amant...

– Edna m'a également raconté comment les choses s'étaient passées quand son père vous a fendu le crâne... Son père que votre complice don Miguel a assassiné!

– De mieux en mieux! Mais il sait tout, Magenheim, ce petit! Votre patron savait ce qu'il faisait quand il vous a envoyé dans nos contrées! Vous êtes un vrai renard! Qu'est-ce que vous a dit d'autre la belle disparue?

– Que vous n'étiez qu'un immonde gredin – ce dont je m'étais douté dès notre première rencontre – qu'il fallait abattre! Ce en quoi je suis entièrement de son avis.

– Tout doux, Morin! Broscani n'est pas un homme à qui l'on adresse des menaces... Il n'aime pas ça, freluquet! Nous verrons ce que nous ferons de vous quand nous atterrirons à Jacareacanga. Le mieux sera peut-être de vous ficeler puisque vous semblez y avoir pris goût et de vous expédier en colis très recommandé à votre patron qui, lui, saura vous juger... Mais il en est un autre dont je vais m'occuper tout particulièrement : le jésuite. En vous cachant dans son antre, il s'est mêlé de choses qui ne le regardaient pas, et Broscani a horreur qu'on s'occupe de ses affaires!

– Vous ne toucherez pas à ce saint homme!
– Vraiment?
Ce fut le dernier mot prononcé dans l'avion qui survolait, de jour cette fois, l'immensité de la forêt que Geoffroy pouvait contempler...

Deux heures plus tard, l'appareil commença à descendre. Quelques minutes après, il se posait dans un champ – peut-être celui d'où il s'était envolé de nuit trois mois plus tôt – où il s'immobilisa à hauteur d'une Cadillac couleur fraise écrasée que Geoffroy reconnut aussitôt. Un gros homme, agitant frénétiquement son panama en signe d'accueil, se précipita vers l'avion.
– Les choses s'arrangent, monsieur Morin, dit Broscani en ouvrant la porte... Vous allez pouvoir répéter à ce cher don Miguel tout ce que vous m'avez dit sur lui et sur sa belle amie. J'ai l'impression que ça va lui faire plaisir.
Puis, sautant à terre, suivi du pilote, il ordonna à Geoffroy :
– Descendez!
Mais, sans doute trop sûr de lui, il avait omis de prendre une précaution : garder avec lui la mitraillette qu'il avait posée à ses pieds, sur le plancher de l'appareil. En un éclair, Geoffroy s'en saisit et cria de l'avion :
– Les mains croisées sur la tête! Vous aussi Magenheim! Broscani, jetez votre panama! Je veux voir la cicatrice!
Médusés, les trois hommes obéirent. La voix du Français continua, implacable :
– Je vous condamne à mort tous les trois! Toi, Broscani, pour avoir tué des Indiens sous mes yeux... Toi, le Péruvien, pour avoir violé Edna quand elle avait quinze ans... Toi, le nazi, pour tous les crimes que tu as commis pendant la guerre... Feu!

Une rafale éclata et les trois corps tombèrent. Puis ce fut le silence. A son tour, Geoffroy sauta de l'appareil et courut jusqu'à la voiture. Il jeta son arme, puis ouvrit le réfrigérateur où attendaient – « frappées à souhait » comme l'avait dit don Miguel pendant la visite de Manaus – les bouteilles de champagne. Il en prit une, en fit sauter le bouchon, remplit un verre à ras bord et le but d'un trait. Ensuite, étant retourné vers les corps allongés, il répandit sur eux ce qui restait de l'élixir de joie.

– A vos dépouilles, messieurs! dit-il.

Puis il courut vers la voiture où il jeta la bouteille vide à côté de la mitraillette encore chaude. Il s'assit au volant et embraya. Il n'eut qu'à suivre les traces fraîches des pneumatiques laissées dans le champ pour rejoindre la piste qui le bordait. Celle-ci le mena à la route déserte sur laquelle il fonça en direction de Jacareacanga. Mais au bout de trois kilomètres, dès qu'il aperçut au loin les premières maisons de la ville, il s'arrêta. Il vit sur la droite un marécage recouvert de hautes herbes et infesté de moustiques. Après avoir orienté le capot de la voiture face à ce marécage, là où il estimait qu'il y avait le plus de profondeur, il prit la mitraillette dont il se servit pour bloquer la pédale de l'accélérateur. Il mit le contact, embraya et sauta de la Cadillac au moment où celle-ci, de toute la puissance de ses trente-six chevaux, bondissait. Un moment, il eut peur qu'elle ne fût arrêtée par les hautes herbes, mais sa force était telle qu'elle continua jusqu'au centre du marécage, où elle s'enfonça. La végétation se referma sur elle avec cette rapidité que seul possède l'enfer vert et dont Sylvie lui avait parlé lorsqu'ils roulaient sur la Transamazonique. La jungle aquatique avait fait son travail de destruction en engloutissant une machine inventée par le génie de l'homme blanc.

La lune, qui devait être celle de sa mise à mort dans la clairière des Waura, avait reparu. Mais là, elle lui fut secourable, lui permettant de s'orienter dans la ville déjà endormie tout en profitant de l'ombre de la nuit. Bientôt la silhouette d'un homme chancelant, épuisé, aux yeux hagards, nu jusqu'à la ceinture, le torse et les bras tuméfiés, s'encadra dans la porte basse de la Mission de San Isidro. Le marteau de fer fixé au vantail résonna trois fois. Le Père Ribeiro lui-même vint ouvrir.

– Mon Dieu, mon enfant, dans quel état êtes-vous! s'exclama-t-il en voyant Geoffroy.

Il appela Xuca auquel il donna des ordres en dialecte. Avec précaution, ils le conduisirent jusqu'au petit cloître où ils l'installèrent dans l'un des fauteuils en rotin pendant que le jésuite murmurait en portugais :

– Il ne tient plus debout! Vite! Il faut d'abord le réconforter.

Xuca avait déjà apporté de l'eau et une tranche de beiju.

– Buvez doucement, mon fils... Ensuite, vous mangerez. Et je panserai vos plaies : j'ai un excellent médicament qui supprime rapidement l'inflammation due aux piqûres de moustiques. Ces bêtes du Bon Dieu sont quand même de sales bêtes!

Quand Geoffroy put parler, il confia :

– Mon Père, je suis un assassin.

– Taisez-vous!

– Non, mon Père. Je viens de tuer trois hommes de ma propre main et je suis responsable de la mort d'Edna.

Après l'avoir longuement observé avec son regard plein de bonté, le vieux prêtre demanda à voix basse :

– C'est vrai?

– Oui.

Le missionnaire se signa.

– Nous parlerons de tout cela demain, quand vous aurez pris du repos, dit-il. Après vous avoir soigné, je vous donnerai un calmant : vous en avez le plus grand besoin.

– Non, mon Père! Je ne pourrai pas m'endormir avant de vous avoir tout dit...

Il parla longuement, racontant ce qui s'était passé depuis le soir où l'envoyé d'Edna était venu le chercher en ce même lieu.

Quand ce fut fini, le vieillard se leva.

– Avez-vous encore la force de vous mettre à genoux? demanda-t-il.

– Oui, mon Père, je l'aurai!

Le représentant du Dieu des chrétiens donna alors l'absolution à celui qui venait de s'agenouiller. Puis il ordonna :

– Relevez-vous. Si je vous ai absous de vos fautes, qui sont grandes, c'est parce que j'estime qu'en droit divin vous avez de larges circonstances atténuantes. Ce qu'on n'aurait jamais dû faire, c'est envoyer un homme tel que vous en Amazonie. Ceux qui l'ont fait sont les vrais assassins! S'il était en mon pouvoir d'excuser le crime, je ne vous reprocherais guère d'avoir supprimé dans un geste de folie trois misérables qui ont été pour ce noble pays des plaies infiniment plus hideuses que toutes celles que vous portez sur votre corps. Mais là où vous avez été un grand coupable, c'est quand vous avez misérablement joué avec le cœur d'Edna. La façon dont celle-ci a renoncé à la vie prouve qu'elle a été sincère à votre égard alors que vous l'avez trahie... Terrible trahison qui vous a fait bafouer l'amour! Vous n'aviez surtout pas le droit de prendre à la légère ces épousailles accomplies suivant un rite qui nous échappe mais dont la grandeur est indéniable, tout autant que celle de notre culte. Si ces rites et ceux qui les pratiquent existent, c'est que, dans sa mansuétude infinie, le Créateur l'a voulu! Quand Edna vous a dit que vous étiez devenu son époux, elle était dans le vrai : pour moi vous le serez toujours. Et vous n'aurez pas assez du restant de votre existence pour vous repentir. Maintenant, venez avec moi dans la cellule que vous connaissez. Je vais vous soigner. Vous n'en sortirez plus jusqu'à ce que je trouve le moyen de vous sauver en vous évitant le châtiment que ne manquerait pas de vous infliger la justice souvent aveugle des hommes.

Quand il vint lui rendre visite le lendemain à son réveil, le Père Ribeiro dit :

– Je constate avec plaisir que le médicament miracle qu'emploient la plupart de nos missionnaires a produit une fois encore son effet. Dans deux ou trois jours, ces maudites piqûres ne seront plus qu'un mauvais souvenir... J'ai prié pour vous pendant toute la nuit et, si l'on prétend que de la réflexion jaillit la lumière, j'ai tout lieu de croire que cette dernière vient surtout de la prière! Le Ciel aidant, je pense avoir élaboré un plan qui vous permettra de vous tirer d'affaire avec, si j'ose dire, les honneurs de la guerre... Et savez-vous grâce à qui? Grâce à Xuca, « mon » très cher Kreen-Akakoré qui n'a jamais pu, malgré sa bonne volonté et mes efforts, s'acclimater complètement à notre civilisation. Voilà quelque temps déjà qu'il m'exprime le désir, très légitime à mon avis, de retourner auprès des siens. Comme Edna et comme tous ceux de sa race, il ne se sent à l'aise qu'au milieu de sa tribu. Qui oserait le lui reprocher quand on connaît « les bienfaits » que les Blancs ont dispensés, depuis que le monde est monde, aux races qu'ils ont toujours considérées comme inférieures?

Craignant qu'il ne soit assez mal accueilli par les siens, qui ont réussi à disparaître à nouveau dans la jungle pour les explorateurs blancs mais que son instinct lui permettra certainement de retrouver, j'hésitais encore à lui rendre sa liberté. C'est votre retour ici qui m'incite à lui accorder enfin ce à quoi il a droit. Car il ne s'en ira pas seul, mais avec vous.

– Comment cela?

– Comprenez-moi : étant donné ce qui s'est passé, il me paraît difficile que vous restiez longtemps à Jacareacanga où, tôt ou tard – et cela arrive toujours beaucoup plus tôt que les criminels ne le supposent – le drame sera découvert : trois cadavres dans un champ à côté d'un avion, ça finit par se remarquer.

– Il vaut donc mieux me présenter à la police.

– Ça ne servirait à rien! Les morts ne ressusciteraient pas et personne, étant donné leur passé, ne tient tellement à les revoir vivants. Votre plus grande chance est que c'étaient des hommes haïs qui, un jour ou l'autre, auraient connu le sort que vous leur avez infligé et je ne pense pas que les enquêteurs se donneront tellement de mal pour rechercher « leurs » assassins. Etant donné l'hécatombe, on pourrait en effet supposer que ceux-ci ont été plusieurs. Donc paix à leurs cendres et ne parlons plus du trio.

» Mais vous, il faut déguerpir au plus vite pour que l'on ne pense pas à vous! Pour tout le monde vous n'avez fait que passer, il y a trois mois, dans cette ville d'où vous avez expédié un câble pour Paris et d'où vous êtes reparti le lendemain, après avoir reçu la réponse. Ensuite, en cameraman consciencieux, vous vous êtes enfoncé avec beaucoup de cran dans le Mato Grosso à la recherche de ces Indiens que vous rêviez de filmer de tout près.

Et personne ne vous a plus revu depuis ce moment-là. Vous m'entendez bien? J'ai dit personne!

» Vous pensez bien que Paris a dû demander qu'on vous recherche et que ces recherches ont commencé : la preuve en est que Broscani a réussi à vous retrouver! Mais là encore nous avons une chance : ça m'étonnerait – sachant maintenant ce que vous m'avez dit de ce personnage ou de son complice le Péruvien et ayant pu apprécier personnellement la mentalité mercantile du Herr Doktor – que ces trois messieurs aient mis d'autres personnes au courant de leur escapade chez les Waura. Le séjour que vous venez de faire parmi les gens de cette tribu, dont il ne reste que très peu de spécimens, a dû vous permettre de constater que personne, à l'exception d'un Magenheim en service dûment rémunéré par la chère Edna ou par Broscani, ne venait les déranger : c'est d'ailleurs formellement interdit par la FUNAI.

– Mais que va-t-il se passer quand celle-ci découvrira les cadavres de ceux qui ont été mitraillés par Broscani?

– Elle ne les découvrira pas pour deux raisons : ces cadavres doivent déjà être sur le bûcher en ce moment, la loi waura exigeant que les funérailles aient lieu de jour entre les deux lunes qui suivent le décès. Ensuite, vous pouvez être certain qu'après cette cérémonie, les survivants décamperont sous la conduite de leur nouvelle amazone qui les emmènera au fond de la forêt.

– Mais je vous ai dit qu'elle était aveugle!

– N'avez-vous pas câblé dans l'un de vos messages : *Les voies de la Providence sont impénétrables?* Moïse aussi était aveugle quand il conduisait le peuple élu vers la Terre Promise! Si Edna l'a désignée pour lui succéder comme chef, c'est que cette jeune aveugle est capable de sauver ce qui reste de la tribu, à condition cependant de continuer à fuir les Blancs. Mais revenons à vous : donc personne ne peut établir le moindre rapprochement entre les morts de l'avion et vous-même, ni savoir quoi que ce soit sur votre séjour dans la clairière.

– Vous oubliez un détail qui a son importance : le film déjà tourné... Mes caméras et la pellicule sont restées dans la maison d'Edna. Vous pensez bien que je n'ai pas eu le temps de les emporter quand l'avion est revenu! Si on les trouve un jour?

– Vous n'y figurez pas puisque vous étiez l'opérateur.

– Non, mais tout le monde a su, aussi bien Sylvie Bertille à Manaus que le nain Beppo à Itaituba et même ici l'infirmière de la Croix-Rouge qui conduisait la Land-Rover, que j'étais venu pour tourner un film sur les Indiens. Le rapprochement sera donc instantané.

– Mon jeune ami, si vous retrouviez l'emplacement de la clairière – ce qui me surprendrait : seul un Magenheim pouvait réussir un pareil exploit – et la survoliez demain, je suis certain que vous n'y verriez aucune hutte. Toutes ont dû être brûlées, à commencer par celle où Edna est morte! Les toutes premières choses qui ont dû s'enflammer dans cette demeure du chef ont été vos « boîtes magiques » que ne devaient pas du tout aimer les Waura! Il y a une dizaine d'années, l'un de nos Pères missionnaires avait tenté de les filmer dans un autre lieu perdu du Mato Grosso. Aussitôt les Indiens se sont jetés sur sa caméra et l'ont mise en pièces, en hurlant que c'était « une boîte de mort »! Entre nous, quand on sait ce qui s'est passé pour vous, avaient-ils tellement tort?

Geoffroy restait silencieux :

– Conclusion : je vous considère comme lavé de tous soupçons au Brésil. Mais à Paris? Qu'est-ce qui arrivera si vous y retournez?

– Je n'en sais rien...

– Pensez-vous que ce M. de Tarnec, qui ne me paraît pas être un homme à qui l'on raconte des histoires, avalera sans sourciller le récit de vos épousailles et celui de votre retour précipité, même si vous lui apportez d'excellentes nouvelles pour l'activité de sa S.F.E.P.? Car il est probable que c'est sur son insistance, et moyennant un gros paquet d'argent, que Broscani a monté une expédition pour partir à votre recherche. Et comme ce Tarnec était en relations régulières avec lui, qu'est-ce qu'il pensera le jour où il apprendra que ce même Broscani a été trouvé assassiné? Et, s'il sait que celle que vous avez épousée pour l'amener à parler – ce qu'elle a fait – s'est suicidée à la même époque, n'établira-t-il pas un rapprochement entre la fusillade de l'avion et vous? N'est-il pas, hélas, logique qu'un époux désespéré se venge sur le premier responsable de son malheur? Vous ne pourrez jamais expliquer à votre patron que vous avez quitté la clairière des Waura le plus facilement du monde et que vous avez traversé seul l'enfer du Mato Grosso pour arriver quelques jours plus tard à Jacareacanga, sinon frais comme un dandy puisqu'il y a eu quand même l'assaut des moustiques, du moins encore en excellente forme! Ça ne passera pas! Il faudra donc parler de l'avion. Et de l'avion aux trois exécutions...

– Je suis perdu!

– Pas encore puisque vous êtes toujours en vie! C'est l'essentiel... Quel personnage est-ce, ce M. de Tarnec?

– Un homme remarquablement intelligent.

– On s'entend toujours mieux avec ce genre

d'hommes. Pensez-vous qu'il aura des regrets d'apprendre la mort tragique d'un Broscani?

– Sûrement pas! Broscani n'a toujours été pour lui qu'un pis-aller. Il utilisait parfois ses services uniquement parce qu'il savait que c'était une canaille n'hésitant devant rien à condition d'être payée.

– Parfait! Donc pas de regrets parisiens de ce côté-là... Mais il est quand même préférable de ne pas retourner tout de suite en France. Cependant, vous aider à vous exiler dans un autre pays risquerait aussi d'attirer sur vous l'attention... Mieux vaut que vous restiez au Brésil : c'est tellement vaste! Et sa forêt verte y constitue la plus sûre des cachettes! C'est pourquoi j'ai pensé que vous pourriez retourner dans une autre région du Mato Grosso, vers le Haut-Xingu, là où se trouvent aussi des réserves inexpugnables d'Indiens. Même si l'on vous y découvre un jour, il sera logique que vous y soyez allé pour réaliser votre film. Seulement, entre le moment de votre départ et celui de votre réapparition, les choses auront mal tourné pour vous. Vous vous serez perdu et vous aurez égaré dans la jungle vos précieuses caméras. Vous aurez souffert tous les martyres : de la faim, de la soif, de l'isolement, des moustiques aussi, dont vous venez d'avoir un avant-goût, des serpents venimeux, des crocodiles... Pourquoi pas? On en met bien dans les romans, même s'il n'en reste plus en Amazonie que cinq cent mille sur sept millions! La différence vient de ce que les disparus ont été transformés en paires de souliers pour des messieurs du style Broscani! Vous aurez vécu aussi sous la menace des méchants Indiens, avec leurs flèches empoisonnées et leurs lances de bambou... Vous aurez subi tout cela et, miracle de la jungle, vous en serez sorti indemne. Vous deviendrez le héros de la S.F.E.P. auquel on donnera en grandes pompes son poste d'administrateur et vous aurez de merveilleux récits à raconter, le soir à la veillées, à Papa-le-Commandant qui, grâce à son rejeton, croira revivre l'épopée de Gallieni en Afrique.

» Mais, attention! Si par hasard l'on vous retrouvait avant qu'un délai raisonnable se soit écoulé, ne dites rien! Jouez l'homme civilisé qui a été traumatisé par les splendeurs irréelles de l'enfer vert... Celui qui a un peu perdu la mémoire des faits et qui ne parvient plus très bien, tant il a été choqué, à faire la discrimination entre ce qu'il a réellement connu et ce qui n'est que le fruit de son imagination exaltée par la fièvre des Tropiques! On vous pardonnera alors tout, même les trous de mémoire! Et vous serez absous, mon petit, par les hommes, après l'avoir été par le Bon Dieu qui, lui, y voit plus clair et qui, par mon intermédiaire, avait déjà compris avant tout le monde!

– Mon Père, vous êtes un homme prodigieux!

– Je ne suis qu'un vieil explorateur du cœur humain... Alors? Vous repartez pour la grande aventure?

– Je repars, mais je tiens à ce que vous sachiez que je n'ai aucune envie de retourner à Paris, ni à Rio, ni dans aucune ville civilisée. Contrairement à ce que vous avez pu penser, cette nuit je n'ai pas tellement dormi... Si je n'ai pas prié comme vous seul pouvez le faire, j'ai réfléchi... J'ai pensé surtout à Edna. Je me suis rendu compte que je l'ai adorée presque malgré moi et malgré tout ce qu'on m'avait raconté sur elle avant que je la connaisse. Je me suis demandé si je ne devais pas la rejoindre dès maintenant. Mais en ai-je le droit?...

– Vous devez vivre. Si Edna est morte, c'est que ses croyances le lui permettaient. Vous, au contraire, vous pouvez être encore utile à la société humaine. Celle-ci manque de gens de votre trempe.

– Combien de temps devrai-je rester caché à la civilisation?

– Le plus longtemps possible. Quand j'estimerai que vous pouvez réapparaître sans danger, je vous ferai prévenir.

– Par qui?

– Nos pères missionnaires qui connaissent aussi bien que n'importe quel Indien ou qu'un Magenheim la région où vous serez. L'un d'eux parviendra bien à vous joindre. Vous me faites confiance?

– Entièrement! Mais, comment vivrai-je?

– Comme vous venez de le faire : de pêche, de chasse et de certaines plantes que Xuca connaît. Avec lui à vos côtés, vous ne risquez pas de mourir de faim.

– Vous croyez qu'il osera me conduire jusqu'à sa tribu? Et comment m'accueillera-t-elle?

– Qu'il vous fasse agréer par elle devrait être possible parce que je vais lui en donner l'ordre. J'ai déjà commencé à le chapitrer tout à l'heure en lui faisant comprendre que vous étiez, comme moi, son ami et celui de tous ceux de race. Je recommencerai pendant ces quelques jours qui vont précéder votre départ. Ils vous permettront à vous de récupérer les forces nécessaires et à lui de préparer avec moi votre nouvelle expédition.

– Une dernière question qui a, je crois, son importance : que vais-je pouvoir faire dans la jungle en compagnie de Xuca? Il sera, certes, une compagnie, mais sa conversation sera pour moi des plus limitées!

– Au début, vous converserez par signes et, peu à peu – il le faudra! – vous vous familiariserez avec les onomatopées du dialecte. Ce sera déjà une excellente occupation! Vous en aurez une autre :

vous réfléchirez à l'inanité des biens terrestres... Quand vous reviendrez de cette salutaire retraite, doublée d'un retour à la nature, vous ne serez plus le même homme. Peut-être trouverez-vous aussi la force de vivre avec le souvenir de celle qui vous a aimé et finirez-vous par la comprendre.

Quelques jours plus tard, le jésuite annonça :

– J'ai appris en ville que l'on avait découvert, hier, l'avion et ses passagers... Il est donc grand temps pour vous de partir! Xuca est paré. Vous quitterez tous deux la Mission ce soir, dès qu'il fera nuit. Je vous accompagnerai jusqu'à un endroit de la rivière que j'ai choisi en amont de la ville. Il vaut mieux ne pas traverser celle-ci, même s'il fait nuit.

– Vous avez même trouvé une embarcation?

– La seule qui soit pratique : une pirogue. On peut facilement la dissimuler, si c'est nécessaire, dans les hautes herbes qui bordent le Tapajos et, en plus, elle est très maniable. Et vous avez la chance d'avoir en Xuca le plus habile des nochers pour ce genre de navigation : il en remontrerait à tous les gondoliers de Venise! Vous avez déjà traversé une partie de l'enfer vert en camion sur la Transamazonique et vous l'avez survolé dans l'avion de Magenheim, mais vous n'avez pas encore vogué sur l'une de ces rivières... C'était là une lacune qu'il fallait combler! Cette nuit, ce sera fait. Vous découvrirez l'extrême poésie, teintée de griserie, du clair de lune sur nos eaux amazoniennes. Le Tapajos est une rivière calme que vous pourrez aisément remonter pendant plusieurs centaines de kilomètres. Ensuite, vous le quitterez sur la gauche pour utiliser l'un de ses affluents. Il vous permettra de rejoindre la région de Cachimbo où se trouvent les réserves d'Indiens du parc national de Xingu. Sur cet affluent, hérissé de rapides, on peut encore naviguer en pirogue à condition de franchir des barrages naturels en portant l'embarcation : c'est pourquoi elle doit être très légère, pourquoi aussi il faut être deux. Avec le géant Xuca, aucun problème! Et vous n'aurez besoin d'aucune carte : j'ai pu constater ces jours-ci qu'il connaissait admirablement l'itinéraire. Les Indiens sont les princes des rivières!

Quand le moment du départ arriva, le jésuite présenta à Geoffroy un sac de toile :

– Vous avez là-dedans des effets de rechange et une bonne couverture, indispensable pour les nuits dont vous avez pu apprécier la fraîcheur. Vous trouverez aussi un nécessaire de toilette et une trousse de pharmacie très étudiée renfermant pas mal de quinine, au cas où la malaria se mêlerait de votre aventure, ainsi que ce liquide miraculeux qui a guéri vos piqûres. Malheureusement, je n'ai pas de caméra qui vous aurait permis de reprendre votre activité cinématographique... En revanche, j'ai glissé dans ce colis – dont vous allez être contraint de vous charger jusqu'au point d'embarquement – une croix identique à celle que je porte toujours sur moi. Vous n'avez pas idée comme la seule contemplation de ces deux petits morceaux de bois tout simples peut être d'un grand réconfort aux moments de désespérance. Et on ne peut pas éviter ceux-ci dans la solitude de la jungle. Alors, on se dit que Jésus lui aussi a été terriblement seul sur sa Croix! Et on reprend espoir dans la Rédemption universelle. Voici également, pour vous, une carabine à répétition de fabrication américaine : c'est ce qu'on fait actuellement de mieux dans le genre... C'est un cadeau que m'a apporté, il n'y a pas si longtemps, l'un de nos Pères, au retour des Etats-Unis où il avait donné une série de conférences sur le Mato Grosso. Cela, pensait-il, pourrait m'être utile si je me trouvais un jour, au cours de l'une de mes tournées, comme les amazones du Haut-Xingu, face à un armadillo géant ou à tout autre monstre! Il se trompait, ce cher Père. Je suis trop vieux pour apprendre à tirer et je hais les armes à feu. Mais à vous, cela pourra être utile : il y a des munitions dans le sac. On ne sait jamais ce qui peut arriver, n'est-ce pas?

» Mais attention! Cela ne veut pas dire que je vous donne ma bénédiction pour renouveler vos horribles exploits. Si vous le faisiez, vous n'auriez pas droit à une seconde absolution. Vous ne devez vous servir de cette arme qu'en cas tout à fait désespéré, tel que l'attaque d'un jaguar. C'est promis?

– C'est juré.

– Interdiction aussi de laisser Xuca toucher à cette arme. Il ne saurait pas s'en servir. Il en a d'ailleurs la plus grande crainte : elle a une très mauvaise réputation chez tous les Indiens! Regardez-le : sachant qu'il allait rejoindre la forêt, il a déjà réussi à se fabriquer un arc et des flèches... C'est son arme à lui, la plus sûre pour transpercer le poisson ou le gibier comestible... Comme vous le voyez, lui aussi a un sac, beaucoup plus gros que le vôtre. Mais il a la force pour le porter. Vous devez vous douter que ce ne sont pas des vêtements de rechange qui s'y trouvent. Parce que lui et les vêtements... Ce sac est rempli de farine de manioc : ce qui lui permettra d'agrémenter le menu en y introduisant l'un de ses beijus. Disons que ce sac est celui de l'intendance et vous savez comme moi que, dans toute expédition, l'intendance doit suivre. Nous partons?

– Allons...

Le vieillard ouvrait la marche, Xuca la fermait.

Entre eux deux, Geoffroy avançait dans la nuit. Il se souvenait d'une autre marche accomplie trois mois plus tôt, par une nuit sans lune, entre deux nazis. Et il trouva réconfortant d'être accompagné, cette fois, par la bonté et l'innocence.

Le Père Ribeiro leur fit contourner Jacareacanga afin d'éviter les rues où circulait tout ce qui vivait la nuit. Ils ne rencontrèrent personne. Elle fut longue cette marche silencieuse avant d'atteindre le renfoncement de la rivière où se trouvait la pirogue cachée par les herbes. Dès que Geoffroy et Xuca, muni d'une pagaie, s'y furent installés avec leurs colis, le jésuite dit :

– Maintenant filez vite! Et prenez surtout la précaution de ne naviguer que la nuit! J'ai expliqué à Xuca que, s'il se montrait de jour, il était à peu près certain d'être capturé par les Blancs qui l'emmèneraient très loin pour l'exhiber dans les grandes villes : cela pour lui donner une peur salutaire... Je vais d'ailleurs le lui redire, en lui précisant que c'est vous le chef.

Après quelques mots de dialecte, il fit à l'Indien un signe qui voulait dire prenez le large : signe qui se transforma tout naturellement en une bénédiction. Puis il cria à Geoffroy, alors que la pirogue s'éloignait dans la nuit :

– Même si nous ne nous revoyons pas en Amazonie, je suis certain que nous nous retrouverons dans un autre monde. Dieu vous protège!

Quelques secondes plus tard, la pirogue glissait sur les eaux calmes. La pagaie, manœuvrée par Xuca, effleurait l'eau alternativement à droite et à gauche avec une rapidité surprenante et une telle légèreté que l'on n'entendait aucun battement. Tout n'était que silence sur le Tapajos, mais très vite, après une heure de navigation à peine, la symphonie de la jungle commença à s'élever sur chaque rive, venant des profondeurs de la forêt. Geoffroy reconnut les rires sarcastiques des perroquets et les cris perçants des singes qui avaient été le fond sonore de ses nuits d'amour dans la clairière.

Etrange nuit. De combien d'autres serait-elle suivie, dans la seule compagnie d'un géant à demi sauvage qui ne serait peut-être pas long à oublier que la civilisation blanche, personnifiée par un Père Ribeiro, pouvait ne pas être toujours inhumaine et même se montrer secourable?

A un moment, la pirogue fut soulevée comme par un obstacle, puis très vite tout redevint normal. Geoffroy, s'étant alors penché, aperçut, éclairée par la lune, la gueule ouverte d'un crocodile, probablement dérangé dans son sommeil. Xuca, lui, riait : n'était-ce pas un sport très amusant que de passer ainsi sur le dos d'un saurien?

Ce qui était fantastique dans cette navigation était la régularité avec laquelle la pagaie s'abattait et se relevait : pas une seule fois celui qui la maniait ne fit une pause. Il avait dû recevoir du jésuite la consigne impérative de s'éloigner le plus vite possible de la ville. Enfin quand le jour commença à poindre, la cadence ralentit, puis la pirogue se rapprocha de la rive droite où elle s'enfonça dans les herbes qui ne tardèrent pas à la dissimuler. Xuca sauta de l'embarcation en portant son sac. Geoffroy en fit autant. Ils pataugèrent dans l'eau boueuse avant de se trouver sur la terre ferme, cette éternelle terre rouge de l'Amazonie, toujours desséchée malgré la proximité de la rivière. L'endroit était propice : ils s'y installèrent alors que le jour se levait, apportant sa chaleur moite. Xuca sortit de son sac un récipient qu'il alla remplir d'eau à un endroit où elle était plus claire. Puis il alluma un feu de brindilles en frottant, avec une incomparable virtuosité, deux pierres, également sorties du sac, qui lui tenaient lieu de briquet. La flamme jaillit presque instantanément. L'eau ayant longuement bouilli, il y jeta quelques pincées de poudre noire provenant d'un flacon extrait, lui aussi, du sac de ravitaillement. Quelques instants plus tard, il présentait le breuvage chaud à Geoffroy qui y trempa ses lèvres avec délices; c'était un excellent café.

Tout en buvant, le Blanc revit la silhouette du saint homme qui avait pensé à tout et même à ce premier petit déjeuner qu'il ferait sur le chemin de l'exil. Il rendit le récipient à Xuca qui but ce qu'il restait du breuvage en poussant un grognement de satisfaction et en grimaçant un sourire. A cette seconde, Geoffroy réalisa combien ce géant Kreen-Akakoré était repoussant.

Xuca, qui s'était accroupi pour boire, se releva, prit son arc et ses flèches et commença à la lisière de la forêt une prudente inspection pour voir si quelque ennemi sournois ne s'y cachait pas. Geoffroy, quant à lui, sortit de son sac l'un des chargeurs, qu'il engagea rapidement dans la carabine. Il prit aussi la couverture, s'enroula dedans, puis s'allongea au pied d'un arbre qui assurerait l'ombre quand la chaleur serait torride. Le long de son corps et à portée de sa main se trouvait son arme. « On ne sait jamais! » avait dit le Père Ribeiro. Mais il ne ferma les yeux que lorsque Xuca, étant revenu, se fut allongé à même le sol, son arc à la main.

Ainsi vivraient-ils désormais, naviguant la nuit et dormant le jour. Où étaient les confortables hamacs du village waura? Ne lui avait-on pas dit combien il était dangereux de dormir à même le sol où rampaient les reptiles? Mais comment faire autrement? Se construire chaque fois un hamac avec des lianes reliées à deux arbres? N'était-il pas étrange que le Père Ribeiro, si clairvoyant, eût oublié les hamacs?

A moins qu'il eût pensé que la présence de Xuca suffirait pour assurer la protection contre les bêtes malfaisantes? Quand un Kree-Akakoré ou un Waura, ou tout autre Indien, s'allonge sur le sol, ce n'est pas pour y mourir et encore moins pour y dormir d'un profond sommeil : il continue, dans son demi-repos, à tout entendre et à percevoir la moindre approche. La jungle s'est montrée trop traîtresse depuis des siècles envers ses ancêtres pour qu'il ne soit pas perpétuellement en éveil... L'avantage aussi de dormir ainsi était de ne pouvoir être repéré, grâce aux hautes herbes aquatiques, au cas où une embarcation serait passée sur la rivière.

Anéanti par la chaleur grandissante, Geoffroy finit par s'endormir. Xuca et lui ne s'étaient-ils pas mis au rythme de la vie de l'enfer vert, imitant en cela la faune qui, depuis toujours, dort le jour et vit la nuit? Lorsqu'ils auraient rejoint la tribu des Kreen-Akakoré, alors seulement ils redeviendraient des hommes...

Le bruit d'un moteur réveilla Geoffroy en plein milieu de la journée, au moment où le soleil était à son zénith. Il entendit également un étrange sifflement ressemblant à un hululement de chouette. Xuca, que son prodigieux instinct de conservation avait éveillé avant lui à l'approche du danger, s'était réfugié derrière un tronc d'arbre. Geoffroy comprit que c'était de cette cachette que provenait le sifflement et il courut dans cette direction.

L'Indien était là, aux aguets, une flèche engagée dans la corde déjà tendue de son arc. Son compagnon l'imita. Dissimulé à l'abri d'un autre arbre, il arma sa carabine. Le danger ne venait pas de la jungle mais de la rivière. Le bruit du moteur – dont la cadence était lente – continuait à se rapprocher... Bientôt apparut un canot automobile, gris comme l'avion de Magenheim et portant en poupe le drapeau brésilien. Aucun doute : c'était une vedette de surveillance de la police fluviale. Deux hommes en uniforme blanc se tenaient à l'avant, scrutant la rive à la jumelle; un troisième était assis derrière une mitrailleuse. Deux autres enfin se trouvaient à l'arrière, observant eux aussi les alentours. « Pourvu qu'ils ne repèrent pas la pirogue dans les herbes! » pensa Geoffroy. Mais la vedette passa sans ralentir l'allure et disparut à un tournant du Tapajos.

Elle venait de Jacareacanga. Ce qui indiquait que l'alerte y avait sans doute été donnée et qu'en dépit des précautions prises par le jésuite, ils avaient peut-être été vus pendant le trajet nocturne de la mission à la rivière. De toute façon, Geoffroy se savait maintenant recherché. Comme criminel? Ce n'était pas certain. Plutôt parce que des ordres étaient venus de très haut et de très loin pour qu'on le retrouvât à tout prix. Cela fit surgir dans son esprit le visage buté d'Edmond de Tarnec, « le patron ». Celui-ci ne lui avait-il pas promis, avant le départ de Paris, de le tirer d'affaire en cas de coup dur? Après plus de trois mois de silence, comme il devait regretter d'avoir donné carte blanche à son chef du contentieux!... Quand le halètement du moteur se fut évanoui, ils quittèrent leur position de repli et revinrent s'allonger auprès de leurs sacs. Mais, avant de fermer les yeux, Geoffroy remarqua que le visage de Xuca s'était décomposé : c'était celui d'un Indien terrorisé.

Il n'y eut pas d'autre alerte. Quand la lune reparut, ils étaient parés pour s'embarquer. Ils avaient mangé auparavant une galette de beiju confectionnée par Xuca avec quelques poignées de farine de manioc. La jungle était remplie de cris, semblant donner le signal du départ. Mais Geoffroy était perplexe : s'ils remontaient le cours du Tapajos, à un moment ou à un autre ils retrouveraient la vedette; s'ils redescendaient vers Jacareacanga, ce serait annihiler les efforts du Père Ribeiro et se livrer stupidement à la justice des hommes.

Xuca, lui, s'impatientait : il désignait la noirceur de la forêt d'où, dans son esprit, pouvaient venir d'autres dangers que son instinct pressentait. Il ne comprenait pas pourquoi, chaque fois qu'il voulait rejoindre la pirogue, Geoffroy lui adressait un hochement de tête négatif. Brusquement, cette attente angoissante se révéla être le salut. Un bruit de moteur se fit entendre; la vedette revenait. Il n'y aurait qu'à la laisser passer en direction de Jacareacanga et à remonter ensuite la rivière. Mais, cette fois, le bruit était accompagné d'une vive lumière qui fit taire la symphonie de la jungle. Un puissant projecteur, installé sur le navire de la police, balayait alternativement les deux rives. Une fois de plus, Geoffroy et Xuca coururent se réfugier derrière les arbres dont les troncs furent léchés, l'espace d'une seconde, par l'aveuglant faisceau lumineux. La vedette s'éloigna, continuant à nimber d'irréalité les rives. Le bruit du moteur déclina, puis ce fut le silence de la nuit. Alors, les cris d'animaux reprirent pendant que la pirogue s'éloignait, légère, au clair de lune...

Est-ce la peur des Blancs qui décuplait la force du géant? Au jour naissant, quand la pirogue s'immobilisa dans les herbes de la rive, la distance parcourue avait été beaucoup plus grande qu'au cours de la nuit précédente. La halte, identique à celle de la veille, fut marquée elle aussi par une alerte dans le milieu de l'après-midi. Il s'agit, cette fois, d'un avion. Il fut très vite au-dessus d'eux, volant à basse altitude et ne leur laissant même pas le temps de courir jusqu'à la lisière de la forêt. Ils ne purent que rouler sur le sol jusqu'à la rivière où ils se laissèrent tomber dans l'eau croupissante sous les plantes aquatiques qui les cachèrent comme la pirogue. L'avion portait – peintes sous ses ailes – les couleurs brésiliennes. Ce qui sauva Geoffroy et son compagnon fut d'avoir pris la précaution, en débarquant, de transporter leurs sacs au pied des premiers arbres dont le feuillage les rendait invisibles. L'avion passa et son ronronnement s'atténua. Quand Geoffroy et Xuca sortirent de l'eau, ils étaient maculés d'une boue gluante qui se transforma bientôt en poussière sèche sous l'effet des rayons solaires.

Une nouvelle fois, le visage du géant était livide; son corps tremblait. Jamais Geoffroy ne regretta autant de ne pas connaître le dialecte qui lui aurait permis de rassurer Xuca.

– N'aie pas peur! Si l'oiseau nous avait vus, il serait revenu, lui dit-il en portugais.

Réalisant l'inutilité de ses paroles, il pensa aux conseils du jésuite et reproduisit avec ses bras les gestes qu'il avait vu faire par les Waura au cours de la fête qui avait suivi ses épousailles : celui de l'oiseau qui vole et celui de l'oiseau qui tombe frappé à mort par une flèche. Et, comme l'Indien le regardait, incrédule, il porta la main à son oreille, imitant le guerrier qui écoute... Xuca en fit autant et n'entendit rien : la chauve-souris géante devait être retournée au pays des ancêtres. Le corps du géant cessa de trembler; une grimace de satisfaction illumina son visage. Mais il ne s'allongea pas, estimant sans doute plus prudent d'attendre debout, derrière un tronc d'arbre, et l'arc à la main, pour le cas où la bête de mort reviendrait. Elle ne revint pas.

Pendant la longue attente de la venue de la nuit, Geoffroy non plus ne trouva pas le sommeil. Allongé sur le dos, il regardait le ciel, écoutant lui aussi. Après la vedette de la police, il y avait eu l'avion. On continuait à le rechercher. Et il comprit qu'il n'était plus maintenant qu'un homme traqué, ne valant guère mieux qu'un Magenheim ou un Broscani. Eux avaient fini par expier leurs crimes. Et lui?...

Dès que la lune amie reparut, ils s'embarquèrent. La pirogue reprit, au rythme des bras de Xuca, sa course silencieuse. Mais le rythme était moins régulier, presque heurté. Assis à l'avant, et lui tournant le dos, le Blanc sentait que, derrière lui, l'Indien était inquiet, crispé sur sa pagaie. Et, à son tour, il se sentit moins rassuré. De quoi demain serait-il fait?...

Troisième halte. Comme la veille et l'avant-veille, la pirogue fut camouflée sous les herbes, mais Xuca fit comprendre par des gestes ponctués d'onomatopées qu'il se refusait à dormir sur la rive. Donnant l'exemple, il s'enfonça à l'intérieur de la forêt en emportant le sac de ravitaillement. Jugeant que la précaution était sage, Geoffroy l'imita, portant sa carabine et son sac. Arrivé à une vingtaine de mètres de la lisière, Xuca s'arrêta. Il y avait là un espace moins touffu où il était possible de s'allonger côte à côte. Ce qu'ils firent. Cela rappela au Blanc les heures passées dans son hamac, à côté d'Edna, seulement séparé d'elle par le feu qui les empêchait de grelotter. Mais, sous les fougères géantes, la chaleur était étouffante, et l'épaisseur de la végétation telle que l'on pouvait se croire en pleine nuit alors qu'au-dessus de la forêt la lumière était éclatante. Aucune lueur ne filtrait à travers le feuillage. Ils étaient dans un tombeau de verdure En ressortiraient-ils jamais? Ils étouffaient aussi : le corps de Geoffroy ruisselait comme dans la clairière des Waura, lorsqu'il se trouvait attaché en plein soleil. Mais, au lieu d'être dévoré par les moustiques, il se sentait asphyxié peu à peu par la pesanteur de la forêt. Xuca, en revanche, dormait déjà. Sa respiration était régulière. Sans doute se croyait-il enfin à l'abri de la vilenie des Blancs. Ecrasé de fatigue, Geoffroy, à son tour, finit par sombrer dans le sommeil.

Combien de temps celui-ci dura-t-il? Il fut interrompu par un sifflement strident que Geoffroy reconnut tout de suite pour l'avoir maintes fois entendu dans la maison d'Edna : c'était celui du serpent qui dans la clairière s'enroulait sur les pilotis pour essayer d'atteindre le plancher de la hutte. D'un bond il fut sur pied, chercha sa carabine dans l'obscurité. Il ne la trouva pas, non plus que la couverture sur laquelle il s'était étendu. Et Xuca? L'Indien n'était plus là, ni aucun des sacs. Tout avait disparu. Il cria :

– Xuca! Xuca!

Pas de réponse, aucun écho. Le sifflement annonçant la mort proche avait cessé. Pris de panique, pressentant le pire, Geoffroy courut d'arbre en arbre, guidé par une très faible lumière qui indiquait qu'au-dessus de la forêt et surtout le long de la rivière il ne faisait pas encore nuit.

Arrivé sur la rive, il se précipita vers l'endroit où avait été cachée la pirogue avec la quasi-certitude que Xuca s'en était servi pour s'enfuir. Son étonnement fut grand de constater que l'Indien l'avait laissée là. Il renouvela ses appels :

– Xuca! Xuca!

Cette fois, l'écho de sa voix ricocha sur la surface de l'eau, mais il n'y eut pas plus de réponse. Aucun doute : le géant était parti dans la forêt... A moins que Geoffroy, assommé par la chaleur et encore mal réveillé, n'ait eu une hallucination? Il revint sous les arbres et mit un certain temps à retrouver leur cachette. Les traces de son corps et de celui de Xuca étaient bien là, imprégnées dans la terre rouge, mais c'était tout... Peut-être Xuca était-il parti à la chasse? Mais, dans ce cas, il n'aurait emporté que son arc et ses flèches, certainement pas les sacs, dont celui de ravitaillement qui pesait si lourd. Le ravitaillement? Dans sa fuite, il n'avait même pas laissé une poignée de manioc, ne se préoccupant nullement de savoir comment son compagnon subsisterait. Il avait tout gardé pour lui! Même la carabine! C'était cela le plus grave : ne sachant pas s'en servir, il risquait, sinon de se blesser lui-même, du moins de tuer l'un des membres de sa tribu le jour où il la retrouverait. Sans doute s'était-il dit que posséder l'arme à feu des Blancs – cette arme qui semait la mort parmi les Indiens – lui donnerait un fabuleux prestige chez les Kreen-Akakoré...

Il était quand même curieux qu'il n'ait pas utilisé la pirogue pour remonter le Tapajos. Quelques jours lui auraient suffi pour atteindre l'affluent dont avait parlé le Père Ribeiro. Après quoi il aurait pu rejoindre, dans la région de Cachimbo, le parc national du Xingu où avait été repérée la première fois sa tribu. Que pouvait-il trouver dans la jungle impénétrable du Mato Grosso située à l'est du Tapajos? Ce qu'il restait des Waura? Comment lui, le géant, s'entendrait-il avec ces petits hommes trapus sur lesquels avait régné Edna?

Pendant qu'il revenait vers la pirogue – sa dernière chance de survie puisqu'il n'avait plus ni armes ni ravitaillement – Geoffroy comprit en un éclair que l'unique, la véritable raison pour laquelle Xuca avait renoncé à la rivière était la peur... La crainte panique d'être retrouvé par ces Blancs qu'il haïssait et dont il avait vu passer successivement le navire de mort – équipé de l'arme qui crache le feu et de la lumière magique qui supprime le mystère de la nuit – ainsi que la chauve-souris géante qui vole bas sur l'ordre des Esprits pour mieux repérer ceux qui n'ont plus le droit de continuer à vivre dans la forêt protectrice. Le Tapajos était maintenant maudit pour Xuca : il devait s'en éloigner et ne plus jamais revenir sur ses rives où il fallait courir pour se cacher sous les feuillages! Tout l'enseignement charitable reçu du jésuite avait fondu devant la peur.

Mais comment lui en vouloir? Etait-ce un crime pour lui de laisser un homme seul dans la jungle, sans armes et sans nourriture? Certainement pas. La jungle n'était-elle pas son domaine? Et puisque lui, Xuca, se débrouillait très bien dans l'enfer vert, pourquoi ce Blanc, dont le vieillard à barbe lui avait assuré qu'il était l'un des plus grands amis des Indiens, ne se tirerait-il pas d'affaire? La jungle est l'amie de ceux qui aiment les Kreen-Akakoré et Geoffroy était de ceux-là.

La nuit était tombée. Quand il fut dans la pirogue, Geoffroy appela encore trois fois : « Xuca! Xuca! Xuca! » Peut-être le géant se cachait-il tout près, derrière quelque tronc d'arbre, épiant ce qu'il faisait... Peut-être, afin de profiter d'une nouvelle nuit de navigation pour mettre encore plus de distance entre lui et Jacareacanga, surgirait-il tout à coup en poussant l'un de ces cris de joie – ou de guerre – dont ceux de sa race possèdent le secret. Mais Xuca ne parut pas.

Lentement la pirogue s'éloigna. « Adieu, Xuca! pensa tristement Geoffroy. Peut-être, après tout, as-tu bien fait de me quitter puisque je ne suis qu'un Blanc! Ce que je te reproche, c'est de ne pas m'avoir fait confiance : je ne suis pas un Blanc comme les autres; je n'ai jamais fait de mal aux tiens... Il est vrai que le Père Ribeiro t'avait sans doute affirmé la même chose. Pourtant, dès qu'il t'a offert de retourner vers ta tribu, tu as bondi sur l'occasion! Rien ne dit que tu n'avais pas décidé, avant le départ, de te débarrasser de moi... Tu aurais pu me tuer pendant mon sommeil, mais tu ne l'as pas fait. Tu m'as même laissé la pirogue. Si j'étais en difficulté, as-tu pensé, je pourrais toujours faire un signe au navire de mort ou à la chauve-souris qui transportent des hommes de ma race. Seulement, ce que tu ne sais pas, mon bon Xuca, parce que le Père ne te l'a certainement pas expliqué, c'est que moi aussi je fuis les Blancs, non pas parce que je suis un défenseur des Indiens, mais un criminel qui a tué trois hommes de sa race. Adieu Xuca! »

Et il se mit à pagayer comme il l'avait vu faire par l'Indien.

La pirogue glissait sur les eaux calmes, s'éloignant peu à peu de la civilisation. Il en fut ainsi pendant toute la nuit. Cependant, l'embarcation qui avait paru si légère quand elle était manœuvrée par Xuca luttait de plus en plus difficilement contre le courant. Epuisé, n'ayant pris aucun aliment depuis vingt-quatre heures, ne sachant même plus pourquoi il continuait à avancer, l'homme usait ses dernières forces pour manier la pagaie qui lui semblait de plus en plus lourde. Comment lui, l'envoyé de la S.F.E.P., en était-il arrivé là, à errer aussi péniblement, en pleine nuit, sur une rivière d'Amazonie? Et pourquoi s'obstiner? S'il avait eu le courage de réfléchir, il se serait dit que c'était stupide. Mais il n'avait même plus la force de penser.

Quand l'aube revint, il fit un dernier effort pour se rapprocher de la rive où il s'échoua sans même prendre la précaution de cacher l'embarcation sous les hautes herbes. Il ne trouva pas non plus la force de quitter la pirogue au fond de laquelle il s'écroula, incapable de faire un mouvement. Et il resta là, les yeux grands ouverts, regardant ce ciel, triomphant de lumière brûlante, qui l'avait abandonné.

Presque inconscient, sachant qu'il n'irait pas plus loin, il fut pris de vertige... Dans son délire, il crut voir – courant le long de la rive telle d'étranges sylphides – une troupe de femmes peintes en rouge maniant des arcs et portant un diadème de plumes jaunes. C'étaient les amazones du Haut-Xingu. Ayant appris par leurs ancêtres qu'un Blanc ne demandait qu'à les rejoindre, elles avaient fait un long voyage pour venir au-devant de cet ami. Une amazone beaucoup plus belle que toutes les autres les conduisait : c'était leur reine. Elle s'approcha de la pirogue et se pencha vers l'homme inerte. Ses yeux noirs, immenses, brûlaient de fièvre.

– Je t'attendais depuis si longtemps, mon époux, dit-elle avec tendresse.

Incapable de répondre, Geoffroy ferma les yeux. Et il sombra dans le coma des amants enfin réunis...

Les amazones n'avaient pas accompli leur chevauchée sur le rythme du tambour ni au son plaintif de la flûte sacrée. C'était une tout autre musique qui les avait accompagnées : une musique s'exprimant par les appels graves et répétés d'une sirène.

Quand Geoffroy ouvrit les yeux, il était allongé sur un lit, dans la cabine du navire blanc de la réconciliation entre tous les hommes de bonne volonté. La silhouette et le visage de la reine s'étaient virilisés comme dans la danse du *Quimbanda.* Mais ce n'était pas un visage hideux, à la bouche mauvaise crachant des injures voulues par *Exu.* C'était au contraire un visage très calme : celui d'Hippolyte Deplan, le délégué de la Croix-Rouge. Il souriait.

– Vous nous avez fait très peur, dit-il.

★

Cette fantastique aventure, Geoffroy l'avait revécue tous les jours dans sa mémoire depuis qu'il avait été sauvé. Et, suivant les conseils du Père Ribeiro, il l'avait gardée pour lui seul. Pourquoi raconter à des gens impuissants à comprendre son attente à la Mission de San Isidro en compagnie de l'homme de Dieu, son mariage selon le rite waura, ses nuits d'amour, la mort de son épouse, le massacre des Indiens par Broscani, la liquidation des trois assassins, la fuite éperdue en compagnie de Xuca qui avait bien fait de le trahir? Demain, après-demain, jusqu'à sa mort sans doute, Geoffroy Morin continuerait à ressasser dans le secret de son cœur cette histoire inoubliable.

Cinq semaines passèrent. Puis, un matin, Geoffroy revint à la S.F.E.P. Edmond de Tarnec le reçut dans son bureau directorial :

– Tout le monde vous attend ici, dit-il. Pour tous, vous êtes le héros qui a su mener à bien la mission qui lui avait été confiée. Dans quelques instants, notre conseil d'administration au grand complet vous accueillera dans la salle de délibérations comme le mérite le nouvel administrateur que vous êtes. Après cette réception sablée au champagne, vous aurez droit à trois bons mois de vacances. Ils vous permettront de rejoindre – et qui sait? d'épouser – celle qui vous attend avec impatience et qui m'a téléphoné tous les jours pour prendre de vos nouvelles. Cette très jolie Sylvie Bertille est une femme épatante!

– Vous trouvez?

– Comment si je trouve? Mais elle vous a sauvé!

– En quoi?

– Enfin, Geoffroy, elle n'a pas hésité – dès qu'elle a su que vous étiez retrouvé – à se rendre à l'hôpital de Manaus où elle a veillé sur vous. Puis, abandonnant toutes ses activités là-bas, elle vous a accompagné en avion jusqu'ici. Enfin, elle a eu la discrétion de ne pas vous importuner chez vous. Vous ne croyez pas que ça compte, tout cela? N'est-ce pas la preuve qu'elle vous aime comme personne ne l'a sans doute encore jamais fait dans votre vie?

– Personne? Vos déductions sont un peu rapides, monsieur le président!

– Vous ne m'appelez plus patron?

– Non, puisque vous ne l'êtes plus : voici ma lettre de démission. Je quitte tout : la S.F.E.P., la France et la Belge.

– Ah ça, vous êtes fou?

– Je crois plutôt faire preuve de lucidité, monsieur de Tarnec.

– Et où irez-vous?

– Je retourne en Amazonie.

– De mieux en mieux! Pour y faire quoi?

– Du bien, si je le peux... Hier soir, j'ai eu la joie de recevoir la visite d'un homme admirable, de passage à Paris : Hippolyte Deplan. C'est lui qui m'a sauvé avec un saint prêtre dont je n'ai pas à vous parler.

– Auriez-vous, par hasard, l'intention d'entrer dans les Ordres?

– Je n'en suis pas digne, étant donné une certaine tranche de mon passé. C'est pourquoi je me contente de la Croix-Rouge. J'ai demandé qu'on m'y affecte à l'une des équipes qui s'occupent de la misère des Indiens.

– Etes-vous bien sûr que cette Edna Monseca ne vous a pas envoûté?

– C'est possible. Mais je ne le regrette pas.

– Sacrée bonne femme!

– Je vous interdis de parler d'elle ainsi.

– Et papa, qu'est-ce qu'il en dit? Vous l'avez mis au courant de votre décision?

– Il en est enchanté.

– Pas possible?

– Savez-vous ce qu'il m'a répondu? « Je préfère te savoir dans la Croix-Rouge plutôt qu'en train de croupir dans la boîte de Tarnec, même en tant qu'administrateur. La Croix-Rouge possède au moins le mérite d'avoir un côté militaire : on y est discipliné. »

– Il a dit ça, le commandant? Ça ne m'étonne pas... Eh bien, puisque votre nouvelle vocation est de vous dévouer aux autres, il ne me reste qu'à vous souhaiter bonne chance! Je ne pense pas qu'il soit opportun de vous dire « à bientôt » comme je l'avais fait au moment de votre premier départ?

– Dites-moi plutôt adieu...

– C'est à ce point? Laissez-moi quand même vous tendre la main.

Tenant la main de son ex-chef du contentieux dans la sienne, le comte Edmond de Tarnec ajouta :

– Un dernier conseil : on dit que les criminels ne peuvent résister au besoin de revenir un jour ou l'autre sur les lieux de leurs exploits. Méfiez-vous de la police brésilienne : elle est aussi subtile que les autres.

– Qu'est-ce que cela signifie?

– Rien. Une idée comme une autre...

SCIENCE-FICTION et FANTASTIQUE

Dans cette série, Jacques Sadoul édite ou réédite les meilleurs auteurs du genre :

ASIMOV Isaac
404*** Les cavernes d'acier
453*** Les robots
468** Face aux feux du soleil
484** Tyrann
542** Un défilé de robots
552** Cailloux dans le ciel
870*** La voie martienne

BLISH James
752** Semailles humaines

BOVA Ben
1028*** Colonie - 1
1029*** Colonie - 2

BRACKETT Leigh
734* Le secret de Sinharat
735* Le peuple du talisman

BROWN Fredric
767** Paradoxe perdu

BRUNNER John
848** Le long labeur du temps
1058** La planète Folie (mai 80)

CLARKE Arthur C.
349** 2001 - L'odyssée de l'espace
799*** Les enfants d'Icare
904*** Terre, planète impériale
966*** L'étoile
1047*** Rendez-vous avec Rama

CURVAL Philippe
595** Le ressac de l'espace
1020*** L'homme à rebours

DELANY Samuel
760*** Nova

DEMUTH Michel
693*** Les Galaxiales - 1
996*** Les Galaxiales - 2

DICK Philip K.
547* Loterie solaire
563** Dr Bloodmoney
879*** Les clans de la lune alphane
910*** La vérité avant-dernière

ELLISON Harlan
626*** Dangereuses visions - 1
627*** Dangereuses visions - 2

FARMER Philip José
537** Les amants étrangers
581* L'univers à l'envers
621** Ose
712** Des rapports étranges
885** La nuit de la lumière

HAMILTON Edmond
432** Les rois des étoiles

HARRISON Harry
741*** Prométhée en orbite
911** Le monde de la mort

HEINLEIN Robert
510** Une porte sur l'été

KAST Pierre
924*** Les vampires de l'Alfama

KEYES Daniel
427** Des fleurs pour Algernon

KING Stephen
835*** Carrie (mai 1980)

KLEIN Gérard
628** Les seigneurs de la guerre
935*** La loi du talion

KLOTZ Claude et GOURMELIN Jean
967*** Les innommables

LEIBER Fritz
694** A l'aube des ténèbres

LEVIN Ira
342** Un bébé pour Rosemary

LOVECRAFT H.P.
410* L'affaire Charles Dexter Ward
459**** Dagon

LOVECRAFT et DERLETH
821** L'ombre venue de l'espace

MERRITT Abraham
557** Les habitants du mirage
618*** Le gouffre de la lune
886*** Le visage dans l'abîme

MOORE Catherine L.
415*** Shambleau
700** La nuit du jugement

NOLAN William F.
1019** Retour à l'âge de cristal

OTTUM Bob
568** Pardon, vous n'avez pas vu ma planète?

PADGETT Lewis
689* L'échiquier fabuleux

PELOT Pierre
773*** Delirium Circus
1048*** Parabellum tango

PRIEST Christopher
688*** La machine à explorer l'espace
725*** Le monde inverti (mai 80)
989*** Futur intérieur

RODDENBERRY Gene
1071** Star trek

RUELLAN André
1006** Tunnel

SADOUL Jacques
Les meilleurs récits de :
532** « Astounding Stories » - 1
663** « Wonder Stories »
713** « Unknown »
784** « Startling Stories »
822** « Thrilling Wonder Stories »
880** « Fantastic Adventures »
923** « Weird Tales » - 3
988** « Astounding Science-Fiction » - 2

SILVERBERG Robert
800** Un jeu cruel
997*** Les monades urbaines

SIMAK Clifford D.
373** Demain les chiens
609** Le pêcheur
847** Au carrefour des étoiles
903*** Une chasse dangereuse
956*** Mastodonia
1005*** Escarmouche

SPIELBERG Steven
947** Rencontres du troisième type

STEINER Kurt
657* Le disque rayé
779* Les océans du ciel

STURGEON Theodore
355** Les plus qu'humains
369** Cristal qui songe
829*** Les talents de Xanadu

TOLKIEN J.R.R.
486*** Bilbo le hobbit
1037*** Le Silmarillion - 1
1038*** Le Silmarillion - 2

VANCE Jack
707** Cugel l'astucieux
Cycle de Tschaï :
721** 1. Le Chasch
722** 2. Le Wankh
723** 3. Le Dirdir
724** 4. Le Pnume
836** Un monde magique

VAN VOGT A.E.

362** Le monde des A
381** A la poursuite des Slans
392** La faune de l'espace
418** L'empire de l'atome
419** Le sorcier de Linn
463** Le livre de Ptath
475** La guerre contre le Rull
496** Destination Univers
515** Ténèbres sur Diamondia
588** Des lendemains qui scintillent
659** L'homme multiplié
813*** Invasion galactique
934** L'horloge temporelle
975*** Rencontre cosmique
057** L'été indien d'une paire de lunettes (mai 1980)

VALTHER Daniel

976** L'Epouvante

La série d'anthologies présentant les aspects les plus fascinants de la S F moderne

629* UNIVERS 03
650* UNIVERS 04
695* UNIVERS 06
714* UNIVERS 07
732* UNIVERS 08
754* UNIVERS 09
769* UNIVERS 10
786* UNIVERS 11
815* UNIVERS 12
837* UNIVERS 13
857* UNIVERS 14
887* UNIVERS 15
925* UNIVERS 16
958* UNIVERS 17
977* UNIVERS 18
1007* UNIVERS 19

L'AVENTURE MYSTÉRIEUSE

BARBARIN Georges
A. 216* Le secret de la grande pyramide
A. 229* L'énigme du Grand Sphinx

BELLINE
A. 342** La troisième oreille
A. 345** Histoires extraordinaires d'un voyant
A. 356*** Un voyant à la recherche du temps futur

BERGIER Jacques
A. 250* Les extra-terrestres dans l'histoire
A. 351** Visa pour une autre Terre
A. 361** La guerre secrète de l'occulte

BERGIER J. et GALLET G. H.
A. 374*** Le livre du mystère

BERLITZ Charles
A. 363** Le mystère de l'Atlantide

BERNSTEIN Morey
A. 212** A la recherche de Bridey Murphy

BIRAUD Fr. et RIBES J.-C.
A. 281** Le dossier des civilisations extra-terrestres

BROWN Rosemary
A. 293* En communication avec l'au-delà

CARMI Gabrielle
A. 347** Le temps hors du temps

CAYCE Edgar
A. 300* Visions de l'Atlantide

CHARPENTIER Louis
A. 325** Les géants et le mystèr des origines
A. 364** Les mystères templiers
A. 367** Les Jacques et le mys tère de Compostelle

CHARROUX Robert
A. 190** Trésors du monde
A. 372**** Histoire inconnue des hommes depuis cent mille ans

CHEVALLEY Abel
A. 200* La bête du Gévaudan

CHURCHWARD James
A. 223** Mu, le continent perdu
A. 241** L'univers secret de Mu

DÄNIKEN Erich von
A. 322** Vers un retour aux étoiles
A. 365*** L'or des dieux

EDWARDS Frank
A. 355*** Du nouveau sur les sou coupes volantes

FLAMMARION Camille
A. 247*** Les maisons hantées
A. 310*** La mort et son mystèr
A. 311** Après la mort

GRANGER Michel
A. 349*** Terriens ou extra-terrestres

HEMMERT D. et ROUDENE A.
A. 339** L'univers des fantômes

HYNEK J. Allen
A. 327**** Les O.V.N.I., mythe ou réalité?

IVERSON Jeffrey
A. 360*** Vivons-nous plus d'une vie?

E POER TRENCH Brinsley
A. 321** Les géants venus du ciel

ISSNER Ivar
A. 319** Civilisations mystérieuses

ANNING Matthew
.. 341** D'où me viennent ces pouvoirs?

ILLARD Joseph
.. 232** L'homme du mystère, Edgar Cayce

EUVILLE Pierre
. 301** Ces autres vies que vous avez pourtant vécues

SSENDOWSKI Ferdinand
. 202** Bêtes, hommes et dieux

ERRIN R. Jack
. 362**** Le mystère des O.V.N.I.

IKE James A.
. 285*** Dialogue avec l'au-delà

LAYFAIR Guy Lyon
. 373**** La vie sans frontières

AMPA T. Lobsang
. 11** Le troisième œil
. 210** Histoire de Rampa
. 226** La caverne des anciens
. 256** Les secrets de l'aura
. 277** La robe de sagesse
. 298* Les clés du Nirvâna
. 326** Crépuscule
. 357* C'était ainsi
. 366** Je crois
. 375** Les trois vies

ANDALL Neville
359*** La mort ouvre sur la vie

OBINSON Lytle W.
305*** Edgar Cayce et le destin de l'homme

ULET Alfred
320* A la recherche des extra-terrestres

SANTESSON Hans Stephan
A. 332** Le dossier Mu

SAURAT Denis
A. 187* L'Atlantide et le règne des géants

SEDE Gérard de
A. 185** Les Templiers sont parmi nous
A. 316*** Le secret des Cathares
A. 343** L'étrange univers des prophètes
A. 358* La Rose-Croix

SENDY Jean
A. 371*** Ces dieux qui firent le ciel et la terre
A. 376*** L'ère du Verseau (mai 1980)

SOTTO Alain et OBERTO Varinia
A. 368** Au delà de la mort

TARADE Guy
A. 214** Soucoupes volantes et civilisations d'outre-espace

VALLEE Jacques
A. 308** Chroniques des apparitions extra-terrestres

VANDENBERG Philipp
A. 336*** La malédiction des pharaons

WATSON Lyall
A. 354**** Histoire naturelle du surnaturel
A. 369*** Histoire naturelle de la vie éternelle

WEBB Dominique
A. 348** L'hypnose et les phénomènes psi

WINER Richard
A. 370** Le nouveau dossier du Triangle des Bermudes

Editions J'ai Lu, 31, rue de Tournon, 75006 Paris

diffusion
France et étranger : Flammarion, Paris
Suisse : Office du Livre, Fribourg
Canada : Flammarion Ltée, Montréal

Achevé d'imprimer sur les presses de l'imprimerie Brodard et Taupin
7, Bd Romain-Rolland, Montrouge. Usine de La Flèche,
le 17 mars 1980
1089-5 Dépôt Légal 1er trimestre 1980 ISBN : 2 - 277 - 21040 - 4
Imprimé en France